異世界創造のすゝめ

スマホアプリで惑星を創ってしまった俺は神となり世界を巡る

著
たまごかけキャンディー

TOブックス

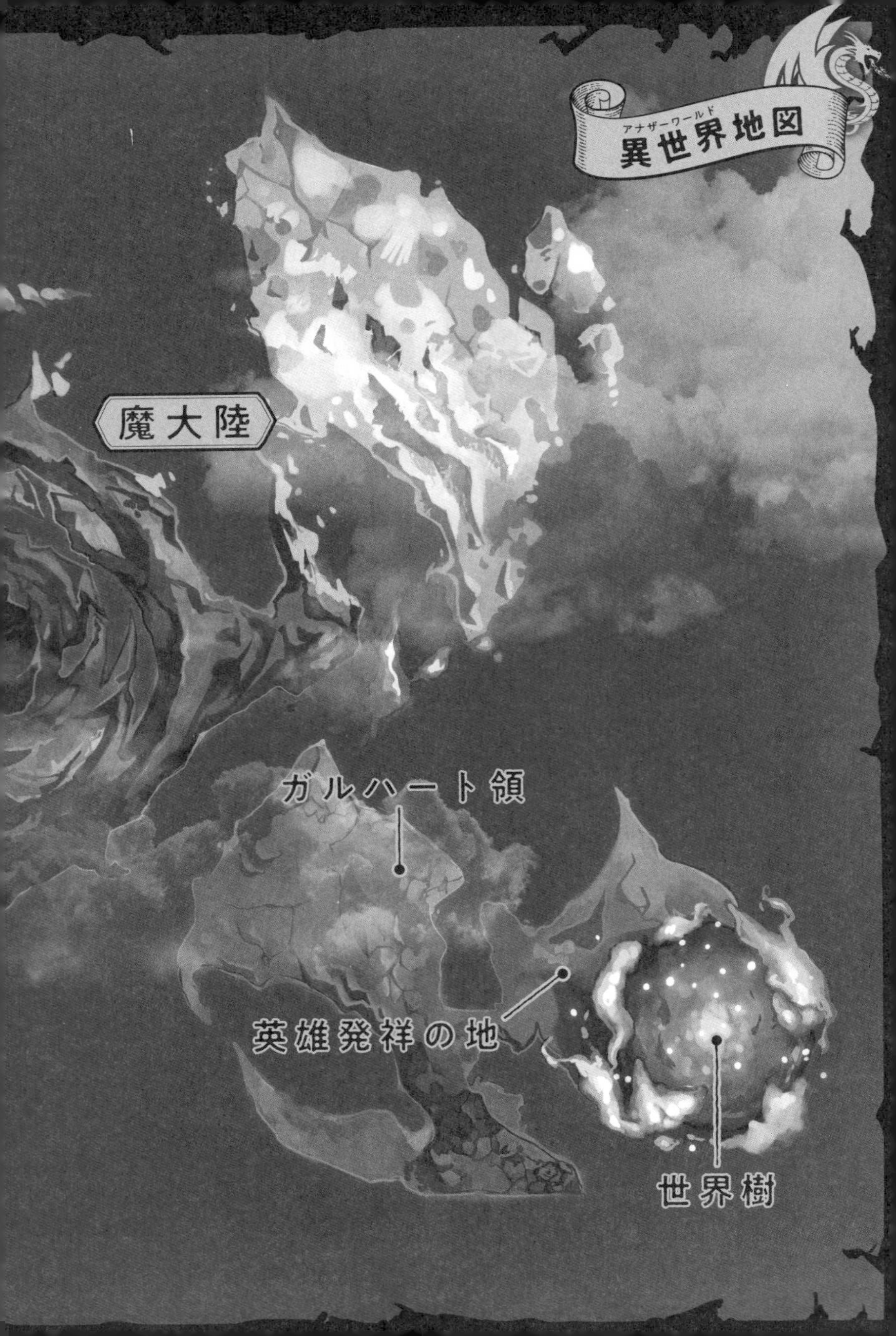
異世界地図《アナザーワールド》
魔大陸
ガルハート領
英雄発祥の地
世界樹

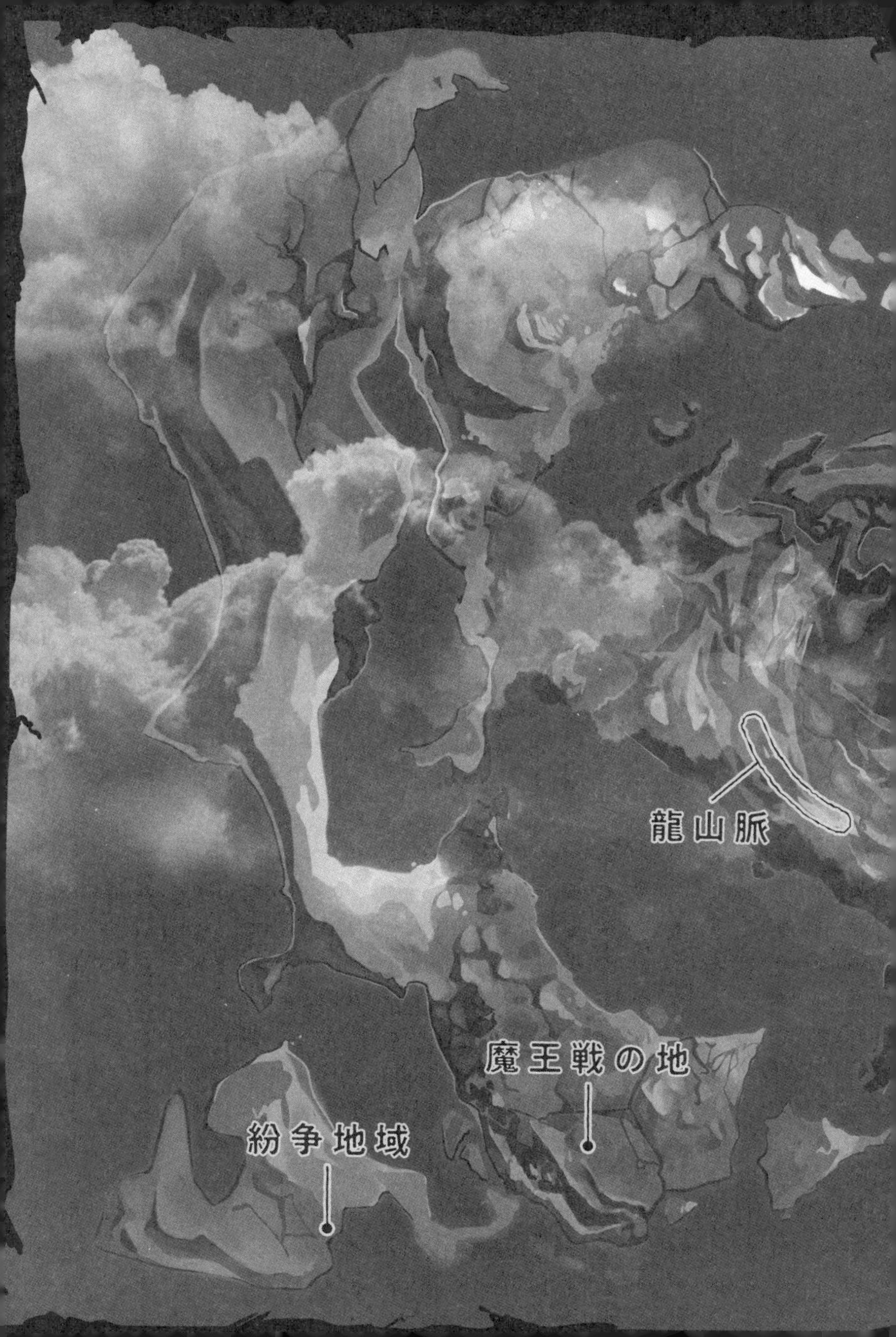

龍山脈
魔王戦の地
紛争地域

CONTENTS

目次

第一の創造～異世界創造編～

ISEKAI SOZO no SUSUME

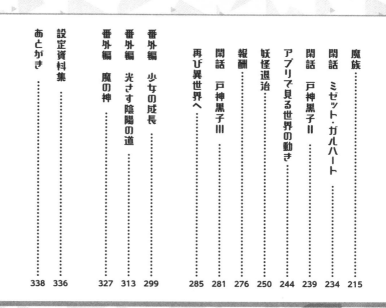

▶ イラスト かれい

デザイン Veia

第一の創造
～異世界創造編～

ISEKAI SOZO no SUSUME

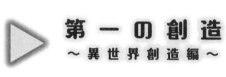

プロローグ

――Side『＊＊＊』――


ああ……。

ダメだ、またしても失敗だ。

やはり上手くいかぬ。

何度創造しようと、何度やり直そうと彼らは滅んでゆく。

万能の創造主たる私を以《もっ》てしても、この破滅を止める事はできなかった。

何故なのかは分からない。

ただ唐突に、時代の節目節目に彼ら特異点は世界に現れ、その時代をかき乱していくのだ。

問題を解決へと導くため、私はその度に自らの手で特異点への終止符を打ってきた。

当然、創造主たる私にとってそのような事は造作もない事である。

しかし、それは一時凌《しの》ぎにしかならない。

かの特異点は時を経て同じ問題を抱えた存在として、何度でも生まれ変わるからだ。

まるであるべき解決法が他に存在するかのように、まるで何かを待っているかのように、創造してきたどの世界でも特異点は問題を抱えて生まれ直し、いずれは世界を滅ぼす。

私はこれを『創造の破綻《はたん》』と呼んでいる。

そしてどうやら、この破綻を回避するには私のやり方では上手くいかないらしい。

唯一安定した星として成功を収めたこの地球でさえ、もう特異点は存在しているのだから。

もはやこの『創造の破綻』は、この創造主たる私の想定を超えたものである。

だが、だからこそ面白い。

私の想定を超えたこの特異点に、ある意味では可能性とも言える『創造の破綻』に、期待しよう。

かの星で世界と共に滅び、唯一私の心にこの疑問を残したあの者に、世界を託そうではないか。

◇

「なあ、魚って空を飛んだりすると思うか？」

「何言ってるんですか先輩？　というかなんで魚が空を飛ぶんですか、完全に物理法則とか無視してますよ」

とある会社のオフィスで、二人の男が呟く。

片や黒髪に黒目の標準的な出で立ちの中年男、三十二歳独身の斎藤健二《さいとうけんじ》。

最近ちょっと腹が出てきたのが悩みらしい。

片や茶髪にカラコンの、一見するとガラの悪い不良にも見える出で立ちの若手社員、後輩の宮川《みやがわ》琢磨《たくま》。

ちなみに斎藤の部下である。

「そ、そうか……、そうだよな。いや最近やってるゲームでな、そういう生き物がいるんだよ」

「へぇ～、ファンタジーものですかね？　ちなみにタイトルは何ですか？」

「異世界創造のすゝめ」

「え？」

宮川は聞き返す。

「いやだから、『異世界創造のすゝめ』っていうアプリ」

「いや、知らないゲームですね。俺が知らないなんて、よっぽどマイナーなのかなぁ」

斎藤の言葉を聞いて宮川はさっそくアプリを検索するが、どうやらヒットするものが無いらしく、険しい表情を浮かべる。

「……見つかったか？」

「いや、見つかりませんね。……もしかして先輩、俺の事からかってますか？」

「そうか。いや、見つからないならいいんだ。忘れてくれ」

「はぁ、そうすか？」

二人は斎藤の持つ謎のアプリ『異世界創造のすゝめ』について議論を交わす。

宮川は何か腑《ふ》に落ちない様子のようだが、見つからないものは見つからないのでそれ以上の詮索は控えたようだ。

そして切り替えるように次の話題へと移る。

「というか先輩、今日の昼ヒマですか？　メシ食いに行きません？」

「いやパスで、今日は残業したくないしな」

「えー、たまには後輩を連れてってくださいよ。もちろん先輩の奢《おご》りで」

その言葉を聞いた斎藤は露骨《ろこつ》に面倒臭そうな顔をした。

「ダメったらダメだ。また今度な。せっかく仕事も残さず帰れるんだ、俺にもプライベートの時間くらいくれ」

「へーい、分かりやしたー」

「なんか山賊の下っ端《ぱ》みたいな喋り方だぞ」

「気分ですよ、気分」

斎藤は部下の軽い態度に溜息を吐きつつも、確かに飯くらい奢ってやるべきだったかと反省し、この埋め合わせはまた今度しようと考える。

一応は上司としての責任も感じているようだ。

なんとも苦労人な性格である。

意外と真面目なのかもしれない。

しかしそんな日常を満喫しながらも、『異世界創造のすゝめ』をやり繰りする平凡な中年の男性である斎藤健二は数日後、突然地球上から姿を消す事となる。

手塩《てしお》にかけて育てた惑星、『異世界創造のすゝめ』のゲームデータと共に。

変なアプリをインストールした日

俺はとある健全な中年男性、斎藤健二。

そろそろ会社を辞めようかとか、いままで取る暇《ひま》さえなかった有給を消化しようとか悩む今日この頃。俺の部下として会社に入ってから何かとつるむ事の多い新人、宮川琢磨に最近の新しいゲームアプリについての話を聞かされていた。

「それで、なんか最近のアプリってリリースされてから二ヶ月くらいで打ち切りになる事が多いんですよ。嘆かわしいと思いませんか？　どう思います先輩？」

そんな事は制作会社に問い合わせろよと思いつつも、このゲーム脳の宮川がまともな事を言う方が不自然だったなと思い直し、俺は適当に返事をする。

「あーはいはい、嘆かわしいね」

「そうそう、そうなんですよね～。やっぱ時代ですかねぇ……。あ、今日の帰りゲーセンで格ゲーしに行きません？」

「却下《きゃっか》だ。というかお前にそんな余裕はない」

「そうなんですよね～」

上司であるはずの俺が部下である宮川にこの手の話を振られるのはいつもの事で、毎回こいつのゲームの愚痴を聞いては流している。

まるで立場が逆の接待のようだなと思いつつも、まあ俺も新ゲームの情報なんかを宮川から聞ける事も多いので損はしていない。

中々、ことゲームに関しては宮川の情報網は侮《あなど》れないのだ。

とはいえ俺の元々の趣味は戦略ゲームやロールプレイングゲームが主で、格闘ゲームやアクションゲーム系はプレイした経験もあまりなく、操作なんかもてんでダメだ。

だからその手の話に関してはいつも断っているのだが、……こいつはそれを理解しているのだろうか。

そんな事を考えながら俺はデスクを片付け、帰宅の準備をする。

「んじゃ、俺はそろそろ帰るわ」

「えっ⁉　もう帰るんすか⁉　あの仕事の鬼と呼ばれた先輩が⁉　天変地異の前触れ⁉」

「なんだその不本意な呼び名は。俺だってたまには定時で上がるさ、じゃあな」

そう言って驚く宮川とは別れ、その日の業務を珍しく、本当に珍しくつつがなく終え帰宅する。

ちなみに、あいつは俺の事をよく仕事の鬼だのデスマーチの神様だのと呼んでいるが、なんのことはない、ただ部下の残した仕事のつけを俺が支払っているだけだ。

それがこのブラック企業に十年勤める俺の役目とはいえ、そろそろ転職を考えるべきなのかもしれない。

とはいえ、そんなアテは何処《どこ》にもないが。

しかし社畜戦士の俺とて毎日毎日それではさすがに嫌気もさす。

そんな訳で今日は久しぶりに気分転換でもするかと思い、無理やり仕事を切り上げてきたのである。

はぁ、明日には今日のつけが回って仕事がさらにキツくなると思うと、定時に切り上げたはずなのに気分が重い。

どうかしてるぜ、この会社は。

だがそんな事にいつまでも構っていてはせっかくの自由時間が台無しになってしまうので、明日の事は明日考えようと早々に頭を切り替え、久しぶりに何か面白いゲームでもないかとスマホでアプリを探す。

幸い宮川からある程度の情報を得ていたので、面白そうなタイトルには目ぼしを付けておいた。

「どれどれ……。ふむ、色々あるなぁ」

とはいえ、詳細を確認していくと思ったよりも興味をそそられない。

結構似たり寄ったりのゲームアプリも多く、今までプレイしてきた内容と大差がないため、どうしてもやりたいという気持ちにはならないのだ。

まあ、やってみれば感想は変わるかもしれないが。

だが現時点でやる気がなければ、インストールする事もない。

世の中そんなものである。

目ぼしいタイトルが全滅してしまった俺は、仕方なく他のタイトルも探し出す。

そこでふと、気になるゲームを見つけた。

「ん？　なんだこれ、『異世界創造のすゝめ』？　知らないタイトルだな。……へぇ、ジャンルはシミュレーションRPGね」

詳細を確認すると、どうやら自分だけの惑星を作りそれを運営していくタイプのゲームらしい。

今までにないシステムなので、多少面白そうではある。

「ん～、まあ。これもチャレンジってことで、ちょっと触ってみるかぁ。合わなかったら消去すればいいだけだし」

さっそくアプリをインストールし、その他諸々の同意項目にチェックを入れてゲームをスタートする。

するとスマホの画面には宇宙空間を思わせるような広大なマップが広がり、銀河団のような綺麗な画像が表示された。

「え、なにこれ。こっからどうするんだ？」

当然オープニングムービーか何やらが始まったのだと思ったのだが、スマホの画面は銀河団が表示されたまま動きを見せない。

依然として固まったままだ。

なんだこれ？

俺にどうしろと？

もしかしてフリーズというやつだろうか。

いや、それにしては銀河団は徐々に動いているようなそぶりがある。

フリーズではないのかもしれない。

ためしに指で銀河団をタッチしてみると、『ピコンッ！』という音と共にメッセージが現れた。

プレイヤーの操作を待っていたのか。

なんてテンポの悪いゲームなんだ、これを作った制作会社は大丈夫か。

今までに類《るい》を見ない程に説明不足のゲームだな。

そして現れた文章にはこう書かれていた。


【ようこそ、アナザーワールドへ！　異世界創造のすゝめをインストールしていただきありがとうございます！　まずはこの銀河団の中から、お好きな銀河をお選びください】


なんだ、お好きな銀河って。

選んでどうするんだ？

説明が無さすぎる。

しかし選ばないと次に進めないようなので、銀河を選ぶ事にした。

銀河団をもう一度クリックすると、今度は選択可能な銀河の一覧が表示される。

「ずいぶん沢山あるな、いったいいくつあるんだよ銀河。変なところで容量使いすぎだろこのゲーム」

ざっと見てみるが、何を選べばいいのか性能の違いが分からない。

渦を巻いた標準的な銀河もあれば、真っ赤に染まったガスのようなものに包まれた謎の銀河もある。

他にも色々。

「とりあえずネットの情報を見てみるか」

スマホで『異世界創造のすゝめ』の公式サイトを検索し、チュートリアルの概要を見ようとする。

しかし公式サイトが見当たらない。リリースされて間もないからだろうか？

しかしゲームに戻ると、新たにメッセージが残されていた。

「何々？　基本的にどの銀河を選んだかでその後の資源が変わる？　オススメなのは渦巻型の銀河と……」

ようするに銀河によってガスや水、その他今後必要になる資源の配分が変わってくるらしい。

一番バランスが取れているのは渦巻型の基本的な銀河らしいので、俺もそれを選択することにした。

「だが、渦巻き型といっても色々あるな……」

色々あるが、現状ではこれ以上の情報を見られそうになかったのでとりあえず見てきた中で一番綺麗だった、青く輝く銀河を選択。

するとまたメッセージが出た。

【おめでとうございます！　『命育むマナの銀河』が選択されました！　選択された銀河の中から、お好きな太陽系をお選びください】

銀河に名前なんかついてるのか。

選択するまで詳細が分からなかったので、おそらく当たりハズレがあるガチャ要素みたいなものなのだろう。

もしかしたら狙った銀河が出るまでリセマラする人とかがいるかもしれないな。

……にしても、今度は太陽系か。

そんな事言われても太陽系の違いなんて分からないが、どうすればいいのだろうか。

仕方ない、好みで選ぶか。

とある太陽系をタップすると、今度は銀河系と違って太陽系の詳細情報を確認できた。

【マナの太陽系No．32056】
【生命誕生可能惑星2個】
【資源：3456　マナ：2034】
【難易度：中】

とのことらしい。

なんだ、マナって。

これがメッセージにのっていた、銀河によって変わる資源の一つなのか？

とりあえず難易度が中らしいなので、初心者の俺にはハードルが高いと思い別の太陽系を探す。

そして様々な太陽系を行ったり来たりしながら物色していると、ようやく納得のいくものを見つけた。

【マナの太陽系ＮＯ．２６４６７】
【生命誕生可能惑星１個】
【資源：５６７８　マナ：３４５６７】
【難易度：下】

資源の値が高いのもそうだが、なによりマナの数値が桁違いだ。

良く分からないが、たぶん多ければ多い程良いのだろう。

難易度も下だし、初心者にはおあつらえ向きだ。

文句のつけようがない立地だな。

俺はこの太陽系をダブルタップし、決定ボタンを押す。


【マナの太陽系ＮＯ．２６４６７が選択されました！　それでは自由な創造をお楽しみください！】


メッセージがそれだけ伝えると生命誕生可能惑星がズームアップされ、画面に様々なアイコンや機能が出現した。

どうやらやっとゲームの始まりらしい。

ズームアップされた惑星にスマホの画面が固定され、周りにいくつかの機能が追加された。

恐らくはこの機能を使ってゲームを進めていくのだと思うので、それぞれの機能を触っていく。

今ある機能は四つだ。

【ログ】
過去の記録が確認できます。

【スキップ】
ゲーム内の時間をスキップし、加速させます。
※イベント中はスキップできません。

【資源】
水や鉱物、タンパク源などの世界創造に必要な資源を惑星に追加できます。
※残り残量：５６７８

【マナ】
奇跡を起こすのに必要なエネルギー。
※残り残量：３４５６７

ログとスキップ機能は分かる。

恐らくこの機能をうまく使い、ログで状況を確認しつつ、スキップの時間経過と共に世界を創造していくのだろう。

次に資源だが、これは詳細をタップし細かく見ると水、鉄、タンパク源、ガス、など他にも細かく分かれているようだ。

しかし、それぞれに【追加する】という項目があるので、この資源を追加した配分量によってどんな世界になるか変わってきたりするのかもしれない。

だがあまりに細かいので詳細は確認しきれないな。

ここらへんはスルーでいいだろう。

公式サイトも攻略サイトもないので手探りにはなるが、一応【オススメ配分1】【オススメ配分2】……、という配分の目安がいくつかあるので、そこまで酷い事にはならないと思いたい。

そして最後にマナだが……、これは良く分からないな。

奇跡を起こすのに必要なエネルギーってなんだ？

ここには【奇跡を起こす】という項目はあるものの、今はまだその項目がグレーになり操作できないようになっている。

いったいどういう要素なのか分からない。

「とりあえず全部見たが、……ずいぶん大雑把だな。機能も四つしかないし。まだ最初だからか？」

たぶん今後ストーリーを進めていくと新機能が色々解放されるのだろう。

そうに違いない。

とりあえずゲームの方針としては資源を惑星に投下して創造を進めるみたいなので、デフォルトで用意されている【オススメ配分1】を選び惑星に追加することにした。

「ポチっとな。……あれ?」

【追加する】を選ぶが、何の反応もない。

なんだこれ、どうなってるんだ?

もしかして放置型の育成ゲームなんだろうか。

スキップを押そうとしても【エラー! イベント中はスキップできません!】と表示されてしまうので、今はイベントの最中らしい。

意味が分からない。

仕方がないので俺はこのままゲームを放置し、風呂に入る事にした。

まあ、風呂から出る頃には何かしらの変化があるだろう。

放置型の育成ゲームっぽいし、こういうのは何か別の事をしながらダラダラと遊ぶのがベストだ。

◇

——三十分後。

「ふぃー、温まったわー。さてさて、進行具合はどうなっているかな?」

俺はおもむろに放置していたスマホを確認し、画面を覗いてみる。

するとそこには、阿鼻叫喚の地獄絵図が広がっていた。

「って、なんじゃこりゃあぁ!?」

俺の育成する予定だった惑星に宇宙空間からありとあらゆる隕石が降り注ぎ、地上を爆撃していた。

もはや大炎上である。

いったい何がどうなったらこうなるのか？

原因を究明するためにログを確認する。

……、……、【水分を多く含んだ彗星《すいせい》を惑星に投下】、【水分を多く含んだ彗星を惑星に投下】、【水分を多く含んだ彗星を惑星に投下】、【水分を多く含んだ彗星を惑星に投下】、【鉱物を多く含んだ彗星を惑星に投下】……、……、……。

「いや、マジかよ」

どうやらこれは【オススメ配分1】によって実行された、資源の追加による爆撃地獄らしい。

どらえい事になってるな、これが世界を創造するという事か。

というかいくらなんでも表現が直接的すぎるだろ、もっとこう、ふわっとできないのか、ふわっと。

もはや元の惑星なんか見る影もないぞ、完全に別世界になっている。

その後しばらく、隕石や彗星の衝突を放心しながら見守っていると、ついにイベントが終了したのか新しいメッセージが表示された。

【資源の追加が終了しました。資源追加の余波により、月が創造されました。イベントクリア！】

イベントをクリアしたらしい。

いや、いいのかそれで。

俺の惑星めちゃくちゃになってるぞ。

しかも巨大な隕石や彗星と衝突した影響で惑星が欠け、欠けた大地が二つの月となってあたりを漂っている。

「ま、まあイベントクリアだし悪い事じゃないんだろう。まだ惑星には生命が誕生してなかったし、被害者はいない。大事なのはこれからだ」

ふと【スキップ】の項目を見ると、さきほどまでグレーだったアイコンが白く輝いている。

イベントを終えた事により、時間を早回しできるようになったのかもしれない。

これ以上資源投下により世界をめちゃくちゃにする気もないので、迷わずスキップする。

【スキップを開始します、しばらくお待ちください。――次のイベントまで残り15分】

どうやらまた放置が必要になったようだ。

しかしスキップ中にもゲーム内の惑星は刻一刻《こくいっこく》と変化を続け、どんどんその姿を変えていく。

天変地異が起こった事により大破壊されマグマのような熱気で、追加された水分が蒸発し雲を作る。

そしてその雲が雨となって大地に降り注ぎ星を冷やし、徐々に大地を整えていく。

その繰り返しはまさに星が生きているかのような壮大なスケールで描かれ、とてもゲームでの出来事だとは思えない程だ。

ぶっちゃけ今、感動している。

「すげぇな……」

そうしてしばらく時間も忘れ見つめていると、『ピコンッ！』という音と共にスキップ機能が解除された。

いつのまにか十五分経っていたらしい。

するとそこには綺麗な球体となった青の惑星に、だだっぴろい大陸と海が形成されていた。

まだ植物が無く大地に緑は無いが、それを除けばまるで地球のような姿をしている。

母なる大地の完成だ。


【惑星に大地と海が形成されました！　基本形の完成です！　新しい機能が解放されました！】


新しい機能とな？

画面を確認してみる。

【生命進化】

惑星に存在する資源を利用し、生命を創造し進化させます。
※一部特殊な生命の創造と進化には、マナが必要です。

――――ついに、生命体を創造できるようになったらしい。

【生命進化】の項目を調べてみると、どうやら惑星にある資源を利用して自由に生命を創造できるという事が分かった。

ただし生命創造にはある程度決まった形のパターンがあるようで、【パターン：植物1】、【パターン：微生物1】など、今のところ原始的な生命しか生み出せないようだ。

いきなり人間を作ろうとしてもそれは不可能らしい。

たぶん惑星の発展具合に応じて、動物や魚などの進化先が追加されるのかもしれない。

今後に期待だ。

「どれどれ、それじゃあまずは生み出せる植物と微生物を可能な限り生み出すかな」

俺はデフォルトで追加されている【生命進化】のパターン機能を利用して、【植物1】、【植物2】、【微生物1】、……、……、と作り出していく。

途中で創造にマナというエネルギーが必要な生命もあったが、消費するエネルギーの数値が一桁という誤差の範囲であったため、迷わず創造。

どうやら一度進化先を指定し創造してしまえば勝手に繁殖していくらしく、数を増やすためにあれこれと手を加える必要はないようだ。

今も現在進行形で、星の中で徐々に緑が広がっていっている。

また、これもイベントの一環のようでスキップしようとしてもエラーが出てしまうため、しばらくは放置が必要なようだ。

ここまでとりあえず惑星の基本形が出来上がったみたいなので、一旦ゲームを放置し、バッテリーが切れそうになったスマホに充電器をさす。

これで何があっても安心だ。

「……さて、カップ麺でも食うか」

仕事を切り上げ久しぶりに定時に帰ったが、いつもはこんな早い時間に帰宅し自炊することもないので、夕飯といえば基本的にはインスタントだ。

仕事で忙しい中年男性の心強い味方である。

そして三分で出来上がったカップ麺の美味さに舌鼓《したつづみ》を打っていると、ふと地球の歴史について想いを馳《は》せる。

たしか地球の歴史では、植物に進化する前にはシアノバクテリアという進化前の細菌が必要だったはずだが、そこらへんはどうなっているのだろうか。

【生命進化】ではもちろんそんな細菌の項目は無かった。

まあゲームなんだから大雑把でいいというか、そこまで細かくする必要があるかと言われると疑問ではあるが、少し気になる。

もしかしてそこらへんの進化過程を飛ばしたり、補ったりするのがマナの役目なのだろうか？

分からない事が多すぎるな。

攻略サイトが欲しい。

しかし攻略サイトだろうが公式サイトだろうが無い物は無いので、しかたなく俺はこのゲームのログを参考にスマホのメモに今までの経過やパターン等の情報を記《き》する事にした。

もちろんより円滑にゲームを進める為である。

攻略サイトが無いならば、自分で攻略本を作るしかないからな。

まだこのゲームを始めて間もないが、既に自分が思っている以上にハマり始めているのかもしれない。

とりあえず今ある情報はこんなところだ。

ステップ１：
銀河団という銀河の集団から特定の銀河を選ぶ事でゲームが進む。
他の銀河を選んだ場合に資源の配分がどうなるのか、その辺が不明。
検証が可能ならしてみたい。
因《ちな》みに銀河は選ばれるまで詳細情報が確認できないようだ。

ステップ２：
銀河を選んだら次は太陽系を選ぶ。

太陽系とは元々太陽を中心とした地球周辺の惑星たちを示す言葉だが、このゲームで創造する惑星は地球でないのにもかかわらず太陽系と表記されている。

意図は不明。

たぶん制作会社の地球リスペクトとかそんなところだろう。

ステップ３：
太陽系を選ぶと、基本機能が解放される。
機能は４つで、【ログ】、【スキップ】、【資源】、【マナ】。
特に生命を誕生させてからの【資源】機能には気を付けろ、世界が終わる。

ステップ４：
月と大地と海ができると、【生命進化】の機能が解放される。
機能の詳細は不明。
要検証。

「こんなところかな……」

今まで起こった事をメモにまとめ、一息つく。

色々考えながらメモをまとめていたら一時間も経っていた。

十九時に仕事を切り上げて帰宅したのが二十時、そこからなんやかんやでもう二十三時だ。

さすがに今日は早めに仕事を切り上げたとはいえ、明日も朝は早い。

せっかくの自由時間ではあるが、そろそろ寝た方がいいだろう。

そう思った俺は充電しているスマホを見てまだイベントが終わらない事を確認した後、就寝する事にした。

それじゃ、おやすみ。

◇

目が覚めた。

現在は朝の六時、俺は昨日放置していたスマホを眺め、そのまま微動《びどう》だにせず固まっている。

スマホを眺める俺の表情は固定され、真顔だ。

なぜなのか。

それはこの光景を見れば理解できるだろう。

「なんで、魚が空を飛んでるんだ……?」

放置していたスマホ画面の惑星には、いつの間にか空を自由に遊泳する魚たちや、大陸に堂々と根付いた樹高千メートルはありそうな巨大な植物でめちゃくちゃになっていた。

なんだこれは、どうしてこうなった?

というかこの巨木デカすぎじゃね？

魚も海を泳ぐやつと空を飛んでるやつで完全に進化が分岐している。

まだ陸上に上がった生物はいないようだが、もはやそういう問題じゃない。

シアノバクテリアがどうとか、微生物がどうとかいう次元を超えている。

中々地球の史実に忠実なゲームだと思っていたのだが、たった一日で物理法則に真向から喧嘩を売るようになっていたようだ……。

放心していても仕方がないので、すかさずログを見る。

するとそこには、とんでもないメッセージが残されていた。


【マナを含む創造により、植物１が植物１αへと進化しました】

【マナを含む創造により、微生物１が微生物１αへと進化しました】

【植物１が植物２へと進化しました】

【微生物１が巨大化し、多細胞生物１へと進化しました】


なんだ、その微生物1αというのは。

微生物1とは違うのか？

良く分からないのでとりあえず飛ばし、ログを読み進める。

【微生物1αが巨大化し、多細胞生物1αへと進化しました。マナを含む大気を泳ぐ事が可能になりました】

【植物1αが世界樹へと進化しました。世界樹は最終進化形です、これ以上進化できません】

【多細胞生物1αが原始龍へと進化しようとしています、マナを与えますか？】


……なるほど。

どうやら俺は大きな勘違いをしていたらしい。

そうだよ、タイトルにもあったじゃないか。

これは『惑星創造のすゝめ』ではなく、『異世界創造のすゝめ』だってな。

つまり俺が作っていたこの惑星は、ファンタジーな異世界ものだったという訳だ。

そこまで考えた俺は思考を放棄し、無心で【多細胞生物1α】にマナを与えた。

もうどうにでもな～れ～。

進化する生物たち

『異世界創造のすゝめ』で世界樹やら原始龍やらを誕生させたその日の夕方、俺は今日も昨日に引き続き仕事を定時で切り上げ帰宅した。

もちろん仕事の方は昨日のツケとしてだいぶ溜まっていたのだが、休みも程々に早めに出社し昼飯も食わずにぶっ続けでデスクワークをした事により、なんとかこうして時間を作る事ができたのだ。

ここまでするという事は、俺は自分が自覚していないところで、このアプリにかなりハマっているのだろう。

とはいえ、俺はこのアプリの事をどこかで不審に思ってもいた。

部下の宮川にも『異世界創造のすゝめ』の事をそれとなく聞いてみたが、ゲーム廃人であるアイツですら知らないタイトルなんて、そうそうお目にかかれるモノじゃない。

もちろん、ゲーム性そのものに不審なところはないと思う。

しかし、ネットで検索しても公式サイトや攻略サイトが見つからないどころか、このゲームタイトルの情報すら書き込みが無いのだ。

そりゃ不審にも思うだろう。

だが現状としてはアプリを開いている時に電池の消耗が著しいという事以外、特に困った点もない。

怪しいとは思いつつも、不都合がないのでこれ以上気にするのは無駄だと思い考えるのをやめた。

面白ければなんでもいいしな。

「さて、さっそく惑星の様子を見てみるか。おっ、さっそく原始龍が子どもを産んだのか……。何々……？　種族は高位古代竜《ハイ・エンシャントドラゴン》ね」

朝方に多細胞生物1αにマナを与え進化した原始龍が子供を産み、別種族である高位古代竜とやらを新たに誕生させたらしい。

生物の能力を知りたい所だが、あいにくこの不親切なゲームアプリにはそんな鑑定機能のような能力は搭載《とうさい》されていない。

ただ一度生み出した生物は【生命進化】の一覧に大まかな解説が載るようなので、その生態を確認することができる。

説明にはこう書かれている。


【原始龍】

遥か太古、生物が誕生した原始の時代から存在する上位生物。

創造神の力によって直接的な進化を果たした原始龍は、僅かながら神性を宿している。


【高位古代竜】

最も龍に近い竜と言われ、龍が神性を失い退化した竜の祖先。

原始龍には及ばないものの、その他大勢の生物と比べ圧倒的な格を持つ。


という事らしい。

原始龍の説明にあった創造神による直接的な介入というのは、恐らくこのゲームで謎の多かった機能のひとつ、【マナ】の力による影響の事だろう。

この場合はプレイヤーである俺が創造神で、力というのがマナの事であると予想がつく。

「なるほど、原始龍がマナという神の力を僅かに宿した生物で、いまのところ最強。そして神の力を失い劣化したものの、それでも他の生物と比べたら雲泥《うんでい》の差で圧倒しているのが高位古代竜ってことか」

どうやら、【原始龍∨高位古代竜】という図式が成り立つようだ。

まあ生物である以上、本来は個体ごとに役割があったり強さの比重なんかも変わってくるのだろうけど、あいにくそれは確認できない。

このゲームに鑑定機能が実装されているのかは知らないが、もしあるなら早めに欲しい機能ではある。

しかし、こうしてみると不思議なものだ。

本来生物というのは環境に適応し変化していくなかで、形を変えて進化していくものだというのに、ことドラゴンに至っては過去に遡《さかのぼ》る程より強くなっていくらしい。

この弱肉強食の時代で、わざわざ弱くなるための進化で何か得るものがあるのか謎だが、そこらへんはファンタジーという事なのだろうか。

ちなみに植物の最終進化形である世界樹は、現状新たな植物へとは変化しないようだ。

これでこの生物は完成されているという事なのだろうか？

ログを確認してみるが、今のところ子孫を生む事もないらしい。

「しかし、最終進化か……。今のところ圧倒的な力を持つ生態系の頂点、原始龍ですら解説には最終進化とは記載されていない。あくまでも上位であり、最終ではないからな。子孫の方が弱くなっていくドラゴンの生態系的にいえば、ドラゴンの最終進化形ってすごく弱いんじゃ……？　疑問だ……」

と、そんな事を思ってスマホを眺めていると、惑星中に散らばっていた原始龍たちが突然、ある大陸に集まり始めた。

高位古代竜も続々と集まってきているし、一体何事なんだ。

彼らが集まった大陸にはまるで針のように鋭く尖った断崖絶壁の山々が立ち並び、その周囲を覆うようにして沢山のドラゴンが空を泳いでいる。

それは渦を巻くようにして一匹の原始龍を基点とし、まるで何かの儀式みたいに力を集結させているような感じがした。

すると突然、中心となっていた原始龍が輝き出し、『ピコンッ』という音と共にメッセージが表示された。


【原始龍の長が最終進化を行おうとしています！　マナを与えますか？】


「は？」

いや、長ってなんだ？

族長とかそういうやつか？

まじか、この中心の原始龍って長だったのか。

こいつらにそんな文明があるとは思わなんだ。

というかいきなりだな、最終進化。

まあもちろんマナを与えるけども。

そして何気ない気持ちで最終進化を決定すると、ただでさえ眩しかった原始龍がさらに強く輝き出した。

「うおっ、なんだ⁉　……小さくなっていく⁉」

強い輝きと反比例するかのように族長は小さくなっていき、だんだんと人の形を取り始める。

光が完全に収まると、そこには立派な角を生やした全裸のイケメン男性が鎮座していた。

いや、なんで人？

もしかしてこの惑星では人間の祖先ってドラゴンなのか？

いやいやいや……。

というかモザイクかけろ！

【おめでとうございます！　原始龍が最終進化し、龍神《りゅうしん》へと生まれ変わりました！　イベントクリア！　新機能が解放されました】

慌てて新機能を確認すると、そこには【神託《しんたく》】という項目が追加されていた……。

なんか、知らない内にイベントクリアしたっぽい。

【神託】の機能も気になるが、とりあえず先ほどから気になっていた最終進化の方に着目してみる。

【生物進化】には、やはり新たな情報が記載されていた。

【龍神】

龍の神であり、創造神の加護を強く受けた亜神《あしん》。

全ての生物の中で、個体としては最強の力を持っている。


ふむふむ、どうやらこの惑星における神様っぽいやつらしい。

創造神の加護を受けたと表現されているので、本物の神様という訳ではないらしいが、それでも亜神と表記されている以上特別な力を使えるんだろう。

だが、いまのところ人間関係の記載が見当たらないので、もしやこの惑星における人間の祖先なのかもと思ったが違うようだ。

今後に期待である。

次に【神託】について調べてみる。


【神託】

強いマナを持った加護のある生物に対し、メッセージを送れる。


「……え、それだけ？　というかメッセージとは？」

よく見ると、神託の欄《らん》にはメモ帳のような機能が搭載されていた。

つまりこれでスマホのキーボードを操作し、メッセージを送れと？

なんだそりゃ。

もしかしてこのゲームにはＡＩとかが搭載されているのか？

いや、仮にＡＩだったとして、それでどうしろというんだ。

とりあえず物は試しということで、神託に書き込みをしてメッセージを送ってみる。

「そうだな……。とりあえず『もしもし、聞こえていますか』っと。……送信！」

神託、もといメッセージを龍神宛てに送ると、画面の中の龍神がビクッと震えた。

辺りを見回し、キョロキョロしている。

「おお、反応があった。しかしやけにリアルな反応だな、面白い。反応が気になるし、もっと遊んでみるか」

調子に乗った俺は、メッセージで『これからこの世界をよろしく』とか、『いつか人間って生物を作ろうと思ってるんだよね、たぶん竜よりもだいぶ弱いから、勝手に絶滅させないように』とか色々書き込んでみた。

その度に龍神はうんうんと頷《うなず》き、クソ真面目な顔をして何事かを周りの龍たちに伝えていく。

これゲームだし、たぶん言っている事は微塵も伝わっていないだろうが、それでも反応があるのは面白い。

この機能を考えた制作会社はやり手だな、見ているだけでかなりの満足感。

神託を伝えられた龍神やその眷属《けんぞく》たちの行動もグッドだ、皆して清聴している。

そんな感じで龍たちの集会はつつがなく終わり、またそれぞれの住処へと戻っていった。

お祭りは解散という事らしい。

「さて、とりあえずイベントもクリアしたみたいだから、またスキップするか」

原始の世界をただ見ていても同じ事の繰り返しなので、迷わずスキップする。


【スキップを開始します、しばらくお待ちください。――次のイベントまで残り10分】


「十分か、今度は短いな」

今度は次のイベントまでそれほど時間もないので、風呂には入らずとりあえずカップ麺を作り食事を先に行う。

お湯を沸かしカップ麺を作りながらもスマホを眺めているが、なかなかどうして、龍神を誕生させて以降様々な生物が次々と誕生していく。

スキップはかなりの倍速なのでログを追う事でしか状況を把握できないが、とりあえず海の生命が陸上に上がり、次第に哺乳類となり子孫を反映させ、猿に近い原始人のような者まで誕生させた事までは分かった。

ついに人類の誕生も間近である。

その上、それ以外にもヤケにデカい海の生物や虫、また高位古代竜たちの遠い子孫である竜や、竜からさらに劣化したと思われるワイバーンのような生物まで色々誕生した。

いよいよファンタジーしてきたな。

そしてカップ麺を食べ終えたあたりでちょうどスキップが終了し、念願のメッセージが現れた。

【猿人類がヒト族に分岐進化を果たそうとしています！　マナを与えますか？】

「キ、キタァアアアアアア!!」

ついに人類！

まる一日かけただけに期待は大きい！

明日は土日なので急な休日出勤が無い限り、一日中遊べるし、創造意欲がこれ以上ない程に高まっている。

意気揚々と【生命進化】の項目を確認すると、そこにはファンタジーで御馴染みの様々な種族が立ち並んでいた。


【ヒト族】

標準的な人間タイプの生命体。

マナの影響は薄く力も無いが、弱さ故に繁殖力と知恵に最も優れている。


【エルフ族】

植物と親和性の高い、人間タイプの生命体。

ヒト族の中では高いマナの影響を受けているが、力は人間タイプの中ではかなり弱い。

繁殖力は低い。


【獣人族】

動物的な特徴を持った、人間タイプの生命体。

ヒト族よりもさらにマナの影響が薄い。

しかし力は人間タイプの中で強く、繁殖力も高い。


【ドワーフ族】

鉱物に親和性の高い、人間タイプの生命体。

人間タイプの中ではマナの影響は標準的で、力も強い。

繁殖力は標準的。


この他にも様々な種族が一気に創造可能になり、よりどりみどりだ。

誕生させるのには種族に応じた環境とマナが必要なようだが、幸いこの世界は自然豊かで資源としての【マナ】も残り豊富だ。

というか、龍神が生まれてからなぜか新たにマナが製造され続け、僅かだがが【マナ】の資源が増えている。

人間種を全て創造しても痛くもかゆくもないぐらいだ。

最終進化形はどれも強いマナを持っていると表記されているので、恐らくだが、世界樹や龍神を生んだ事でマナの製造が捗っているのだろう。

これは進化が滾《たぎ》るな。

人間側の最終形態にはどんなのがいるのかも気になる。

俺は今後の惑星創造に期待を膨らませながらも、目につく限りのヒト族を創造していく事にした。

ヒト族と、それにまつわるエルフ族、ドワーフ族、獣人族やその他大勢の種族の人間たちを作った。

現在、進化した彼ら彼女らは原始的ながらも文明を作り、石と木で出来た武器や防具を持ち穴倉で暮らしている。

ここら辺はスキップせずとも見ていて楽しいので、今は彼らの生活を眺めながらニヤニヤしているところだ。

「しかし案外、ドラゴンは人間を襲わないんだな。てっきり見つけ次第食料にするのかと思ったが……」

未だ文明が未発達で、大した戦闘力を持たない人間たちは龍や竜を異常に恐れているようだが、肝心の龍や竜側からは特に襲い掛かる等といった行動はない。

ワイバーン等の下等すぎて竜の枠組みからも外れた生物はその限りではないみたいだが、不思議な事もあるものだ。

確かに龍神に対し、【神託】で人を絶滅させるなとは伝えたが、まさかそれをゲームのキャラクターが理解しているとも思えない。

何か原因があるのだろうか。

もしかしたらそういう仕様なのかもしれない。

まあ人間を作った端から駆逐されてはかなわないので、都合がいいといえば都合がいい。

とはいえ、人間同士の争いや狩りでの事故には基本的に龍の干渉は無いので、自分たち側からは滅ぼすことはありませんよ、というだけなのかもしれない。

あくまで人間に対して中立的な存在のようだ。

そしていよいよ異世界っぽくなってきたこの惑星だが、現在俺はとある生物に対し頭を悩ませている。

その生物とは、クジラだ。

それもただのクジラではない、空を飛ぶ、もとい空を泳ぐ巨大クジラである。

このクジラがまた厄介で、龍や竜程に強くはないにしても、とにかく大食いで見境がない。

せっかく生み出した人間は問答無用で食料にするわ、食った端からまた次の人間を食うわで大忙しだ。

個体数が少ないため今のところは被害がそれほどでもないが、この原始時代の人間には対抗手段がなく一方的にいいようにやられている。

体が大きく目立つので、たまに通りかかった古代竜のエサになったりしてるみたいだが、それでもこのまま放置はしておけない。

さて、どうしたものか……。

「人間にはまだ最終進化形がいないから【神託】を行えないし、そもそも【神託】したからといってゲームキャラがどうこうする事も無いだろう。これただのエモーションを楽しむだけの機能だし……」

途方に暮れて悩む俺は、【生命進化】の一覧からより強い人間を生み出せないか模索する。

人間を生み出してからそれなりに時間が経っているので、どこかの種族に上位種が生まれても良い気がするんだよな……。

そうして進化先の一覧を隈《くま》なく探すが、結局目ぼしいものは見つからなかった。

実に無念だ。

気分転換にふと元の惑星画面に戻ると、そこでは珍しい事にクジラに対抗しようとする人間たちの集団を見かけた。

えーっと、これはエルフと、ヒトだな。

二つの種族が協力して巨大クジラを打倒しようと、伏兵や罠を使って事に当たっているらしい。

ある者はこの時代の最新兵器である弓を、ある者は長い間作り続けたであろう穴倉という盾を、そしてまたある者は槍を手に戦いを挑む。

「いや、無茶するなよ。お前らじゃまだ勝てないって」

そう思うが、そんな事が彼らに伝わるハズもない。

だってそういうゲームだもの。

当然無茶をすれば犠牲者は増える。

次第に人間勢の戦線は崩壊していき、クジラに飲み込まれていった。

まあまあ良い戦いだったが、さすがにここまでか。

もう人間側は食われたか重症を負った者が殆どで、比較的軽症な者も数名しかいない。

ゲームセットだろう。

ああ、最後の抵抗とばかりにヒト族の男性が、エルフの女性を守って勇猛果敢に突進していってるよ。

見ていられないな……。

するとそんな時、ゲーム画面にメッセージが現れた。


【イベント発生！　エルフ族『ララ・サーティラ』とヒト族『ダーマ・ラルカヤ』が、人間種として初めて神に奇跡を願いました！　マナを与えますか？】


うぉ⁉

なんだなんだ！

急にイベントが発生した！

というか既に神に言語を伝える文化があったのか、すごいな人間！

そしてもちろん、答えはイエスだ。

マナだろうがなんだろうが持っていくといい。

いままでの経験からして、マナを与えた生物は例外なく強くなった。

もしかしたらこれが、起死回生の一手になるかもしれない。

俺がGOサインを出しマナを与えると、かつての龍神の時のような光が二人を包み輝き出す。

演出凝ってるなー、まるで主人公の覚醒だ。

【マナの影響により、エルフ族『ララ・サーティラ』がハイ・エルフ族へと進化しました！　マナの影響により、ヒト族『ダーマ・ラルカヤ』がヒト族・英雄へと進化しました！】


おお、進化した。

見た目にあまり変化はないが、名称が変わったという事はそれなりに強くなったのだろう。

あまりの出来事に巨大クジラも怯《おび》えている。

まあそれもそうか、今までただ食べる側として生きていたクジラからしてみれば、こんな現象は経験にないだろう。

なんといっても、神の奇跡だからな。

そして進化したハイ・エルフ族のララは何を思ったのか、突然手をクジラへと向けて不思議な構えを見せた。

そして次の瞬間――。

「うお⁉　これは魔法か⁉　すげぇえええ！」

ララはその突き出した手から風の刃を繰り出し、巨大クジラに大きな切り傷を与えた。

ただでさえ怯えていたクジラはすでに混乱の極みに陥り、人間を食う事もやめて暴れ出す。

そしてララの牽制《けんせい》攻撃により、大きな援護を受けた英雄ダーマはトドメとばかりに凄まじい身体能力を駆使してクジラの脳天に槍を突き刺した。

ただの槍の攻撃なのに、なぜかクジラの頭が爆発する。

これも魔法だろうか？

しかし魔法だろうがなんだろうが、とにかく頭を失ってしまえば生物は生きていられない。

直前まで暴れていたクジラは完全に沈黙し、辺りでは生き残った人間たちが騒ぎ出した。

完全にお祭りムードだ。

「うぉぉお……、まるでアニメを見ているみたいだな。本当に勝っちまいやがった」

こうしてこの惑星初の強化人間はクジラとの戦いに勝利し、新たなる一歩を歴史に刻んだのであった。

◇

次の日、俺は心地よい朝の日差しを感じて目が覚めた。

どうやらいつの間にか寝てしまっていたらしい。

ここ二日、早く帰るために張り切ってたからな……、まあ疲れが溜まっていたのだろう。

幸い今日は休日だ、目覚ましをセットし忘れていたがそう慌てる事もない。

「さて、確か昨日はクジラ戦でイベントが発生して英雄が生まれたはずだが、その後の世界はどうなっているかな……」

スマホを確認すると、なんとまだ小さいながらも人工的な建物のある村が誕生していた。

それも一つや二つじゃない、世界中のいたるところで文明が発展している。

「おお、すげぇ成果だ。でもやけに急に発展したな」

不審に思った俺はログを確認する。

するとどうやら、あの日進化を果たした人類、ヒト族・英雄のダーマと、ハイ・エルフ族のララがその後もクジラを狩り続け、人類の躍進に貢献したことが窺《うかが》えた。

力無き者を守らんとする二人は周囲の穴倉で暮らしていた人類を集め、もう外敵に怯える事はないと力を示し、少しづつではあるが生活に余裕を持たせた事が原因だ。

暮らしの余裕は知恵をつける時間と機会を与え、知恵をつけた人間が道具を発明し、そしてその道具を武器にさらなる余裕を生活に与えた。

その頃には強化人間であるヒト族・英雄のダーマは寿命で死んでしまったみたいだが、幸いハイ・エルフに進化したララは未だに寿命が訪れてはおらず、今では人間の守護者として一種の象徴のようになっているらしい。

そしてこれが切っ掛けとなったのか、他にも目を離した隙に勝手に上位種族に進化した人類もちらほらと出現し、あちこちで文明を発展させたとログにある。

もちろん俺が人為的に起こした奇跡のように一瞬で進化とはいかなかったみたいだが、長い年月をかけて突然変異のような形で現れる事もあるようだ。

「ほえ～、すごいなこれは。もう原始時代とは言えないぞ」

まだしっかりとした布製品は見かけないが、獣の皮などで作られた服や防具、そして青銅で作られた金属製の武器がある。

もう立派な文明だ。

森では長きを生きるハイ・エルフの『ララ・サーティラ』がエルフの集落をまとめ、岩山にはハイ・ドワーフが、草原には獣人が、そして平野には新たなヒト族の英雄が複数の集落を管理し、小さいながらも疑似的な国のようなものを作り上げていた。

他に上位種族の現れていないような人間種も、それぞれの住処を作り文明を形作っている。

壮大なスケールだ。

だが、不思議な事にいつもの『イベントクリア！』の文字がログに残っていなかった。

人類で初めてキャラが神に奇跡を祈ったのがイベントの始まりであったはずだが、……はて？

いつになったらイベントクリアになるのだろうか。

とりあえずスキップはできないようなので、朝飯でも食いながら経過を見守る事にする。

様々なところに点在する村々を見学していく事にした。

「へー、何か知らないけどもう墓の文化があるのか。……あ、このエルフの村にある墓は英雄ダーマの墓かな？　クジラのアゴ骨が飾られているし、ララが墓の前で祈って泣いてるよ」

たぶんこれ、神様に祈ってるんだろうな。

といっても神様は俺だが。

すまんなララよ、俺では死んだキャラに干渉する事はできないんだ。

無力な創造神で申し訳ない。

なんたって、創造神はただのプレイヤーだからな。

そんなこんなで文明発展の軌跡を眺めながら感傷に浸っていると、ようやく画面にメッセージが飛び出してきた。


【イベントが進行します！　世界がアップデートされました、新機能が解放されます！　アップデートに伴い、世界に深刻なエラーが発生！】


「は？　エラー？」

なんじゃそりゃ。

エラーが発生しているらしいが、この惑星は依然として今まで通り動いている。

あ、もしかしてこのエラーこそがイベントの続きか？

面白い運営だな、こんなイベントは見た事がない。

それならとことん付き合ってやるよ、今日明日は遊び放題だしな！

そして今も尚【エラー発生！】と連呼するスマホ画面を無視し、イベントの内容を把握するべくログを確認する。

そもそも、まずはどんな世界にアップデートされたのか理解しなければならない。

ログを確認すると、面白いメッセージを見つけた。

【世界のアップデート内容】

新機能、ストーリーモードが選択可能になりました。

ストーリーモードでは創造神であるあなたがキャラクターを作成し、自由に世界を旅する事ができます。


「おお！　これだよこれ！　こういう機能を待っていたんだよ！」

自分で作った惑星を旅する事ができる、まさにロマンだ！

次から次へと期待の上を行ってくれるゲームだ、楽しみが尽きないな。

そしてさらにログを読み進めると、今度はエラーの内容が発覚した。


【エラー報告】

創造神の奇跡であるマナを狙って、原始龍の一匹が龍神に反旗を翻しました。

原始龍の反乱に伴い、数匹の上位古代竜と高位の生命体が付き従っています。


「ふむ、つまりアレか？　龍神ばっかエラいのが納得いかない、俺にも良い思いをさせろって事かな？　龍の世界も大変だなぁ」

他愛もない事を思い浮かべながら、さらにエラー報告に目を通す。

【エラー報告】

龍神と原始龍の争いが激化しています。

追い詰められた原始龍がマナによる神格化を求めて、従う者による祈りの儀式を行いました。

儀式成功！

原始龍が進化し、魔神へと生まれ変わりました！


「ははは！　魔神が生まれちゃったよ！　面白いなこれは！」

なんか龍神に対抗して魔神が生まれたらしい。

やはり光あるところには闇もあるという事だろうか？

世界って難しいよね……。

だが、よくできた脚本だ。

ログに残ったメッセージは更新されていく。


【エラー報告】

龍神と魔神が戦い、お互いに深手を負いました。

魔神が眷属を連れ別大陸へと逃げ出しました。

魔神の力により、大陸の一部が眷属である魔王と魔族に浸食されています！

マナの不正利用により、瘴気《しょうき》が溢れ出しました！

龍神が創造神へ助けを求めています。

「ほうほう、一旦は戦いに決着がついたようだな。小さめの大陸の一つに逃げ出したみたいだし、ここは暫定魔大陸ってところかな？　というか強いな龍神、一人で魔神と眷属を追い返しちゃったよ」

龍神やべー、【生命進化】の解説で最強と謳《うた》われているのは伊達《だて》じゃないわ。

とはいえ曲りなりにも神へと進化を果たした元原始龍の魔神が相手では、進化前の原始龍じゃ手に負えないようだ。

龍神もさすがに追いかけるだけの体力は無いようだし、ここは助けてやるとするか。

といっても、俺には【生命進化】や【マナ】でしか直接的な干渉手段がないが。

とりあえずざっと【生命進化】の一覧を見るが、魔神を相手に有効打になりそうな進化先は特にない。

この世界で最強の龍神はもう最終形態だから進化はできないし、この機能での救済は一旦諦めよう。

そもそも、相手は瘴気とかいう新能力で武装しているんだ。

ただ強いだけの生命では勝てないと思うんだよね。

なので次善の策として【マナ】の機能を確認する。

するとそこには、今まで微動だにしなかった【奇跡を起こす】の項目が白く点滅していた。

どうやらここがこの機能の使いどころだったらしい。

俺は迷わず項目をタッチする。

【イベントが進行します！　創造神の奇跡により、世界に新たな力が産み落とされました！　人間種に、『勇者』、『聖女』、『剣聖』、『賢者』の上位職業他、数多の職業が加わりました！】


ついに来たか、職業勇者！

ファンタジーといえばこれだよ。

その他の職業もログには残っているが、あまりにも多すぎて把握しきれない。

いつも思うが、このゲーム容量どれだけあるんだろう。

ま、いいか。

「さて、やる事やったし次はストーリーモードだな。とりあえず世界の方は放っておいて、俺もなにかしらキャラクター作ってみよう」

期待に胸を膨らませながら、俺は【ストーリーモード】へと思考がシフトしていった。

ストーリーモード

新機能であるストーリーモードへと意識を向けた俺は、さっそくキャラクターを作成してみる事にした。

「何々？　まずは職業を選ぶのか……。そして当然初期レベルは1、と……」

考えてみれば当然の事だが、いくら創造神という設定であるプレイヤーであっても、ストーリーモードではレベル1からのスタートのようだ。

まあ、最初から創造神レベル999、とかだとゲームバランスが崩壊するしな。

そりゃそうだ。

それだとストーリーもクソもない。

ちなみに選択できる職業に勇者などの上位職業は含まれておらず、選択しようとしても【エラー！　既に所持している個体がいます！】と出るため、恐らくこの勇者や聖女の上位職業は世界に個数限定でしか出現しないレア職業なのだろう。

勇者を所持している惑星のキャラが死んだらどうなるか分からないが、たぶんしばらくして他のキャラに職業勇者が行き渡るんだろうな。

そんな気がする。

という訳で俺が初期状態で選べるのは一般職の【剣士】とか、【魔法使い】とか、そこらへんだ。

ただ運営のサービスなのかどうかは分からないが、キャラ作成画面の説明に【創造神の分身であるあなたのキャラクターは、職業を最大三つまで保有できます】とメッセージが残されているので、たぶんかなり優遇されているのだろう。

そこらへんはちゃんと有象無象の一般人ではなく、創造神としての優位性を保てるようになっているらしい。

とはいえ、何度も言うが最初はレベル1だ。

職業が多くても最初から調子に乗っていればすぐにゲームオーバーになってしまうだろう。

俺は脳内で何度も最適な組み合わせをシミュレートした結果、近接職、遠距離職、便利職をバランスよく組み合わせる事にした。

メッセージには職業の入れ替えは【マナ】を支払えば自由だが、入れ替えるとその部分の職業が当然レベル1からスタートになるようなので、できれば最初に使いづらい職業を選ぶのは避けたい。

複数の職業を体験することで複合職というレア職業を選択可能となってるので、ピーキーな職は操作に慣れてからにしようと思う。

で、まず近接職だが、これは普通に戦士でいくことにした。

理由は職業選択画面で出現する能力パラメーターが安定しているからだ。

魔法系の能力は壊滅的だが、その他物理面での平均値が剣士や闘士といった近接職よりも、総合すると高い。

恐らく戦士は特定の戦闘技術に特化していない分、剣の扱いに特化した剣士などに比べて強みがなく、その代わり他よりも肉体能力が高く設定されているのだろう。

即採用だ。

次に選んだのは、神官。

とりあえず回復手段が無いと始まらないと思ったのが一つと、威力は乏しいが魔法による遠距離攻撃も可能なのが一つ。

魔法使いのように多彩な攻撃魔法は扱えないようだが、解説には成長すれば光属性の攻撃魔法を習得できるとある。

育てておいて損はないだろう。

最後に三つ目、選んだのは錬金術師だ。

魔力というパラメーターを消費し素材があれば道具を創造できる他、基本スキルに鑑定が搭載されていた。

やっぱり相手のレベルとか、危険度とか、そういう知識って冒険では必須だと思うんだよね。

という訳で、俺が選んだのは以上三つの職業だ。

さっそく作成したキャラクターを確認し、決定する。

すると今度は年齢設定の項目が出現した。

「えー、何々。五歳から五十歳まで選択可能なのか。キャラクター作成後の年齢の変更には【マナ】による奇跡が必要と……」

なんでもありだな、創造神の奇跡。

職業だけでなく年齢設定まで自由自在かよ。

まあ仮にも世界創造の神が作る分身だし、それくらいできてもおかしくはないが。

とりあえず物は試しという事で、【マナ】を微量に消費する以外デメリットというデメリットも無さそうだし、飽きたら変更すればいいと思い十歳から始める事にした。

少年冒険者の誕生だ。

俺は年齢を確定し、次に進む。

どうやらこの確認が最後だったようで、メッセージには新たな文面が出現した。

【イベントクリア！　おめでとうございます、あなたのキャラクターが創造されました。基本機能を全て解放し操作しました。チュートリアルイベントを終了します。以後、時間経過は緩やかになります。ストーリーモードをお楽しみください】


お、やっとイベントが終了したぞ。

どうやらここまでがチュートリアルだったようだ。

それに時間経過が緩やかになるとは言っているが、スキップ機能は相変わらず健在なので、時間加速させようと思えばいつでもできるらしい。

ただ、あまり時間を加速させてレベルを上げないまま次のイベントを体験するのは詰む予感しかしないので、とりあえずまずはレベル上げを優先して行う事にしよう。

俺はキャラクター作成画面からいつもの惑星画面に戻り、世界を俯瞰《ふかん》した。

時間が緩やかになる前、キャラクター作成時に長時間悩み何時間もかけて操作していたため、だいぶ世界の情勢も変わっていると思い一旦戻ったのだが、やはり放置時間が長かったためか、ついに俺の惑星は立派な国家や文明を創造していたようだ。

まだ国家間の技術格差や文明の格差が激しく安定はしていないが、おおよそ中世前後の世界観になったと思われる。

魔大陸の方は相変わらず健在で、何度か勇者が現れては魔王や魔族と戦いを繰り広げているとログにはあった。

中々遊び甲斐がありそうな世界だ。

俺はそんな自分で作った世界を楽し気に眺めながら、それじゃあさっそく冒険するかと思い【ストーリーモード】を選択する。

だが選択した瞬間、俺の意識は遠のいていき――――。

――――気づくと俺は、スマホを片手に見知らぬ森の中で倒れていた。

「いや、意味分からん」

誰か、状況を説明してくれ。

◇

なんだここは、一体何が起きた？

俺はあたりを見回すが、周りには異常にでかい木が鬱蒼《うっそう》と生い茂るばかり。

え、さっきまでゲームしてたよな。

あれ？

「まだ三十代なのにボケたか？　いや、ないだろ……」

さすがにボケるには早い、無理がある。

そんな事を考えしばらく放心しボーっとしていると、突然ポケットがブルブルと振動し始めた。

「あ、スマホが鳴ってる……」

誰もポケットにスマホがあるとは言っていないが、俺はついつい社畜の本能で上司から電話がかかってきたと錯覚し、ポケットからスマホを取り出し画面を見る。

するとそこには見慣れた惑星のホーム画面と、あのゲームのメッセージが表示されていた。


【ストーリーモードを開始しました。創造神の分身となる肉体能力の状態確認、及びストーリーモードでのアプリ機能をご案内いたします】


タップして続きを見ると、自身のストーリーモードで使用するキャラクターの能力値やスキルが『ステータス画面』として確認できる他、惑星を俯瞰した世界地図としての機能、アイテムボックスのような次元収納機能がスマホに搭載されているらしかった。

なるほど、便利だな……。

これならここがどこかもすぐに分かるだろう。

「って、違うだろ。そういう問題じゃない、なんでこういう状況になったんだ？」

誰かのドッキリにしてはあまりにも超常的すぎるし、ステータス画面に映る俺の姿はまるで俺の十代の頃のような――。

「って、よく見たら俺の手足めっちゃ縮んでる⁉」

驚いた事に、俺は十歳の少年時代にまで肉体が若返っていた。

あまりに仰天しすぎて、開いた口が塞がらない。

心臓がバクバクと煩《うるさ》いくらいに動き、冷や汗がじわりと滲み出る。

まさか、いや、そんなまさかな……。

いや、だが……。

思考がフリーズしかけた俺は、何を考えたのかおもむろに近くの石ころに向かってスマホを掲げ、『収納』と言葉を発した。

すると俺の嫌な予感通り、スマホは地球の科学では到底成し得ないような摩訶不思議なパワーを使い、石ころを目の前から消し去った。

おそらく、スマホによって次元収納の中に格納されたのだろう。

「うわマジかよ……。だが、これでハッキリと分かった。これ、ゲームの中だわ。それもたぶん、俺が創造した惑星の大地、だな……」

うわぁー、もう驚きすぎて何も言えないわ。

だが現実として、今俺は【ストーリーモード】とやらでアプリで作った惑星の中にいる。

若返った事もそうだし、スマホのメッセージもそうだし、この不思議な力にしたってそうだ。

証拠はいくらでもあるからな、言い逃れできない。

俺はこれが現実か夢かなんていう無駄な脳内論争はせず、意識がハッキリしている以上まごう事なき現実として認識する事にした。

正直、驚きのあまりまったく実感はないが、そういう事なのだろう。

「そういえばログアウト、ログアウトはできるのか？」

【ストーリーモード】の状態である以上、その状態をやめる事もできるはずだ。

俺は震える指で必死にスマホを操作し、ストーリーモードをタップすると、そこには【ログアウト】の文字が灰色の状態で表示されていた。

まあ、タップしても現状は【ログアウトできません！】というエラー報告が出るばかりなので、今この機能は使えないようだが。

だが良かった、ログアウトという概念はあるらしい。

「……いや、良かったのか？」

そういえばこちらとあちらでは時間の流れも違うし、こちらで何年生きていても向こうじゃ一日しか経っていない、なんて事もあるはずだ。

そもそも現実世界に戻っても、俺はまた会社に向かい、社畜として余生を終えるだけだろう。

そう考えると、これはまたとない休暇のチャンスなのでは、……と、俺は考える。

「そうだよ、休暇だよ。前々から怪しいアプリだとは思っていたが、まさか本当に異世界を創造するアプリだったとは……」

なぜこんなアプリが俺の下へと渡ったのかは今のところ手がかりはないが、実際に遊べちゃったのは事実だし、アプリで星ひとつ作ってしまったので仕方ないから運営する他ないだろう。

まあ、なるようになれだ。

俺はこの世界を生きる事に決めた。

「とりあえずの目標は、人里に辿り着く事だな」

見たところ少年時代の体格に合わせた異世界風の衣装以外、特に手荷物はない。

もしかしたら武器があるかもと思い、スマホの次元収納を確認してみるが、期待に反して先ほど収納した石ころしか入っていなかった。

いや、これでどう戦えと。

自分で創造しておいてなんだが、この世界ヤバイ生物なんて腐るほどいるんだが……。

不親切にも程があるだろ。

余談だが、現在俺の所持しているスキルは【戦士】の身体強化、【神官】の回復魔法、【錬金術師】の鑑定だけである。

職業レベルが上がれば使えるスキルと魔法も増えるとは思うし、スキルの効力も強くなると思うので、そこらへんは鍛え続けるしかない。

たぶん戦ったりするとレベルが上がるんじゃないかな。

実際石を投げたり、そこらへんの木の枝を振り回してみると、子供が投げたにしては石は遥か彼方に飛んでいくし、木の枝を武器として扱う時の感覚もなんとなく分かる。

身体能力もそうだが、運動神経もまるまる良くなっているようだ。

さすが戦士、特定の戦闘スタイルに特化していないが満遍なく肉体性能が高い。

これもスキルの影響かな。

そんな事を思って軽く枝を振り回していた時、後ろでガサリと音が鳴る。

見るとそこにはゲームで言うところの角のあるウサギ、のような生物が威嚇《いかく》していた。

かわいい。

「……スキルの使い方はなんとなく理解できるな。よし、鑑定！」


【ホーンラビット】

よわい。


え、それだけかよ⁉

もっとこう、アプリの時みたいな細かい説明とかないの⁉

そもそも弱いってなんだよ。

目の前の俺に対して弱いのか、この世界の標準的な生物より弱いのか、それすらも分からないんだが……。

鑑定無能すぎない？

とりあえず角《ツノ》ウサギ、もといホーンラビットとの対峙に意識を戻す。

いくら鑑定が無能でも、襲い掛かってくるかもしれない野生動物に油断は禁物だ。

俺は【戦士】の能力で引き上げられた近接戦闘の感覚を活かし、ホーンラビットを見据える。

ちなみにだが、【戦士】等の近接系の職業を持っていれば体を動かす戦いの感覚が、【魔法使い】

を持っていれば魔力を感じ取る感覚が引き上げられ、スキルの習得が早くなるとキャラクター作成時の職業解説にはあった。

俺が今ホーンラビットを見て「戦える」と感じているのも、戦士の職業をまがりなりにも取得しているが故だろう。

なんとなくだが、錬金術師の素養である目利きを併用する事で、お互いの凡《およ》その力量差が分かる。

鑑定結果の「よわい」も、自分と比べて弱いという事で良さそうだ。

たぶん俺は、このウサギよりも強い。

「ピキー!!」

「おっと、そうはいかんよ」

「ピギッ!?」

唯一の武器であろう額のツノを突き出し、俺めがけて襲い掛かってきたホーンラビットの攻撃を躱《かわ》す。

そして交わしたついでに勢い余ってたたらを踏む奴を後ろから羽交い絞めにし、首を絞めた。

ちょっとまだ生き物を殺すには抵抗があるが、この世界は弱肉強食だ。

ここでとどめを刺せないようであれば、死ぬのは俺だ。

心を鬼にして、そのまま首の骨を折る。

【レベルアップ！　『戦士』、『神官』、『錬金術師』がレベル2になりました】

ポケットに入れておいたスマホが振動したので確認すると、いまの戦闘でレベルが上がった事が分かった。

手に硬い首の骨の折れる感触が伝わりあまりいい気分ではないが、たった一度の戦闘で職業レベルが上昇したのは大きな成果だろう。

やはり最初は上がりやすいのかもしれない。

なぜ能力を使用していない神官職までレベルが上がったのかは分からないが、たぶんこれが職業を三つ持っている事のメリットの一つなのだろうと推測する。

常人であれば、例えば神官職なら回復魔法などを駆使する事がレベルアップの条件のはずだが、職業を三つ持つ俺はどれか一つの職で経験を積めばそれが「プレイヤーの獲得した経験値」として認識されるのだろう。

システム的に、プレイヤーの獲得した経験値だから神官職だろうと錬金術師だろうと、経験値が割り振られる。

なぜ、とかは考えてはいけない。

そもそも職業を三つ持つ人間など俺だけだし、前提としてこれは創造神の奇跡によって生み出された、もっといえばアプリのルールだ。

職業の力というそのものが、自然現象ではないのである。

だから俺は戦士の行いでも神官の行いでも錬金術師の行いでも、全ての職業に経験値が割り振られる事になるのだろう。

そうとしか考えられない。

ひとつ懸念があるとすれば、経験値が三等分になったことでレベルが上がりにくくなっているのでは、というところだが、……まあ、能力パラメーター上昇による職業補正も常人に比べて三倍だから差し引きゼロだろう。

今の俺には、戦士と神官と錬金術師三つ分のパラメーター補正が乗っかっている訳だし。

「さて、とりあえずウサギを収納しておこう」

スマホを掲げ、ホーンラビットを次元収納する。

それにしてもこの便利なスマホ、無くしたらどうなるのだろうか。

例えば他の人に盗まれたりしたら目も当てられないのだが、そこらへんが気になる。

気になった俺は少し実験する事にしてみた。

スマホを地面に置いて、その場から離れるという実験だ。

もしこれがただのスマホならいくら離れてもそのままだろう。

一歩、二歩と離れてみる。

「…………」

変化なし。

今度は思い切って十メートルくらい離れてみる。

……すると。

「あ、手元に戻ってきた」

なんとスマホはいつのまにか俺の手元に戻り、何事もなかったように帰ってきた。

すげえ、まるで魔道具だな。

どうなっちまったんだよ俺のスマホ。

これもアプリの能力なのだろうか？

疑問は尽きない。

だが、とりあえずこれで盗難の心配は無くなったので、一先ずの安心を得た。

次は人里に向かう方法だが――。

そう思ったところで、不意に物凄い危機感が俺の身体を突き抜けた。

まるで天と地ほどにかけ離れた実力差の達人に相対したような、いや、もっと荒々しい猛獣に睨《にら》まれたかのような尋常ではないプレッシャー。

それが物凄い勢いでこちらに迫ってくる感覚だ。

一体何が――。

「な、なんだ!?」

「GYAOOOOOOOOOOO！！！」

「うわっ、ワイバー………ッ」

そう思い振り返った瞬間、俺の意識は途絶える。

最後の瞬間に見えたのは、大口を開けて俺の頭部を喰わんとするワイバーンのアギトだけだった。

◇

…………。

……………。

……………、……⁉

「はっ⁉　俺は一体なにを⁉」

目が覚めた。

目が覚めるとそこはいつもの自宅で、俺の片手には『異世界創造のすゝめ』を起動中のスマホが握られている。

あれ？

今確か、異世界に行っていたような……。

そこまで考えた俺は先ほどの夢で見たワイバーンのアギトを思い出し、全身に緊張から汗をにじませる。

「い、嫌な夢を見たものだな……。というか、何がどうなってる？」

するとスマホがブルブルと振動した。

とりあえず夢は夢ということで置いておき、ゲーム画面を確認する。

【キャラクターが戦闘不能になったため、ストーリーモードが解除されました。現在キャラクターを修復しています。損傷の修復完了まで、残り1時間】


……なるほどね。

うん、なるほど。

どうやら先ほどまでの出来事は、やはり夢ではなく現実だったらしい。

実際に俺のキャラは頭をワイバーンに食われ、戦闘不能に陥った。

そしてそれを判断したアプリが【ストーリーモード】を解除し、現在は頭部を修復中と。

「……って、納得できるかぁ!?」

という事はあれか？

俺のキャラって不死身なのか!?

いや、論点はそこじゃない、冷静になれ。

まず現実にこんな事が起こりうるのか？

異世界だぞ？

いや、起こりうるのだろう、だって今まさに体験した訳だし。

だが理性では分かっていても、動揺はする。

訳が分からない。

とはいえ、現実は現実だ。

何度も深呼吸をし、気持ちを整える。

よし、クールだ、クールになれ。

うん、クールになった。

オレ、イマ、レイセイ。

「それにしても異世界か、とんでもない体験をしちまったもんだな」

しばらくして少しだけ落ち着いたので、改めてゲーム画面を見る。

画面にはキャラが戦闘不能になった地点で、唐突に消えたキャラの肉体を探しキョロキョロと探そうとするワイバーンの姿が見える。

さきほどまでは恐ろしい存在だったが、こうして見るとただの野生動物だな。

なんか愛着出てきた。

だがレベル2かぁ……、あっさり退場したものだ。

自分の創造した世界とはいえ、異世界がどれだけ危険なのかというのをまだ認識できていなかったらしい。

俺の作った人間たちはよくこんな化け物が蔓延《はびこ》る世界で生きてるよな、逞《たくま》しすぎる。

そんな事を思いながら適当にポチポチと画面を操作していると、ふと先ほど収納したホーンラビットの死体の事が気になった。

そういえば次元収納をしたままだったが、あいつはどうなったのだろうか。

あれはキャラの能力ではなくアプリの能力で収納した訳だから、もしかしたら失われずに残ってるのかもしれない。

そこまで考えた俺は再び【ストーリーモード】のキャラクター画面を確認する。

するとそこには予想通り戦利品が格納されいた。

【ストーリーモードで獲得した戦利品があります、取り出しますか？】
ホーンラビットの死体×1
石ころ×1

「……え？　取り出せるの？」

なんか、取り出せるらしい。

冒険の準備

アプリで戦利品を操作してみると、簡単にホーンラビットが取り出せた。

こう、何もないところから急にふわっと出てきた、ふわっと。

「おいおい、マジかよこれ……」

俺の部屋に横たわる角ウサギの死体と、石ころ一つ。

明らかに現実離れした光景に、絶句する。

もちろん出したからには仕舞う事も可能なようで、異世界の時と同じようにスマホを掲げて収納と念じると戦利品はアプリの中に収納された……。

どうやら次元収納は地球と異世界共通で使えるらしい。

「いや、ということは、……もしかして地球で手に入れた物も向こうに持ち込めるのか？」

異世界の戦利品しか収納できないのか、それともそうではないのかをさっそく実験するために、俺は台所の包丁を収納してみる。

するとあっさり収納に成功した。

特に収納できる素材に世界間の壁は無かったようだ。

「これは……、使えるな」

向こうの世界では武器が入手困難だったが、こちらの世界でサバイバルナイフ等を購入すれば一気に冒険が楽になる。

そして向こうの世界で得た戦利品如何によっては、こちらの世界で価値のある物もあるかもしれない。

例えば金とか銀とか、そういう財宝の事だ。

もしそれで食っていけるようなら、俺は社畜から解放される事になるだろう。

淡い希望を抱いた俺はさっそく出かける準備を整え、近所のホームセンターに直行した。

もちろん冒険の準備を整えるためである。

まず購入するのは強力なＬＥＤ型の懐中電灯と、大きめの鉈《なた》。

本来はサバイバルナイフが欲しいところだが、あいにくホームセンターにサバイバルナイフは売っていない。

サバイバルナイフなんてのは現代日本において実用性はなく、所持するにしたって基本的に趣味みたいな物なので、売っているのはミリタリーグッズ専門店くらいなものだろう。

また、ホームセンターの帰り際に目についたコンビニで天然水とおにぎりを一ダース程購入。

こんなおにぎりばかり持って冒険する奴は普通いないだろうが、俺には次元収納がある。

荷物などどれだけあっても苦にならない。

そして意気揚々と冒険の準備を整え帰宅していると、ふと裏路地の方から言い争いのようなモノが聞こえてきた。

「ちょっと、あなたたち何なんですか⁉」

「おいおいその態度はつれないんじゃねぇの？　せっかく俺たちがイイところに連れていってあげようって言ってんのにさぁ」

「そうそう。キミかわいいからさぁ、俺らの奢りって事にしといてあげるよ」

「ちょ、離してください！」

どうやらチンピラに女の子が絡まれているらしい。

女の子は嫌がっているようだが、二人のチンピラは彼女を取り囲み逃がす気はないようだ。

いやぁ、この時代によくやるよなあいつらも、警察呼ぶか？

そんな事を思いチンピラを睨みながらスマホに手を掛けた時、ふと脳裏にスキルの発動がよぎった。

最初から俺に戦う気は無かったのだが、そういえばあいつらってどのくらい強いのか、なんて思ったのが原因かもしれない。


【チンピラ1】

よわい。

【チンピラ2】

かなりよわい。


「えっ⁉　……おいおい、嘘だろ⁉」

なぜか異世界の時と同じように、プレイヤーを舐めているとしか思えない雑な鑑定結果が出てきた。

夢か幻か、どうやらこの世界でも俺は職業スキルを使えるらしい。

だが鑑定結果に驚いて大きな声を出してしまったのが原因なのか、警察に電話しようとスマホに手をかけていた俺の存在は奴らの目に留まってしまった。

女の子も含め、完全にこちらを凝視している。

「おいおい、おっさん。ちょ～っとカッコつけすぎなんじゃねぇの？　今時そういうの流行らねえって」

「というかそのスマホ何、どこに電話かけようとしてるの？　舐めてんのか、あぁ？」

鑑定結果に動揺している俺をどう勘違いしたのか、こちらを侮った彼らは態度で威圧し、ポケットからナイフのようなモノを取り出した。

おいおい、こんなところで刃物なんて出すなよ、危ないじゃないか。

しかし不思議な事に、刃物を出されているというのに俺は全く動揺する事が無い。

原因はなんとなく「俺の方が強い」と肌で感じている事が大きな理由だが、あの鑑定結果を信じるならば、まさか……。

少し考えた俺は、手に持っていたスマホをポケットに収め、奴らの方に歩み出す。

「は？　おいおい、あのおっさんヤル気かよ！」

「いるんだよねぇ、こういう粋がりなやつ。オヤジ狩り、いっきまーす！」

二人いる男のうちナイフを持っていない方の一人が俺に殴りかかってくる。

俺はそれを冷静に見極め、すれ違いざまに足をひっかけて転ばした。

まさか俺にカウンターを繰り出されるとは思っていなかったのか、勢い余った男はそのまま顔面から地面に激突し、のたうち回る。

うわ、痛そう。

よく見ると歯が折れてるよ。

「がぁあああ!?　い、いでぇ！　いでぇえええ！」

「は？　なにやってんだお前！　こんなおっさんにいい様にやられてんじゃねぇよ！」

「いでぇえええ！」

「くそっ！　死ねやぁ！」

残りのナイフを持った男が何をトチ狂ったのか、今度は本当に武器を構え突進してきた。

だが、それもまた脅威には感じられず、冷静な思考で対処をする。

ナイフを我武者羅《がむしゃら》に振り回す彼の横をすり抜け、後ろから蹴りを入れた。

「ガァッ⁉」

「うわ、マジで弱い……」

つい本音が漏れた。

いや、だが本当に弱い。

なぜか相手にならない。

しかしこれでハッキリした事がある。

戦いが始まる前までは半信半疑だったが、どうやら俺はスキルが使えるだけでなく、キャラクターのレベルすらも反映されているようだ。

今の回避も攻撃も、明らかに動きが素人じゃなかったし威力も普通じゃなかった。

まるで本当に戦闘を生業とする戦士が殴ったかのような、そんな威力だったのだ。

もしかしなくても俺、めちゃくちゃ強い。

その事実を実感し、肉体の感覚を確かめるために手をグーパーしていると、後ろから声がかかる。

「あ、あのっ！　ありがとうございます！」

「ああ、いいよ。ちょっと確かめたかった事があるだけだから」

「え？」

困惑する見知らぬ少女Aだが、事実を打ち明けたところで頭のおかしい人として認識されるのが関の山だ。

適当にはぐらかす。

……しかしよく見ると本当に美人だな。

どう考えてもチンピラが十割悪いとはいえ、あいつらが声を掛けたくなるのも分かる美少女っぷりだ。

恐らく年齢は高校生くらいだろうか、結構オシャレな制服を着た美少女Aは何かお礼を言おうとしてしどろもどろになっている。

「あの、なんてお礼を言っていいか」

「いやいや、本当にいいって。楽勝だったし」

「でも、頬に切り傷が……」

「え⁉」

手で右頬を触ると、あの我武者羅に振るっていたナイフが僅かに掠《かす》っていたのか血が垂れていた。

右手には血が付着している。

初めて現実で生臭い傷を負った俺は動揺し、ついスキルを発動してしまう。

「うぉっ⁉　い、痛いの痛いのとんでいけぇ⁉」

傷を何とかしなくてはという思考で埋め尽くされ、勢い余った俺は回復魔法を発動させてしまった。

しかしこれは失敗だったようだ。

「………………」

「…………」

気まずい。

「……あ、ああ、あの、えっと」

「…………はははは、なんちゃって？」

スキルを発動してから失敗に気付くが、時既に遅し。

右頬の傷口は回復魔法の淡い光につつまれ、パックリと開いていた傷はきれいさっぱり無くなった。

完全完治である。

そして完全に超常現象がバレた。

誤魔化そうとしてはいるが、無駄な努力かもしれない。

「あの、今のは……」

「うぉぉおおお!?　それじゃ！　俺はこの辺で失礼！」

慌ててその場を駆けだす。

よくよく考えると別に焦って逃げ出す事もなかっただろうが、不意の傷口と魔法を見られた事による失敗で慌てている俺にそんな常識は通用しない。

とにかくこの場を脱する事で頭が一杯だった。

その後、おっさんにしては考えられない走行速度で裏路地を飛び出す。

あばよ美少女Ａ、達者でな！

あまりの挙動不審ぶりに傍観する少女を放り、逃げ出した。

そして走り抜ける間際、彼女の声が聞こえる。

「……まさか、こんな場所で見つけるなんて」

◇

町でチンピラとの一戦を終えた。

とっさに魔法を使ってしまった事故があるとはいえ、その後は何事もなく自宅に帰還する。

帰り際に女の子が不思議な事を言っていたような気がするが、必死に逃げていたのでよく覚えていない。

まあ、あの美少女が回復魔法を手品と思うか超常現象だと思うかは分からないが、一般人の一人に見られたところで困りはしないだろう。

誰か他人に言いふらしたところで、「頭大丈夫？」と思われるのがオチだ。

気にする事はあるまい。

色々あったが、とにかくホームセンターやコンビニで買ってきた荷物を収納し【ストーリーモード】を確認すると、既に画面はキャラクターの修復を終え待機モードとなっていた。

どうやら既に一時間が経っていたらしい。

さっそく俺は【ストーリーモード】を選択して、異世界に飛ぶ。

これだけ時間が経っていればもうワイバーンもどこかに行っているだろう、あいつは龍でも竜でもなく、ただの野生動物だからな。

食料となる獲物がいなくなれば次の狩場へと向かうだけだ。

「うん、体調に問題はなし」

異世界へと降り立つと、一度頭が食われていたはずの俺の身体は、何事もなかったかのように万全の状態だった。

アプリで次元収納の格納内容を確認すると、ちゃんと武器となる鉈を確認できたので、さっそく装備してみる事にする。

そして振り回す。

鉈を振り回してみると、特に武器の扱いを習った訳でもないのに手にしっくりと馴染み、どう動けば戦えるのかがなんとなく分かる。

これが職業剣士とかだったら、もっと刃物の扱いに特化していて良い動きができたのかもしれないが、戦士のままでも文句のない十分な性能だ。

準備運動もそこそこに、俺はアプリの世界地図で現在位置を確認し近くの町を探す。

このままもう少し肩慣らしをしたいところだが、あまり遊んでいてワイバーンの時の二の舞になるのはごめんだ。

低レベルのうちからこんな物騒な森でウロチョロしていたくはない、さっさと抜け出してしまおう。

世界地図を確認すると、ここはどうやら魔大陸からかなり大きく離れた大陸のようで、現在の人間種が最も多く暮らしている場所のようだ。

魔大陸を基準にすると、そこを囲むようにして龍神とその仲間が強い勢力を持つ島々が魔大陸を取り囲んでおり、そのさらに外側に人間の暮らす無数の島やいくつかの大陸がある。

恐らく龍神は魔神の勢力がこれ以上世界に瘴気をばら撒《ま》く事のないように、魔大陸を監視し警戒しているのだろう。

魔大陸を囲むようなこの布陣はまさにそういった印象を受ける。

人間が最も多く繁栄しているこの大陸には植物の最終進化形である世界樹があるようで、そこにもヒト族に限らず、大勢の人間種が暮らしているようだ。

ここからはちょっと離れているが、いつか行ってみたいものである。

そしてだいたいの世界情勢を確認した後に付近の町を確認すると、そう遠くない場所に人間種の町があった。

この距離ならば日が暮れる前に辿り着けそうである。

時間の流れが違うだろうし地球と時間を比較しても意味が無い以上、現在この世界が何時なのか分からないが、太陽はまだ真上にある。

という事は昼だろう。

「さてと、行きますかね」

周りの草などを鉈で切り分けながら、アプリの地図を確認しつつ一直線に町へと進んでいく。

ついでと言ってはなんだが、【神託】の機能を使い龍神に連絡を取る。

あの時の俺はしょせんゲームだと神託の機能について詳しく考えていなかったが、今は状況が違う。

恐らく遥か太古の原始時代、龍や竜が人間を襲わなかったのは【神託】で「人間を絶滅させるな」と指示していたのが原因のはず。

今ならそれが、ハッキリ分かる。

その上俺は「この世界をよろしく」と頼んでしまっていたので、それを真に受けた龍神やその眷属たちは魔神から世界を守るように魔大陸を島々で囲い、今も尚警戒を続けている。

たかが一度【神託】を受けただけでこの働きようである。

龍とかマジなんて律儀な奴なんだと思わざるを得ない。

まだレベルの低い俺にできる事は少ないが、労いの言葉くらいはかけてやるべきだろう。

いずれボーナスとかも支給したい。

「えーっと、うん。この世界でも【神託】は使えるな。メッセージを開いてと……」

足をすすめながらも【神託】のメモ帳欄に次々と文章を書き込む。

内容はもちろん今まで苦労をかけた事への労いとか、いつかその働きに応えたい事とか、あとはもう既に知っているだろうが、人間の【勇者】はめちゃくちゃ強いから魔神戦で力を貸してやれとか、そういった事だ。

そして最後に俺は自分がこの世界に降り立った事を伝え、メッセージを送信した。

龍神の奴がどんな事を想うか分からないが、まあ根が真面目な奴だ。

きっとまた何かアクションを起こすだろう。

あとは放置でいい。

そんなやり取りをし、時折飛び出てくる野生のホーンラビットを鉈で瞬殺しながら進んでいるとようやく町が見えてきた。

職業レベルもそれぞれ1あがり、レベル3になった頃の出来事だ。

「お、見えた見えた！　あれがこの世界の町か！　……もう完全に文明が成り立ってるな、城壁とかの作りがかなりしっかりしている」

およそ中世といったところだろうか、そのくらいの出で立ちである。

俺は期待に胸を膨らませ、早足で町を目指すのであった。

◇

その日、世界は震えた。

龍神が新たなる【神託】を得たのである。

かつて昔、【神託】を受けてからというもの世界の守護を担う龍族の神、龍神は太古の時代から世界を守らんとしてきた。

同様に植物の神と呼ばれ自然の管理を司る世界樹、またの名を豊穣の女神や精霊神などとも目される彼女とも連絡を取り合い、力を尽くしてこの世界を守ってきたのである。

龍神にとって創造神とは父のような存在であった。

自分を生み出した事もそうだが、ある日父を裏切った魔神とその眷属の瘴気が大陸に蔓延り、世界が危機に陥った時も父は龍神の願いを聞き届け、職業という奇跡を齎《もたら》し自分を助けたからだ。

人間という種族を創造し生み出したのも伏線だったのだろう。

父はいずれ世界を守護するはずの龍族の中から裏切り者が出る事を理解しており、最強であるはずの龍神でも抑えきれない魔神とその眷属の存在を感知していた。

だからこそ父は人間を創造し、来たるべき日に備え人間種を繁栄させ力を付けさせた。

そしていざ世界が危機に陥れば龍族と肩を並べ共に戦う者たちとして、【勇者】や【聖女】、【剣聖】や【賢者】といった者たちを遣わしたのだ。

龍神は眷属の居ないところで、ひっそりと感動に打ち震えた。

自分や世界樹が創造神である父に守られ、愛されている事を痛感したのだ。

思い出すのは【神託】や【勇者】たちとの出会い、人間との出会い、父が齎した奇跡の数々。

父が守れと言った人間も、この世界も、素晴らしい物だった。

そして守護の役目を担ってきた私たちに対し苦労をかけたと、そう言ったのだ。

思い返した時、龍神の瞳に力が宿った。

「こうしてはいられない。さっそく此度の神託を世界樹《めがみ》にも伝えねば……」

個体として最強の力を持つ龍神は動きだす、父の期待に応えるために。

しかしこの時の決意が今後どういった形で世界に影響を与えていくのか、その事を当の創造神、斎藤健二は知る由《よし》もなかった。

もし彼が後に龍神の過剰なまでの反応を見れば、きっとこう言うだろう。

「やべぇ、やっちまった」と。

◇

そろそろ町が見えてきたので鉈を次元収納にしまい城壁に辿り着くと、門を守護する兵士に声を掛けられた。

この世界初の第一村人、もとい第一町人は目の前のやる気のなさそうな兵士のようだ。

歳は本来の俺と同じくらいだろうか？

大した成果は得られないとは思いつつも、ちょっと鑑定してみる。

【兵士】

ものづくりがとくい、つよい。

なんか鑑定の表記が若干変わったな、情報量が増えている。

以前だったら「つよい」か「よわい」だけだったのに、今はなんと得意分野が出ているようだ。

錬金術師のレベルが上がったからだろうか。

まあとにかくこの門番は兵士のくせにものづくりが得意らしい。

だからなんだという感じではあるが。

「おじさん、こんにちは」

「お、どうしたボウズ。町の外は危ないぞ？　ホラ、さっさと中に入った入った」

「はーい」

子供のフリをして挨拶《あいさつ》をしたら、町の人と間違えられて城壁の中へと連れていかれた。

特に身分証を出せとか、お前どこから来たとか、そういう事は聞かれていない。

やはり見た目が十歳だからだろう、相手は完全に油断している。

これが孤児みたいな恰好をしてボロボロだったり、良い物を食べておらずガリガリだったりしたら話は別だっただろうけど、あいにくこの異世界の服は新品で十歳の時の俺はごく普通の地球の民だ。

別に今まで虐待とかされていた訳でもないので、ちゃんと筋肉も脂肪も標準的にある。

そんなどこから見てもただの子供が、一人寂しく町の外で暮らしていたなんていうのもおかしな話だし、他の村からやってきたにしては親もいないし武器もない。

どこからどう見てもイタズラで町の外に出た平民の子供な訳だ。

だから兵士も俺にわざわざ身分を問いたださないのだろう。

「ありがとーおじさん！」

「おう、もう勝手に外に出るんじゃねぇぞ？　親御さんだって心配するからな」

「はーい」

そのまま子供のフリを続行し、兵士と別れる。

難なく町の中には入れたので、ひとまず潜入作戦はミッションクリアだ。

次はホーンラビットを売却する手段を探そう。

ちなみに、この世界を創造した俺ではあるが、人間種の文化までは知らない。

原始時代の頃はずっと生活を眺めていたけど、そこから先はキャラクターメイキングをしている時に勝手に時代が進んでいたので、どういう流れで中世時代にまで至ったか分かっていないのだ。

なのでまた子供のフリをして道行く人に尋ねる事にした。

最初のターゲットは露店で果物らしきものを販売しているオバちゃんだ。

「おねえさーん」

「あら、可愛い坊や。お姉さんだなんて嬉しいわねぇ」

まずは第一手としてリップサービス。

こちらとら異世界でのお金が無いので、モノを買う事で自然に話の流れを作り、情報を引き出すという事ができない。

ならばお金の代わりに相手をおだてて気分を良くさせるのは定石《じょうせき》だ。

社畜用語では接待ともいう。

「お母さんから後でホーンラビットを売ってきてって言われてるんだけど、どこにいけばいいか知ってる?」

「それなら革屋さんか、冒険者ギルドだねぇ。場所は知っているかい?」

「知らなーい」

「まあそうさねぇ、子供には関係のないところだもの」

リップサービスに気を良くしたのか、オバちゃんはスラスラと答えてくれる。

難なく店の場所を聞き出した俺はまたもやミッションを達成し、今度は冒険者ギルドへと向かう事にした。

チョロいぜ。

売りに行く場所は革屋か冒険者ギルドが良いとオバちゃんは言っていたが、詳しい話を聞くと肉は革屋に持っていってもはした金にしかならないようなので、まとめて買い取ってくれる冒険者ギルドに行く事にした。

どうやらオバちゃんはホーンラビットの肉を家庭で食べて、皮素材だけを売却する目的なのだと勘違いしていたようだ。

ちなみに冒険者ギルドの場所は幸いなことにすぐ近くにあり、見た目もそこらへんの建物より立派であるためすぐに見つかった。

冒険者というくらいだから戦闘を生業とする者たちが多いのだろうし、絡まれたら怖いから万が一に備えて鉈を装備して建物に入る。

右手には鉈、左手にはウサギの構えだ。

「おじゃましまーす」

「あら、どうしたのボク？　おつかいかな？」

「そうでーす」

入った瞬間に酒を飲んだ荒くれ者たちがこちらをチラ見するが、俺を親のおつかいを達成しに来た子供だと見るや興味を失い、すぐに元の談笑に戻っていった。

声をかけてくれた受付のお姉さんは俺の対応をしてくれるようなので、カウンターにホーンラビットを乗せる。

首を折って倒した、俺の初獲物のウサギだ。

他にも銃で倒した獲物はいくつかあるが、一番損傷がなく高く売れそうだったので売却第一号はこいつに決定。

受付のお姉さんはにこやかに獲物の検分をはじめ、傷の有無などを隈《くま》なく確認している。

待っていても暇なので、お姉さんに鑑定をかけてみることにした。


【受付嬢】

こうげきまほうがとくい、つよすぎる。ぜったいに、てきにまわすな。


「ブフゥ!? ゲホッ、ゲホッ」

「あら?」

あまりの鑑定結果に思わず咳き込んだ。

さすが冒険者ギルドの職員だ、まさか鑑定さんがビビって警告を出すとは思わなかった。

そうか、強すぎるのか。

どうやらキャラクターレベル3程度では手も足も出ない存在らしい。

攻撃魔法が得意と解説にはあるので職業は魔法使いの線が濃厚だが、とはいえ別にこの世界で魔法使いでなきゃ魔法が使えないとか、そういう事はない。

別に職業が剣士だって、槍を鍛えれば槍の扱いは上手くなるし、魔法使いだって同じだ。

その証拠として、創造神の奇跡で齎された「職業」という概念が無かった時代にも、人類で初めてハイ・エルフになった女性ララ・サーティラは英雄ダーマを助けるために魔法を使った。

もちろん職業があった方が成長はしやすいだろうけど、それが人間の可能性の全てではないからな。

この大雑把な鑑定結果で職業を断定するのは愚かな事だろう。

そもそもどういうルールで職業が決定されているのか、創造神である俺が理解していないし。

「あ、いえ何でもないです」

「そう？　そうねぇ、このホーンラビットなら銀貨二枚といったところね。買い取り希望かしら？」

「はい、それでお願いしまーす」

俺は銀貨（ただし価値は不明）を受け取り、ポケットに入れるフリをして銀貨を次元収納する。

さて、とりあえずお金は手に入ったので次は身分証の確保だ。

お姉さんに聞いてみよう。

「あと、冒険者ギルドに入りたいです」

「あら？」

お姉さんは獲物の買い取りだけだと思っていたようで、俺の提案に不思議な顔をする。

「てっとり早く仕事がしたいので」

「あ、あー……、なるほどねぇ。そうきたか」

「登録できますか？」

「まあ、できない事はないんだけどねー。でも、坊やは戦う力を持っていないでしょ？　冒険者っていうのはこう見えて大変なのよ？」

受付嬢のお姉さんがそう言うと、そうだそうだと後ろから冒険者の野次が飛んでくる。

どうやら子供が仕事の大変さを理解せず、危険な事をしようとしていると思って諭《さと》しているらしい。

もちろんワイバーンに食われた経験を持つ俺から言わせてもらえば、そんなのは百も承知だ。

むしろレベル3で危険な狩りを一人でしようとか、そんな自惚れは無い。

だが、ならばどうするか？

もちろん答えは既に用意している。

「大丈夫です。僕、魔法を使えます」

「え？　魔法？」

「魔法だぁ？　馬鹿言っちゃいけねぇぞボウズ！　魔法使いってのはなぁ、お貴族様が子供の頃からお勉強をして、その中でさらに適性のある子供が取得できる職業なんだぜぇ？　平民には無理なんだよ、ガハハハ！」

そう言って笑う冒険者は、おそらくこちらの身を案じて言ってくれているのだろう。

できない事をできると言い、無理して背伸びをしようとしている少年を狩りで死なせないため、という気遣いが窺える。

とはいえ、的外れな指摘ではあるが。

「違います。僕は攻撃魔法ではなく、回復魔法が使えるんです」

「…………」

「…………」

そう言った瞬間、ギルドは静寂に包まれた。

◇

回復魔法を使えると聞き、静まり返る冒険者ギルドの室内。

はて、何をそんなに驚いているのだろうか。

予想では回復魔法も攻撃魔法と同様で、レアスキルではあるが勇者や聖女なんていう上位職業と比べたら、どこにでも転がっているスキルだと思っていたのだが。

そもそも、俺がキャラクターメイキングする時に選べたのは基本職業だけだ。

基本職を二つ以上極めて得られる複合職や、最初から優遇されている上位職なんかに比べたらなんて事はない一般人である。

当然神官だってそうだし、神官が一般職なら回復魔法だって一般スキルだろう。

「あの、どうかしましたか？」

「えっとね？　回復魔法っていうのはすごーく、難しい魔法なのよ？　技術は教会が秘匿しているし、聖者や聖女、聖騎士や神官でもないあなたが回復魔法を使えるはずがないのよ？」

いや、俺はその神官そのものですが？

ちゃんと職業も取得している。

あ、もしかしてアレか、見た目が平民だから神官だと理解してもらえないのか。

なるほど、それは失礼した。

人間って見た目から入るからね、見た目って重要だ。

とはいえ魔法が使えるのは事実なのでゴリ押すことにした。

どうしても身分証は欲しい。

「でも、こう見えてかなりの修行を積んでるからねー。まだ効果は弱いけど、ちゃんと回復魔法は使えるよ」

「そ、そう。そこまで言うなら、見せてもらいましょうか。……ガイ、ちょっと手伝いなさい」

「おう」

俺の言葉に顔を見合わせ、何事かを始めようとする受付嬢と冒険者。

だが見せてくれっていうならやぶさかでもない。実際に証明できるチャンスはこちらからも願ったり叶ったりだ。

そしてガイと呼ばれた冒険者が俺の前までやってきて、腕組みをする。

見た感じかなり強そうで、鋼鉄製の武具に身を包んだその出で立ちは俺を瞬殺できそうなほど逞しい。

まあ当たり前か、だって俺はレベル3だし。

鑑定するまでもないな。

「ボウズ、回復魔法ができるって言ったな」

「できるよー」

「なあ、今ならまだ間に合うぜ？　嘘なら早めに取り消した方がいい。……神官でもない奴が回復魔法を使えると偽ったとなりゃ、この国では重罪だ。まだここからなら、子供のお遊びって事で済ませられる」

なるほど、やけに周りの冒険者に緊張感があると思ったら、そういう裏があったのか。

というかよく考えたらそりゃそうか、たぶん一般職云々っていう概念を持っているのはプレイヤーである俺だけで、この世界からしてみれば神官っていうのは医者だ。

さらにここは教会っていう宗教組織が神官をまとめ回復手段を牛耳る異世界であり、そういった組織がある以上は教会が大きな権力を持っていると想定するのは容易い事である。

もっと言えば、回復手段の多くを持つ教会という権力組織は、王族や貴族なんかに対しても強気に出れる強大な組織だ。

王族は聖職者ではないので回復手段が乏しく、命を大事にする権力者なら回復魔法を大事にするのは想像に難くない。

もちろん錬金術師の回復薬や、教会で修行はしたが所属を離れて貴族に仕えたり、冒険者に身をやつすハグレ神官だっているだろう。

だが、今の俺はそのどれにも当てはまりそうにない。

当然こういう展開になる訳である。

これが本当にブラフとかだったら目も当てられない展開になってたな、気をつけよう。

「でも、本当に使えるからねー。取り消すつもりはないよー」

「……そうか、分かった」

ガイはそれだけ言うと、いきなり自分の腕をナイフで引き裂いた。

血がドバドバ出ている。

……って、えええええ⁉

何やってんだお前⁉

回復魔法を見せろってそういう事かよ、正気か⁉

いや、確かにそりゃ確実な方法だろうけどさ、別にそこまでする必要ないじゃん！

もうちょっと優しく手加減できなかったのか⁉

「ほら、早く治してみろ。なに安心しろ、ボウズが本当に回復魔法を使えたなら、ちゃんと魔法一回分として正規の報酬を支払ってやる」

そういう問題じゃねーよ！

こんなんで報酬貰っても後味悪いわ！

だがこのまま見ている訳にもいかないので、仕方なく俺は彼の傷を癒す事にした。

治ったら一発殴ってやる、もっと自分を大事にしろ。

「……痛いの痛いのとんでいけぇ～」

「……なにっ！！！」

「う、うそ」

詠唱とか技名とか特に理解していない俺は、スキルの力に身を任せて回復魔法を使用する。

とっさに思いついたのが「痛いの痛いのとんでいけ」だったのだが、まあ呪文を唱えるセンスとかそういうのは本職の聖職者ではない俺の専門ではないし、適当でいいだろう。

そして回復魔法の発動と共に冒険者ガイの傷は徐々に癒えていき、その回復速度は決して早いとは言えないものの、時間をかけ確実に完治していく。

もっと浅く傷をつけてくれたら楽に治療できたのだが、あいにく血がドバドバ出る程に深く傷をつけていたため、レベル３の俺では少してこずった。

魔力が体からだいぶ抜けてしまったせいか、ちょっと倦怠感があるほどだ。

「ほら、治ったよ」

「本当、だったのか……」

「信じられないわ……」

やはり俺が治療できるとは信じていなかったようで、驚きの顔を浮かべ呆然とする二人。

はぁ、疲れた。

「じゃ、これで冒険者ギルドに登録してもいいよね？　一応近接戦闘にも力を入れてるし、どこかのチームが仲間にしてくれれば活躍できると思うよ」

「おいイリス、こりゃやべぇぞ」

「ええ、分かっているわ。……坊や、ちょっと悪いけど奥の部屋の方まで来てくれないかしら？

お話があるの」

お話があるの、という割にはイリスと呼ばれた受付嬢は俺を強引に奥へと引き摺《ず》っていく。

おいおい、今度は何だ。

俺は野良の神官少年じゃダメなのか？

早く冒険者になって身分を安定させたいんだけど……。

しかしそんな願いも虚しく、逃げ出そうとしても女性とは思えない怪力と、後ろからついてくる冒険者ガイの監視の前では無力であった。

どうやら野良の神官少年というのはそれはそれで、何か問題があるらしい。

貴族

「ふむ、それではその子が回復魔法を使用したのは事実なんだね？」

「はいギルド長。私もガイも、そしてその場に居た冒険者全員が目撃しています」

「イリスの言う通りだぜ。俺も前に大けがを負って教会で治療してもらった事があったが、その時の記憶と比べてもこいつの腕は本職と遜色《そんしょく》がねぇ。子供だっていうのが信じられねぇよ」

現在、当事者である俺を抜きにして冒険者ギルドで会議が行われている。

その場に俺も居るのだが発言権はどうやら与えられていないらしく、先ほどから無視されている有様だ。

ギルドにとってそれほど重大な議題らしく、彼らは難しい顔をして議論を重ねていく。

ちなみにギルド長と呼ばれた初老の男性がこの町にある冒険者ギルドのトップであり、受付嬢のイリスさんは副支部長、冒険者のガイはギルドから信頼の厚い高位の冒険者らしい。

ずっと彼らの話を聞いていたらそんな事が把握できた。

「分かった。これ以上君たちを疑う訳にはいかないし、冒険者全員が見たというのなら事実なのだろう、信用に値する。……だが問題はこの子供の扱いだ、いったい彼はどこの誰なのだね？」

「それが、ここに来る途中色々と質問しましたが全く要領を得ないのです。ただ身分証をくれとばかりで……」

「俺の方は仲間にこいつの足取りを探らせている。うちの斥候《せっこう》は優秀だから、たぶん待っていればそれなりの結果は持ってくると思うぜ」

そう、実はここに引き摺られてくるまで受付嬢に様々な質問をされた。

聞かれたのは名前とか、身分とか、家族構成とか、住居とか本当に色々だ。

まあ名前くらいは答えてやったが、身分や家族構成や住居なんかはこっちの世界にある訳がないので答えられなかった。

別に嘘をついても良いのだが、後々嘘がバレた時にまた何かトラブルがあったら怖いので大人しくしておいたのだ。

回復魔法を偽ったら重罪になるような国だ、何が切っ掛けで火の粉が降りかかるか分かったものじゃない。

とりあえず俺は身分証が欲しいだけなので、答えられない事については身分証をくれとだけ言い返しておいた。

ちなみにガイの仲間っていう斥候職の某《なにがし》さんがいくら頑張っても、俺の足取りを見つける事はできないだろう。

せいぜい門番に問い質してどの方向からやってきたか、くらいの情報しか得られないはずだ。

なにせ親も知り合いも存在せず、急に生まれてきたのがこのキャラクターだからな。

俺が生きてきた痕跡がないのだから、それを辿る事はどんなプロフェッショナルでも不可能だ。

「ふーむ。しかしいくら存在そのものが怪しいとはいえ、やはりこの子供は有用だ。それだけ、回復魔法という力には価値がある」

「そうですね。貴族や教会に取り込まれる前に、早めにギルドで囲っておいた方がいいかもしれません。……もしこの子が本当に自力で回復魔法を覚えていた場合、教会に知られれば間違いなく祭り上げられるでしょう。……もしくは異端として殺されるかです」

うわぁ、マジかよ教会怖いわぁ。

やっぱこういうタイプの権力者っていうのはどの世界でも同じだな、異端は偶像として祭り上げるか殺すか、そればかりだ。

本当にこの世界では死なない肉体を持っていて良かったよ。

戦闘不能になったらアプリが勝手に修復してくれるから、かなり気が楽だ。

それに最後の手段ではあるが、いざとなったら龍神に助力を願えるし。

いまのところ俺が持つ最強の切り札は【神託】である。

まあできればそうなる前に、知恵と道具を駆使して問題を解決したいがね。

とはいえ、回復魔法がここまで貴重なのは想定外だったな。

教会が技術を秘匿しているとは聞いたが、さすがにやりすぎだろう。

これで職業が三つもあると知られたらどうなるのか、逆に気になる。

「分かった、ではそのようにしよう。この少年には冒険者ランクCの位を与え、身柄はギルド預かりとする。……生い立ちはそうだな、私の孫でいいだろう」

「へぇ、いきなりCランクでしかもギルド長の孫ですかい？　そりゃまたずいぶんな気合の入れようだな。……それほどギルドにとって有益で、有用ってことか」

「それだけじゃないわガイ、この子のためよ」

「へいへい」

と、言う訳で当の本人が一言もしゃべらないうちに話は纏《まと》まり、いつのまにか俺はギルド長の孫という設定で身分証を得る事になった。

いや、意味が分からん。

勝手に話を進められても困るわ。

そろそろ口を出した方がいいかもしれない。

子供のフリはもう終わりだ。

「いや、俺は身分証だけ貰えればいいから」

「…………」

「…………」

「…………」

急に態度の変わった俺に場は沈黙し、三人はこちらを驚いた眼で見る。

……うーん、あまり反応はよろしくないな。

いっそハッタリを言って、アプリの次元収納を転移魔法と偽ってみればどうだろうか。

転移で逃げられるからなんとでもなる、そう言えば対応も変わるかな。

……いや、やめておいた方がいいな。

ただでさえ俺はイレギュラーとして会議に巻き込まれているのに、アプリの機能を見せびらかすのは悪手だ。

地球に換金素材を持っていって豪遊し、社畜とオサラバしたい俺は飼い殺しにされる訳にはいかないが、かといって無理に強気に出ると引っ込みがつかない。

とりあえず今は情報収集をしながら、この世界の事について学んだ方がいいだろう。

そうだ、そうしよう。

するとしばらくの沈黙の後、ギルド長が口を開く。

「……ふむ、私を警戒する君の気持ちは分かるがね、そうもいかんのだよ。この町のギルド長である私の孫という事は、ギルドの力で保護を約束したというだけでなく、息子である領主の息子という事にもなる。異端をどう扱うか分からぬ教会や、民を自らの道具としか考えていない貴族たちの目から君を守るには、この方法が一番確実なのだ」

なんと、このギルド長は貴族だったらしい。

いや、息子が領主だと言っているという事は家督を譲った訳だから違うのかな？

そこらへんのルールが良く分からない、あとで調査しよう。

だがこうして話を聞いてみると、このギルド長の言っている事は事実のように聞こえる。

当然全く利害を考えていない訳ではないだろうけど、少なくとも何割かは俺の身を案じて言ってくれている事なのだろう。

そうでなければ、明らかに貴族ではない冒険者ガイがここまで信用を置くというのも、またおかしな話だ。

それに相手は俺がギルド長を貴族として認識しているという前提で話している。

これはどういう事かというと、自分がそれだけ有名であり、力のある貴族だという証明に繋がっているのだろう。

身の程知らずの自惚れ貴族でない限り、そのはずだ。

そして身の程知らずに人望はなく、このギルド長には人望がある。

つまり、事実として力があるという事らしい。

「うーん。ま、いいか。じゃあお言葉に甘えます」

「宜しい。ではそのように手配しよう」

とりあえず身分証は貰えたので、分からない事はあまり深く考えず受け入れる事にした。

先ほども考えたが、やはり情報は大事だ。

しばらくは情報収集に徹し、それから冒険しよう。

会議は一先ず解散となり、副支部長のイリスさんと高位冒険者のガイさんは、舞台裏からギルド長の考えた設定どおりに動く手筈となったようだ。

またガイさんを魔法で治療した分の代金は二人を巻き込んだギルド長が負担する事となり、まずはギルド長の仕事が終わるまで傍で待機していろという事になった。

つまり、今もの凄く暇である。

暇なのでギルド長の仕事を覗き見して、なんらかの書類を処理している様子を眺めている事にした。

この世界の文字がどう成り立ち発展してきたのかは知らないが、言葉と同様になぜか俺にはその意味を理解する事ができた。

不思議な事もあるものである。

これもアプリパワーだろうか?

「……あ、そこ計算間違ってますよ」

「……ふむ」

「あ、ここもです。あとこの契約書には情報の不備があるので、もし追及されたらヤバいと思いますね」

そして俺は文字が読めるのを良い事にギルド長の仕事に口を出しまくり、計算ミスや書類の不備を指摘していく。

いや、こうなんというか、事務方の社畜時代がそこそこあるせいで血が騒ぐんだよね。

悪いとは思っていても、ミスがあると指摘したくなる。

そもそもこの書類を作っているのは、しょせん文明が発展途上であるこの中世時代の異世界人だ。

現代での社畜歴が十年ある俺の敵ではない。

するとギルド長は呆れからか溜息をつき、まるで正体不明の宇宙人か何かを観察するかのように見返してくる。

めちゃくちゃ失礼な爺さんだ。

「……君はどこでその知識と教養を身に付けたのかね？」

「いや、たまたま閃《ひらめ》いただけです。まぐれですよまぐれ」

きっと偶然が重なっただけです、ハイ。

いや、無理があるけどね。

だが血が騒ぐので、やめられない止まらない。

「私にはとてもまぐれには思えないし、まず計算能力からして明らかにおかしいのだが、……まあいい。ちょうど君のおかげで仕事も早く終わった事だし、君を匿った本当の理由について話すとしよう」

「なるほど」

なるほど。

…………な、なるほど。

いや、え、今までの会議内容は本当の理由じゃなかったの⁉

嘘だろ爺さん、まさか俺を謀《たばか》ったのか⁉

いや、このギルド長の冷静さを見るに謀ったとかは無さそうだ。

ただ、もう一つ話していない理由があったというだけだろう。

ビビらせやがって。

「君が知っている通り、私はここら一帯にある複数の町や都市を治める領主、元ガルハート伯爵だ。家督は息子に譲り今はギルド長なんていう仕事をしているが、貴族界における発言力はそれなり以上に強いと自負している。そして息子も息子で……、ふむ、聞いているかね？」

「聞いてるよ」

嘘です、聞いていません。

貴族界での発言力や爵位の事を言われても、その手の文化に詳しくないため理解が追い付かず、頭がフリーズしていたようだ。

とりあえず物知り顔で頷くが、はて、伯爵というのはどの程度の身分だったか……。

王の下に公爵があるのは知っている。

そしてその下は侯爵だったような気がする。

伯爵というのはどの辺りだ？

侯爵の一つ下か？

それとも二つ下か？

謎である。

だが中堅の貴族よりは上だろう、たぶん。

そんな雰囲気を感じる。

「まあ良い。話を戻すが、我がガルハート伯爵家は息子が家督を継ぎ、そして孫を生んだ。……歳はちょうど君くらいだな。君を見ていると、孫の姿をつい思い浮かべてしまうよ」

「ほう」

どうやら爺さんの本当の孫は俺と同い年くらいらしい。

しかし孫がいるのに俺の身分を偽ってよかったのだろうか。

養子にするにしたって、外聞が悪いんじゃないのか。

思った事がつい顔に出てしまったのか、ギルド長は嘆息する。

「まあ、当然そういう反応になるのは理解しているが、心配は無用だ。なにせ孫は体が弱く、ここずっと療養中で屋敷からは一歩も出ていないからな。そして私が君を匿った理由もこれに起因する」

おや、雲行きが怪しくなってきたぞ。

貴族のドロドロなお家騒動に巻き込まれるのだけは勘弁してほしい。

まだそうと決まった訳ではないけど。

しかし孫が療養中って事は、毒などで意図的に始末しようとしてないなら、回復魔法では治りづらい何らかの怪我を負っているのかもしれない。

例えば足を失ったとか、もしくは不治の病《やまい》に侵されているとかだ。

ここが異世界だという事を考えると呪いとかもあり得そうだな。

そしてそんな中前触れもなく突然現れ、教会で習得した訳でもなさそうな回復魔法の使える謎の少年……。

つまり俺。

もしかしてしなくても、そういう事なのかもしれない。

「教養があり、察しが良い君なら気づいたかもしれないが、……その通りだ。私は君に孫の病を見てもらい、治療してほしいのだ。教会の術者には何度も見てもらったが、結局、幾度回復魔法をかけても無駄だった。もはやこれは呪いという他ない……」

いや、無理だろ。

俺よりもおそらくレベルが高いであろう教会の回復魔法使い、それも高位の貴族に雇われるような腕の確かな者が治せなかった病だぞ。

ギルド長は知らないかもしれないが、俺はまごう事無きレベル3である。

たかがレベル3に何を期待しているんだ。

もしかしたら教会の回復魔法とは違う効能があり、可能性があると考えているのかもしれないが、残念ながら俺の職業は普通に神官だ。

たぶん使っているスキルも同じである。

「ち、ちなみに症状は？」

「ああ、常に体が熱く、声は枯れ、大きな咳をして……」

「……ん？」

おや？

「さらに本人からは常に倦怠感が絶えず、食欲がないなどと報告を受けている。一時期的に症状が軽くなることもあるが、結局またぶり返すのだ。……もはや、私の手には負えん」

「いや、それただのインフルエンザか、もしくは風邪じゃない？」

「……何っ⁉　インフルエンザとはなんだ⁉　教えろ！」

ピンと来た症状に条件反射で答えると、ギルド長は俺に掴みかかってきた。

そういえばこの世界の人にインフルエンザと言っても伝わる訳がなかったな。

同じ姿形をしていても地球人とは種として違うために完全な回答はできないが、そもそもこの世界の住人は創造神のマナによって急激に進化した事により、本来持ちえるはずだったウイルスなどへの耐性がおざなりになっている可能性が高い。

そうであるが故に免疫のない風邪菌やインフルエンザなどのウイルス性の症状に一度掛かってしまうと、顕著《けんちょ》に症状があらわれてしまうのだろう。

普段は魔力などが体を強化して免疫力の代わりになっているのかもしれないが、マナによる強制進化も色々と良し悪しだな。

それにしても、すげぇ握力。

さすが冒険者ギルドの長だ、たぶん職業レベルも相当高いのだろう。

というかギブギブギブ！

「いたたたたたっ」

「むっ⁉　こ、これは私としたことが、すまない。取り乱してしまったようだ」

……くっ、これがレベル格差か。

いや、真面目に。

まあとりあえず本人を見ない事には分からないが、これだけギルド長が心配しているという事はウィルス性の病気には回復魔法は効果が薄いのだろう。

まだ風邪かインフルエンザかは分からないし、もしかしたら全く違う異世界の病気かもしれないが、……とりあえず薬局で風邪薬を買ってきてあげよう。

これで変な事になったらその時はその時だ。

俺にはどうする事もできない。

というか、色々言ったけどたぶんそれ風邪だよ。

陰陽師

その日の夜、俺はガルハート伯爵家の屋敷に招待された。

俺の存在は秘匿性が高いらしく、高級そうな馬車に同席させてもらい人目を避けながら屋敷まで案内されている。

そして屋敷に着くと俺はさっそくメイドのような人に身嗜《みだしな》みをチェックされ、服装を着替えさせられ、さらに髪をセットされていく。

何やら既に俺の話は密偵のような者を通じて屋敷の人間に伝わっていたらしく、まるで本当に貴族のおぼっちゃんのような対応だ。

この対応を鑑みるに、このギルド長、いや元ガルハート伯爵は本気らしい。

ちょっとお孫さんの病気が治らなかった時の事を想像してチビりそうになった。

い、いや大丈夫だ。

そもそも俺は不死身だ、冷静になれ。

そして俺専用に与えられた個室でメイドが運んできた食事をとった俺は、ついにギルド長に呼ばれガルハート伯爵家の一家とご対面する事になった。

まずそこにいたのは当然ながら俺を呼びつけた張本人である元ガルハート伯爵。

名をウィルソン・ガルハート。

次にその息子である現ガルハート伯爵のガレリア・ガルハートと、孫のクレイ・ガルハートだ。

彼の妻は部屋には居なかった。

理由は分からないが、一家の責任者であるガレリア・ガルハート伯爵が俺の対応をするという事だろう。

ちなみにクレイは予想通り体調が悪そうで、俺が呼ばれてきた時もベッドから身を起さず寝ているようだった。

ときおり咳もしてかなり苦しそうである。

しかし、やはりどこからどう見ても風邪にしか見えない。

症状は重くかなり苦しそうではあるけども。

「ふむ。……確か、サイトウだったかな。では、やりたまえ」

「ん？」

「回復魔法だよ、使えるのだろう？　我が父はその前提で君を招いたはずだ」

ガレリア・ガルハート伯爵は、さっそく治療しろと言わんばかりに俺に命令を下す。

うーんでもなぁ。

他の人の回復魔法で治らないなら、俺が今やっても同じことだろ。

無駄な努力だ。

しかし彼は俺が治療できるのかどうかは半信半疑なところがあるものの、回復魔法そのものを使えるのを疑っている様子はない。

たぶん全面的にギルド長、もといウィルソン・ガルハートを信頼しているのだろう。

まあ実の父でありクレイ少年の祖父だからね、それはそれで納得だ。

今のところ騙す理由がない。

「一応回復魔法は使いますけど、本格的な治療は明日になります。それでもいいですか？」

「何？　そうなのか？　父上、この者はこう言っていますが……」

「うむ、その話は事前に報告を受けている。とりあえずまずは、彼のやりたいようにやらせなさい」

当然風邪を治すためには日本に戻って薬局へ寄る必要があるので、とある事情により、今すぐには治療ができないとギルド長には時間的猶予《ゆうよ》の約束を取り付けている。

この作戦を実行するにはログアウトができるかどうかが不安要素であったが、一度戦闘不能になった事が原因なのか、個室でアプリを確認したところログアウトの項目が選択可能になっていた。

とりあえず日本には戻れそうである。

「それじゃ、痛いの痛いのとんでいけぇ～」

「おおっ……！」

俺が回復魔法を発動させると、少年の父であるガレリア伯爵ではなく祖父のギルド長が慄《おのの》いた。

たぶん部下であるイリス副支部長と冒険者ガイの報告を信用していても、内心不安だったのだろう。

実際に回復魔法を発動させた事で、期待を持ってしまったようだ。

回復魔法をかけ終わるとクレイ少年は一時的に穏やかな表情になり、安心したような表情で眠る。

ただ、ここまでは特別な事は何もしていないので、恐らくここからまたぶり返してしまうのだろう。

「まあ、今日のところはこの辺で。それじゃあ明日またよろしくお願いします」

「うむ、よろしく頼む」

そう言うと俺はまた自分に与えられた個室へ案内され、晴れて自由時間となった。

さて、やる事をやろうか。

アプリを操作し、一先ずログアウトを選択する。

◇

「……ふむ、帰ってきたな」

いつもの自宅だ。

外を見るともうすぐ夕方になるかな、といった頃合いの時間。

まだ薬局は営業中だろう。

それとしばらく向こうで過ごしていたが、こちらでの日付は変わっていなかった。

いきなり一週間とか経っていたらどうしようかと思ったが、無断欠勤にならなくて良かったよ。

会社を辞めるにしても、やっぱり無断欠勤は後味が悪い。

「じゃ、薬局いくか」

財布を持ってそそくさと出かける。

幸いな事に薬局には風邪によく効くと評判のモノがあり、俺は迷わずそれを手に取った。

とりあえず予備も含めて二つ買っておく事にし、会計を済ます。

うむ、完璧だ。

「あら、治癒の異能を使える人でも風邪にかかるんですか？」

「いや、アレは傷には効果的だけど病気には弱いから」

「へぇ、そうなんですね。でも風邪を引いているようには見えませんけど……」

「だって別に、俺が使うわけ、じゃ、ない……、し……？」

……って、何奴《なにやつ》⁉

緊張と危機感から緊急で飛びのいた俺は、たった今会話していた謎の存在に目を向ける。

あまりに自然に話しかけてきたのでつい普通に話してしまったが、よくよく考えたら会話内容がおかしい。

どういう事だ。

「こんにちは、また会いましたね！　すごい偶然です！」

「……ん？　君は確か、美少女Ａ」

そこにいたのは、今朝方チンピラに絡まれていた美少女Ａだった。

なんだよ、驚いて損した。

そりゃあれだけ堂々と回復魔法を見た後なら、この会話も納得だわ。

しかしここはホームセンターからだいぶ離れた、というか正反対の場所にある薬局だぞ。

偶然会いましたねって、そんな事あるか？

「そう警戒しないでください、私はあなたに危害を加えるつもりはありません。ただちょっと話があって、こうしてお邪魔した次第であります」

「は、はぁ……」

美少女Ａはそう言って綺麗な所作でお辞儀をした。

はぁ、美少女はなにをやっても様になるな。

しかし、和風美人を連想させるロングストレートの綺麗な黒髪のお嬢様は、一体俺に何の用だというのか。

「あ、ここでお話するのもなんですから、続きは私の屋敷でどうぞ。外に車を用意しております」

「いや、俺はこれから用事が」

「いえ。用事なんて、ありませんよね？　だって私の家の者があなたの自宅を見張っていましたもの。そうですよね、斎藤健二さん。既に調べはついております」

怖っ⁉

何者だよこのお嬢さん⁉

ただの美少女Aかと思ったら、もしかしてとんでもない裏社会の人間だったのか⁉

しかも俺に語り掛ける笑みが黒い、黒すぎる。

どう考えても何か企んでますといった雰囲気の表情だ。

だが悲しきかな、俺はこっちの世界ではレベルやスキルが反映されていても不死身じゃない。

明らかにヤバそうなこのお嬢さん、もっといえば外で待機している黒服のお兄さんに囲まれては、社会的に生き残る意味で従わざるを得ない。

だって今日会ったばかりの手品師に対して、異能っぽいからという理由で個人情報を丸裸にするような奴らだ。

絶対まともじゃない。

「わ、分かった、分かった」

「ふふ。ありがとうございます！　……ああ、自己紹介が遅れました。私、こういうものです」

渡された名刺には呪いのような赤い文字で、【戸神黒子《とがみくろこ》、職業：陰陽師《おんみょうじ》】と書かれていた……。

陰陽師って、なんだっけ。

◇

俺は薬局の前に用意してあった黒塗りの高級車に連れ込まれ、囲んでいた黒服の人にまるで「絶対に逃がさんぞワレェ」と言わんばかりの威圧を受けながら、陰陽師と名乗る戸神黒子と一緒に屋敷へと向かう事になった。

どうしてこうなったんだ、俺はただ風邪薬を買いに来ただけなのに。

これからどうなるのかという不安と緊張で足が震えている。

「ふふふ、あなたのような殿方でも緊張をするのですね。大丈夫です、彼らはただのボディガードですから。私や斎藤様に手出しをする事は万に一つもありません」

「そ、それはようござんした……」

やばい、緊張で口調がおかしなことになっている。

とはいえあの黒服ボディガードが明らかにお嬢様である戸神さんを守るためだけでなく、俺の身柄も大切に扱っているという事を聞いて少し安心した。

やっぱり情報共有って大事だよね。

だが、そもそもこんなボディガードをつけて移動するようなお嬢様が、何故あんな路地裏でチンピラに絡まれていたのだろうか。

まずそこからして疑問なのだが、果たしてこれは聞いていい事なのかどうか判断がつかない。

女性のプライベートを詮索するのがマナー違反という意味ではなく、ただ単に踏み入れてはいけない領域に踏み入れてしまうのが怖いという意味で。

「気になりますか？」

「な、ななな、何をですか？　ははは、この不肖斎藤、何も気になる事などございませぬ」

「無理をなさらなくても大丈夫ですよ。私が裏路地で素行の悪い者たちに絡まれていたという事自体、この状況から見て明らかに不自然ですし。斎藤様のお気持ちはお察しいたします」

そういって戸神さんは困ったように優しく微笑む。

何か事情があるようだが、そもそも俺はそちらの領域に踏み入れたくないから無理に気にしないようにしているのだ。

気を遣うベクトルがずれているよ、もし気遣う心があるならば今すぐに身柄を解放してほしい。

というか俺が倒したあのチンピラたちはあの後どうなったのだろうか。

こうして危険な臭いのするボディガードを何人も傍に置いているところに鑑みるに、とてもじゃないがあのチンピラ二人が無事解放されたとは考えにくい。

俺に微笑みかけるその笑顔は相変わらず美人なので、できればこういった黒い背景無しで、普通にお知り合いになりたかったよ……。

そんな妙に噛み合わないやり取りをしていると、とある屋敷の前で車は停車した。

目の前には馬鹿でかい庭と古風な建物があり、土地成金も真っ青なくらい風格のある屋敷が姿を現す。

「戸神お嬢様、お屋敷に到着いたしました」

「はい、ありがとうございます。それでは斎藤様、お疲れとは存じますが少々お付き合いくださいませ。詳しいお話は屋敷の中で説明させていただきますね」

こちらを気遣う穏やかな表情とは裏腹に、戸神さんは俺の手をがっしりと掴み強制的に連行していく。

握力そのものは華奢な女の子そのもので、【戦士】レベル3の職業を持つ俺の敵ではないが、有無を言わせない迫力がある。

日本において不死身の身体を持たない社畜は権力に弱いので、抵抗する事なく素直についていく事にした。

情けないと思ってはいけない。

これは処世術である。

そして屋敷に上がらせてもらい、そのまま美少女と手を繋ぎながら長い廊下を渡っていくと一つの襖部屋へと辿り着いた。

ボディガードをしている黒服の一人が一度お嬢様にお辞儀をして、襖《ふすま》を開く。

すると中には畳の上で胡坐《あぐら》をかき、パイプ型のタバコを吸っている老人がいた。

「おう、お前にしては遅かったではないか黒子。それほどに手ごわい男であったか？」

「はい、おじい様。私も万が一に備え斎藤様の足取りを追っていたのですが、式神《しきがみ》からの連絡が途中で途切れてしまい、つい先ほどまで行方が分からず仕舞いでした」

「ほっほっほ、……黒子の式神を欺《あざむ》くか。これは期待できそうじゃのぉ」

目の前で理解の及ばない会話が繰り広げられていく。

式神ってなんだ、陰陽師の道具か何かかな。

というかここは由緒正しき科学の支配する地球文明だぞ、そんな不思議能力があってたまるか。

……と、言いたいところだが俺が既に摩訶不思議生物になりつつあるので、強くは言えない。

そして式神にどんな能力があるのかは不明だが、もしその不思議能力で対象を追跡していて連絡が途絶えたというのであれば、それは恐らく追跡の対象である俺が異世界に飛ばされていた事が原因だろう。

そもそも先ほどまで地球上には居なかった訳だから、そりゃあさすがに追跡困難にもなるだろう。

さすがの式神様も、異世界までは追ってこれなかったようである。

「して、黒子が見初めたお気に入りの殿方は、治癒の異能を持っていると申しておったな。他にはどんな能力がある？」

「おじい様、こんなところで孫をからかうのはおやめください。お客様の前ですよ。私が見たのは治癒の異能の他に、類まれなる身体能力、そして戦闘技術ですが……。式神の追跡を振り切ったところを考慮すれば、他にも異能があると思われます」

当事者の俺を差し置き、勝手に話が進んでいく。

あれ、これ異世界でもこんな事があったような……。

デジャヴ？

二人の話を聞いた感じだと、式神や異能を日常のものとして捉えているみたいなので、とりあえず鑑定を掛けてみる。

どうせ大雑把な情報しか得られないだろうけど、俺ばかり調査されるのは癪《しゃく》だからな。

お返しに異能の一端とやらを目の前で使ってやる。

……こ、こっそりとね。

【陰陽師のお爺さん】

しきがみをつかう、そのたおおくのことがとくい。すこしだけつよい、にげるのもあり。

【陰陽師のお嬢さん】

しきがみをつかう、けっかいじゅつがとくい。ふつう。

その他多くってなんだ⁉

どんなインチキ爺さんだよこの人、式神を使った上で他にも色々できるって事か⁉

もしかしたら刀術とか槍術とかもマスターしているのかもしれない。

というかさっそく鑑定さんがビビりはじめ、逃亡を推奨している。

ほんとブレないなこの能力。

まるで臆病な俺の性格を投影しているかのようだ。

とはいえ実力は俺より少し強い程度。

レベルでいうなら6とか、7とか、そのくらいかな？

詳細な戦力差は不明。

そしてもう一人の陰陽師、実力は互角と表記される嬢さんだが……。

「……結界術とは？」

式神とは違うのか？

分からん。

戸神家のお嬢さんをよく見て鑑定をもう一度かけ直すが、やはり結界術と判定される。

これだと式神を使った結界術なのか、式神と結界術が別々に得意なのか、判断がつかない。

やはり錬金術師レベル3では鑑定能力もガバガバだな、もっとレベル上げを頑張ろう。

「ほう。黒子の結界術を見破るか、大した男だ……。確か、斎藤と言ったか？」

俺の呟きに目ざとく爺さんが反応し、先ほどまでのからかうような態度を潜めこちらを真っすぐと見据える。

どうやら爺さんの琴線《きんせん》に触れてしまったらしい。

「治癒の異能があるとはいえ、初見では凡庸な男だと思っていたが、……どうやら評価を改めねばならぬようだ。儂《わし》も耄碌《もうろく》したか」

「おじい様」

「分かっておる。……ふむ。どれ、それでは一つ試験をするとしよう。相手はうちの若手でいいかのぅ？」

「ですから、おじい様。それでは斎藤様には何も伝わりません……」

陰陽師の爺さんは勝手に自己完結して納得し話を進めるが、お嬢さんの言う通り何のことか全く分からない。

まずは俺を連れてきた理由と、なぜ試験をする必要があるのかと、その後俺をどうしたいのかを説明してもらいたいものだ。

そう思い戸神お嬢さんに顔を向けるが、彼女は困ったように笑い首を振った。

どうやらダメらしい。

たぶんこの爺さんは、こうなったら止められないタイプなのだろう。

「クカカカッ！　なに、そう臆《おく》するな。お主の実力如何によっては質問には答えてやる。……おい、話は聞いていたな、一人連れてこい！」

「はっ！」

爺さんは黒服の一人に声をかけると、よっこいせという声と共に立ち上がる。

試験とやらのせいで、戦いは避けられないようだ。

◇

試験をすると言い、無理やり連れてこられた場所は古風な豪邸の巨大な庭。

庭もそれはそれで和風テイストに整えられているが、一番目を引くのはそこかしこにあるお札だ。

何やら赤い文字で呪文のようなものが書かれているが、あれが何なのかは分からない。

分からないが、たぶん結界か何かだろう。

庭に攻撃的な兵器がおいてあるのもおかしな話だし、もし何か意図があるとすれば侵入者の感知や、そういった何かから身を護るためのバリアなんかが一番妥当だ。

まあ、確証はないけど。

それからしばらく待っていると、先ほど爺さんの命令で駆けていったボディガードの一人が、和風装束に身を包んだ若者を連れてきた。

若者はちょうど戸神家のお嬢さんと同じくらいの歳頃で、黒髪に少しキツイ目つきをした青年だ。

「お呼びでしょうか大旦那様」

「やめんか、儂は既に当主ではない。今の当主は現役を退いた戸神源三《とがみげんぞう》ではなく、娘婿《むこ》の戸神砕牙《とがみさいが》であろう。履き違えるでないわ」

「しかし、自分にとっては今もなお源三様が当主であり、そして戸神家で随一の陰陽使いでございます。……何卒ご容赦を」

なにやらここでも家督を継ぐだのなんだので一悶着あるようだ。

貴族や豪家っていうのはお家問題が複雑で大変だね、俺には関係ないけど。

それにしても爺さんは戸神源三というのか。

現在は砕牙さんに家督を渡しているらしいが、娘婿っていっているところを鑑みるにたぶんここが陰陽道の本家であり、砕牙さんは分家かもしくは余所の家から嫁いできた存在なのだろう。

戸神本家に嫁ぐまでどんなドラマがあったのかは知らないが、この偏屈な爺さんから合格を貰ってまで婿になるとは、なんとも剛毅《ごうき》な人だ。

俺だったら裸足《はだし》で逃げ出すね。

ぜったいヤバい爺さんじゃんこの人。

「まあ、良い。……既に話は聞いておるだろうが、今回はそこの斎藤殿の試験相手としてお前を連れてきた。くれぐれも心してかかれ、こやつは黒子が自らの眼で自分に相応しいと選んできた強者《つわもの》だ」

「この者が黒子様の……？　とてもそう大した男には見えませんが……」

青年は訝し気にこちらを観察し、ジロリと睨む。

やっぱこの家の人みんなまともじゃねぇ、まだ高校生の青年にすら、目の奥に狂気の光が宿ってるよ。

ちなみに俺が大した男じゃないという青年の判断は限りなく正しい。

こちとらただのおっさんだ。

ただちょっと、傷が癒える手品とか相手を見極める手品が使えるだけにすぎない。

というかそろそろガルハート伯爵家に戻らないと、俺が個室に居ない事がバレてしまう可能性がある。

解放してくれないかなぁ。

「甘い、甘すぎる。お前は儂が拾った時から、そうやってすぐに表面だけで物事を判断する悪い癖がある。この者の内に眠る霊力を感じて見よ、只人ではないことが一目瞭然じゃ」

「し、しかし……」

「……分からんか、未熟者め。だが試験結果は嘘をつかない、気になるならばそれこそ己が力で試してみればよかろう」

青年は一言分かりましたと頷き、庭の方に足を向ける。

試験とやらが始まるらしい。

それにしても俺に霊力なんてあったのか、知らなかった。

もしかして魔力の事かな？

まあ、どうでもいいか。

青年に続くようにしてこちらも庭に赴き、少し距離を開けてから向き合うように対峙した。

「それでは試験を始める。準備は良いな？」

「はい」

「大丈夫ですよ」

おっと、その前にとりあえず鑑定をしておこう。

得意分野くらいは分かっていた方がいいからな。


【陰陽師の青年】

しきがみをつかう、けんかがとくい。ややよわい。


キャラレベル3より弱いらしい。

それと喧嘩が得意ということは、格闘戦がメインなのかな。

冷静そうな見かけに寄らず短気なのかもしれない。

それに、もし向こうが刃物を取り出すならこちらも鉈くらいは必要だと思ったが、今のところは必要無さそうだ。

ただ向こうには式神という未知の兵器があるので、その危険性如何によってはこちらも武器を取り出した方がいいだろう。

鑑定情報を元に考察を進めていると、審判役であろう爺さんから声がかかる。

「よし、それでは始め！」

「はぁっ！」

試験が始まった。

相手役の青年は独特な歩行法と構えで突っ込んでくるが、身体能力そのものは【戦士】のレベル3よりもだいぶ低いらしく、今の俺から見ても余裕をもって受けられそうな勢いだ。

反撃しようと思えばそれなりに有効打を与えられそうである。

だが、いい年こいたおっさんが力のままに青年をいじめるのは、なんとも絵面が悪い。

どうしたものか。

……とりあえず躱《かわ》し続けよう。

攻撃が当たらないと悟ったら爺さんも試験を終わらせるかもしれない。

これ殺し合いじゃないしね。

避ける、避ける、避ける。

「くっ、馬鹿な⁉　な、何故当たらない⁉」

「どうやらキミは喧嘩が得意らしいけど、まあおじさんは色々とズルしてるからなぁ。落ち込む事はないよ。一般人がここまでおじさんに迫る事ができるなら上出来だ」

「……なにっ⁉」

こっちは職業を三つも取得してパラメーターにブーストをかけている上に、さらにレベルにまで開きがあるからな。

そんなおっさんの動きについてこれるだけでも大したものだ。

喧嘩が得意というのは伊達ではないらしい、よく頑張ってるよこの青年は。

しばらく避け続けると、だんだんと青年の息があがってきた。

「クカカカッ！　対妖《あやかし》に特化しているとはいえ、武の基本を学んだこやつの攻撃を容易く躱すだけでなく、かつての喧嘩屋としての特性まで見抜くか！　やるのぅ婿殿！」

「お、おじい様！　斎藤殿はまだ婿ではありませんよ⁉　勝手に決めてはあの方に失礼です！」

「ほう。……まだ、とな？」

「くっ⁉　揚げ足取りはおやめください！」

外野は外野で盛り上がっている。

賑やかな事だ。

青年がこんなに頑張っているんだから、少しくらい応援してあげたらいいのに。

一応は身内だろうし。

というか、婿殿ってなんの話だ？

「くそっ！　くそっ！　当たれぇ！　……たかが体術に優れた只人《ただびと》が、黒子様の婿だと⁉　み、認められるかぁ！」

「あ、そういうことかぁ」

「何が可笑しい！」

なるほど、この青年は戸神家のお嬢さんに気があるのか。

納得した。

そりゃああれだけ可憐な美少女が傍にいて、しかもそれが同い年だったりしたら意識しちゃうよなぁ。

しかしいくら頑張っても普段は雲の上のお嬢様で、手が届かないと。

しかも、ある日突然、異能持ちの男を連れて来たと。

戸神本家としての家格の違いと、あの爺さんの偏屈さから考えれば青年の焦りはよく分かる。

まさに前途多難というやつだ。

この青年も苦労しているんだなぁ。

青春を謳歌《おうか》し、人並みに苦労している青年を優しい目でみつめて俺は言う。

「君も苦労しているんだなぁ」

「くっ、舐《な》めやがってぇ……ッ！」

「いやいや、舐めてないよ」

「もういい、本気でいくぞ！」

ん？

本気となった？

見ると青年は着物の袖口から人の形をした紙のようなものを取り出し、二本の指で印を結びながら呪文を唱え始めた。

あれ、もしかしてこれが式神っていうやつか？

するとどうした事か、ただの紙切れだったその人型は刀の形を模していき、青年の手に収まった。

あれが青年が使う陰陽術というやつか。

初めて見たが、どっちかというと向こうの方が俺の魔法よりも手品っぽいな。

手品師の称号は彼にこそ相応しいかもしれない。

「俺に戦いを挑み、黒子様を誑《たぶら》かそうとした事を後悔させてやる。覚悟しろ」

「おいおい、いくらなんでも武器はダメだろ、武器は」

爺さんの方をチラりと見るが、刀には無反応。

これも試験の一つとして捉えているらしい。

やっぱり思想がやばいよ戸神家、回復魔法を使える俺じゃなかったら大惨事だぞ。

しかし、いくら戦士としての力が違うとはいえ、このままだと流石に分が悪い。

というか勝てたとしても痛い思いをしたくない。

そう思った俺は溜息を吐きつつも、仕方なく鉈を取り出すことにした。

ポケットに入っているスマホに手を翳《かわ》し、戦利品の取り出しを念じる。

さすがにもしこれでも青年が諦めず決着がつかないようであれば、今度は俺から降参を申し出よう。

一応鉈は防御に使うつもりだが、血を流すのも血を流させるのもまっぴらごめんだからな。

俺は鉈を構え防御の姿勢を取り、審判を務める戸神源三に視線を向けた。

「ほう、二つ目の異能とな……。やはり、ただ者ではなかったか」

「戸神源三さん、これ以上の試験は危険ですよ。さすがにこれ以上続けるようであれば、こちらから棄権させていただきます」

「ふむ……」

しばらく考え込む爺さん。

いや、考える要素なくない？

真剣はまずいでしょ、真剣は。

「大旦那様、自分はまだやれます！　何卒試合の続きを！」

「ふむ、ふむ、ふむ。……あい分かった、これにて試験を終了とする。二人共、ご苦労であった」

何事かを考え頷いた爺さんは、俺の言葉を汲んだのか試験の終了を言い渡す。

いやぁ良かった、殺生沙汰にならずに済んだ。

さすがにこのヤバい爺さんにも、欠片ほどには常識というものがあったらしい。

しかし試験終了を言い渡された方の青年はというと、まさかここで試合終了になるとは思っていなかったのか、唖然とした表情で膝をつく。

その心中はおっさんでは推し量る事はできないが、これは別に失恋とかじゃないから気にする事はないと思うよ。

そもそも俺はこの明らかにヤバい家に婿入りする気は無い。

そう思い声をかけるか一瞬迷うが、まあこれも青春かと思い余計な茶々を入れるのはやめておく事にした。

膝をついた青年が今も尚微動だにせずに固まっているが、きっとどこかで立ち直るだろう。

気にせずこれからも精進し武に励むと良い。

「ふむ、それにしても見事であったな」

「それはどうも、試験は合格ということでいいんですよね？」

「当然じゃの、あれだけやれるのであれば妖相手にも十分じゃろ。さすがは孫の選んだ者といったところか」

いや、だから妖ってなんだよ。

まるでその言い方だと、これから俺はその妖とかいう奴と一悶着起こさないといけないみたいじゃないか。

こっちは説明だけしてもらって家に帰してくれれば十分だっていうの。

「それで、俺を連れて来た理由は結局なんなんですか？」

「ん？　そこからか？」

え？

いや、普通そこからじゃない？

なんで爺さんの方がきょとんとしているんだ、俺がその表情をしたい。

するとと割って入ってきた戸神お嬢さんが説明に入ってくれた。

「説明が遅くなり申し訳ありません。実は強引な形で斎藤様をお招きしたのは、あなたのような野良の異能持ちの方に力を貸していただき、我が戸神家が生業としている妖怪退治に助力を願いたかったからなのです。……あなたのような強力な異能を持つ貴重な人材を、他の家の者や政府に横取りされる訳にはいきませんから」

「ほう」

いや、嫌だよ？

俺は断じて、その妖怪退治とかいう明らかに寿命を縮めるような戦いに巻き込まれたくはない。

というか政府ってなんだよ、日本政府がどうかしたのか？

え、もしかして陰陽師って日本政府と繋がりあるの？

それに他にもこんなヤバそうな家や組織があるのか……。

もしかして超能力者とかも実在してたりするのだろうか。

いや、そんなまさかな……。

いやいやいや。

「ご助力お願いできませんか？」

「え、いやぁ……。すぐには決められないかなぁ」

「あ！　そ、そうですよね！　いくら斎藤様でも、急にお越しになっていただいて準備もなくいきなり妖と対峙なんて、いくらなんでも無茶がすぎました！　私とした事が、これはまた大変失礼を」

違うよ？

そもそも妖怪退治の準備をする気が無いよ？

だがそれを言った瞬間、爺さんやその他大勢の陰陽師に囲まれているこの家では、俺の命がどうなるか分からない。

とりあえずここは話を濁《にご》して、一目散に自宅へ帰還し引き籠るしかないだろう。

確か異世界までは式神も追ってこれないようなので、ほとぼりが冷めるまであっちで隠居だ！

会社には迷惑をかけるが、急遽有給を使う事で対応する事にしよう。

問題は有給をあの会社が許すかどうかだが……。

ええい、どちらにせよ俺は社畜を辞めるんだ、有給がいきなりとれるかどうか考えても仕方ない。

クビになったらなっただ、このままこのヤバイ家に狙われて寿命を縮めるよりは怖くない！

前向きにいこう、前向きに。

「あ、そうそう。そうなんですよ。それでは一度自宅に戻るので、詳しい話はまたいずれ」

「はい！　それではご自宅までお送りいたしますね」

「あ、はい……」

こうしてそそくさと自宅に帰還した俺は、ただ薬局に寄っただけなのにとんでもない事になったなと思いつつも、しばらくは異世界でレベル上げをしようと心に誓い【ストーリーモード】を開始するのであった。

閑話　陰陽師一族の屋敷にて

斎藤健二が戸神家の屋敷から立ち去ってからしばらく、彼を自宅まで送り届けた戸神家の長女、戸神黒子は祖父である源三に今日を振り返って尋ねる。

「おじい様、どうでしたか彼は」

「……難しい質問だな」

孫娘である黒子に問いかけられた源三は、試合で見た斎藤の実力や自らの眼力で感じ取ったその者の本質を照らし合わせつつ、答えを出すために目を瞑ってしばらく黙り込む。

そして庭に備え付けられたししおどしの音が幾度か鳴り響いた時、ようやく一つの答えに達したのか閉じていた目を開いた。

「まず最初に言っておくが、斎藤殿の現時点での実力ではあの大妖怪には敵わないだろう」

「そう、ですか……」

「うむ、今はまだ天と地ほどに力が離れておるからな。それは実際にあの大妖怪の事を知っている、他ならぬお前が現実をよく分かっているはずだ」

「はい」

源三の指し示す大妖怪が何者であるか、それは戸神家に連なる者であれば名を語らずとも理解できる。

それほどに陰陽師の本流である戸神家にとって大妖怪は因縁の相手であり、宿敵であるからだ。

そしてそれを踏まえた上で、源三は「しかし」と続ける。

「今日の試合で拝見した彼の力は確かに優秀だ。治癒の異能に加えて何もない場所から武器を取り出す召喚の異能。他にもまだ異能を隠し持っているのであろう、彼からは常に余裕というものを感じた」

源三の語った余裕とは、ただ試合相手となった若手相手に上手く立ち回ったというだけではない。

現代における最高峰の陰陽師と目される源三しかり、その孫である黒子しかり、その他多くの陰陽師に囲まれ威圧されて尚、それでも余裕を崩さなかった姿勢の事を言っている。

戸神源三はただの戦闘狂でも、無茶ぶりばかりする迷惑な老人でも、ましてや馬鹿などではありはしない。

自分の存在がいかに斎藤に圧力と緊張感を与え、そして扱いにくい存在であるかをワザと悟らせた上で、その後の対応によってその者の力量を推しはかろうとしていたのだ。

妖怪退治は遊びではない。

命を賭して妖怪と人間の間で未来の生存権をかけて戦う、血なまぐさい本物の戦争だ。

その背には個人の命だけでなく、この日本における人間種としての存亡がかかっている。

だが斎藤はそんな歴戦の古強者である源三や家の者の圧力を受けて尚、余裕を保っていた。

それが気がかりであり、不思議な事なのだ。

「斎藤殿の評価は初見では平凡、会話を進めるうちに優秀、試合を見てからは異質に変わっていった。この儂の目が既に二度あの者に騙されているのだ、これは尋常な事ではない」

この世界には最初から優秀だと分かる者、最初から異質だと分かる者などいくらでもいる。

だが斎藤はそのどれにも当てはまらず、源三の目をごまかし評価を短時間で二度も塗り替えた。

凡夫かと思えばそうではない、優秀かと思えば異質。

そんな歴戦の猛者《もさ》である自分の勘を以てしても計り知れない、未知の存在こそが斎藤という男であった。

「そして極めつけに、あの者は何か重大な真実を隠しているような雰囲気があった。それがなんなのかは儂には分からんが、少なくとも只人ではあるまいて。もしかしたら儂らは、何か途轍《とてつ》もない存在に接触していたのかもしれん……」

「おじい様がそこまで仰られるなんて……」

類まれなる直観力と眼力を持つ源三は、斎藤が何かを隠していた事に薄々気づいていた。

それが何かは分からない。

分からないが、大妖怪であるあの化け物すら超え得る何かがあると、そう踏んでいる。

「黒子よ、決してあの者を手放すでないぞ。もしかしたら、本当にもしかしたらじゃが、土壇場で全てをひっくり返す、最後の切り札に成り得るかもしれん。奴にはそれだけの可能性と未知を感じる」

「はい、おじい様。この事はお父様にも連絡しておきます。それと、今後斎藤様にはあの大妖怪にまつわる妖怪退治の依頼を持ちかけるつもりです。異存はございますでしょうか」

黒子は自分が目をかけた斎藤が認められるのが若干嬉しいのか、少し頬を染めて柔らかに微笑む。

そんな孫娘を見て源三はやれやれと溜息をつくが、しかしそれもこれも自分がこの孫娘に色恋の一つも許してやらなかったが故の弊害かと思い、諦めたように返事をする。

「ある訳がなかろう。お前の好きにやれ」

「ありがとうございます。それでは失礼いたします、おじい様」

黒子が居間から退室し、襖をしめる。

「口惜しいものだ……。あの大妖怪を封じる贄《にえ》としてさえ生まれてこなければ、いや、この家にさえ生まれてこなければ恋も青春も自由そのものであったろうに。まさか儂の代になってあの大妖怪が動き出し、孫娘が犠牲になろうとしているなどとは……。ああ、恨むぞご先祖様よ。なぜ今の時代に負の遺産を残した。なぜ自らの代で解決してくださらなかった……」

源三はそれだけ呟くと、再び目を瞑り瞑想を始める。

大妖怪の力は戸神家の戦力を……、いや、政府を含め日本中の戦力をかき集めてもよくて五分《ぶ》。しかし五分という事は戦えば相当な被害が出るという事であり、運が悪ければそのまま全滅するという事である。

政府がそれを許すはずもないし、孫娘が生け贄にされる事はほぼ確定していると言っても良い。だがそれでも、あの今という時間を精一杯生き運命と向き合う孫娘を見ていると、どうか奇跡よ起きろと願わずにはいられないのだ。

「頼むぞ斎藤殿……」

斎藤が見せた未知と可能性。

そんな不確かなものであっても、今の追い詰められた源三にとってはまるで希望の光に感じられた。

治療

薬局で買った風邪薬を次元収納して【ストーリーモード】を再開した。

「うわ、暗くて何も見えねえ」

ガルハート伯爵家の個室に戻ると既にこの大陸は真夜中に差し掛かっており、外も部屋も真っ暗だ。

仕方がないのでホームセンターで購入しておいたＬＥＤ型の懐中電灯で部屋を照らし、就寝の準備に入る。

アプリで周辺を覗いて見たところ屋敷の様子は穏やかで、普段通り昼夜問わず門兵が大あくびをかいていたり、まだ寝ていない使用人の部屋が明るかったりするので、たぶん俺が抜け出していた事はバレていないように思える。

一先ずは安心だ。

しかし渡された貴族っぽい服から村人の服に着替え、そそくさと布団に潜り込もうとすると何か柔らかい物にあたった。

なんだこのフニュフニュとした感触は？

なんか妙に暖かいぞ……。

気になった俺は懐中電灯で布団の中身を照らし、確認してみる。

「きゃっ！」

「…………」

すると、そこにはまん丸のおめめに、金色の長くツヤのある髪の毛。

そして女の子特有の甘い香りを漂わせた、小さな侵入者が潜伏していた。

なぜこうなったし。

「むぅー！　そこのあなた、その光の魔道具で私を攻撃するのをやめなさい！　眩しいわ！」

「…………」

女の子が文句を言ってブーイングを飛ばす。

まてまてまて、ここ俺の布団なんだが……。

そもそも君は誰なんだ。

「早くしないとお父様に言いつけるわよ！」

「あ、はい……」

その一言で全てを察した俺は、光の速度で懐中電灯の光を天井に向ける。

すると布団の中からもぞもぞと女の子が這い出てきて、小さな両手でいきなり俺の頬を挟み、グイッと自身の方に俺の顔を向けさせた。

なんか怒っているっぽい。

「あなた、今までどこをほっつき歩いていたの？　お母様が今日は変な子どもが来ていると話していたから、私がお父様とお母様の目を盗んでこうして遊びにきてあげたのに、いなかったじゃない！　待ちくたびれて危うく寝てしまうところだったわ」

やはりというか、この育ちの良さそうな幼女はガルハート伯爵家のご令嬢だったらしい。

性格はおてんばなのか知らないが、俺の扱いに対する家族会議のような会話を盗み聞きして、面白そうだからちょっかいをかけに来たといったところだろう。

だがこれはマズいぞ、このお嬢様が俺の部屋でしばらく潜んでいた事がバレてしまったら、ここの家族に誘拐犯として疑われてしまうかもしれない。

幸いな事に家族の目を盗んで脱出し、そして未だこの屋敷の人たちが落ち着いているところを見るに、現状では気づかれていないだろうが、もはや時間の問題だ。

早めに追い返さなくては。

至極丁寧に、このお子様の機嫌を損ねないように諭し始める。

「お嬢様。本日はもう暗く、これから遊ぶには環境が適していないかと。明日であれば時間がありますので、もしよければ私めの相手をその時にしていただけませんか？　お嬢様ももう眠たいでしょう？」

「いやよ！　私はこうみえてタフなの、全然、全く眠たくないわ！」

いや、さっき爆睡してたよね……。

懐中電灯の光で目を覚ますまで、俺が触っても気づかなかったみたいだし熟睡だったよ。

というか自分で危うく寝てしまうところだったって言ってるし……。

しかしその事を伝えても余計に機嫌を損ねるだけなので、何も言うまい。

だがこのままという訳にもいかないので、とりあえずの処置として、このお嬢様の性格と空気を

読んで別の方向から攻めることにした。

「それではこうしましょう。私が明日、お嬢様のお兄様であるクレイ・ガルハート様のご病気を救う手段を、特別に、ええ本当に特別に教えますので、お嬢様は私のお手伝いをしてくださいませんか？　そのためには今から英気を養い、就寝しないといけません」

「えっ⁉　あなたがお兄様の病気を治すの？」

「そうです、私はそのためにこの伯爵家に招かれたのです」

興味を持ったらしい伯爵家のご令嬢——未だ名前が分からない——はまじまじとこちらを見据え、不思議な存在を見るかのように顎に手を当て考え始めた。

どうやら、どうみても大人ではないこの十代の頃の俺の姿を見て、本当の事を言っているかどうか考えているらしい。

「分かったわ。では、私に証拠を見せなさい」

「……ん？」

やべ、あまりにも無茶ぶりすぎて素が出た。

まだ子供の頭だからしょうがないのだろうけど、考えた末に出た結論が無茶苦茶すぎる。

病気を治せる証拠を見せるということは、それすなわち今から病気を治す実演をしろという事である。

こちらの立場を考えていない発想は仕方がないとして、そもそもからして実行するのは明日だという俺の意見をまるまる無視した結論だ。

そしてたぶん、このお嬢様は自分が無茶ぶりをしているという事に気づいていない。

「証拠よ、証拠！　あなたがお兄様を治せるというのなら、この目で確かめてあげるわ！」

「いやでも、それは明日に……」

「ダメよ！　いままで我が伯爵家に来た人間は皆そう言っていたけど、結局お兄様を治せなかったわ！　私に嘘は通じないのよ！」

幼女はフンフンと鼻息荒く小さな手を握りしめ、どうだ参ったかと言わんばかりに俺を威嚇する。

逃がしてくれる気はないらしい。

これは困ったなぁ、どうやって煙《けむ》に巻こうか……。

「うーん」

「さあ、そうと決まればお兄様のところへ行くわよ！　私について来なさい」

「あ、ちょっ……」

幼女は考える暇すらも与えず、懐中電灯を右手に、左手に俺の手を握って駆けだした。

彼女にとってこちらの事情はお構いなしの問答無用らしく、屋敷の中を縦横無尽に進み続ける。

不幸中の幸いな事に、この幼女は普段から親の目を盗んで抜け出す癖がついていたようで、人に見つからず動き回るのには慣れているようだ。

人がいない場所や通路を完全に把握していて、まるで見つかる気配がない。

なんて武闘派のお嬢様なんだよ、幼女のくせに握力も相当なものだ。

さすがに今の俺が子供の体格だとはいえ、【戦士】レベル3の補正を受けているのでパワーで負ける事はないが、それでも子どもとは思えない力で握りしめてくる。

異世界人こえー。

◇

「着いたわ！　さあ、今すぐお兄様を治しなさい！」

「う、うーむ」

そして本当に誰にも見つからず、クレイ君の寝室まで到着してしまった。

すごい行動力だなこの子。

将来は最高の暗殺者にも、最強の戦士にも余裕でなれそうな才能を感じる。

しかしここまで来て逃げ出す訳にはいかないというか、逃げ道を完全に塞がれてしまったので、気は進まないが風邪薬でも飲ませる事にする。

たぶんこの幼女は俺が回復魔法を見せても、「今までと変わらないわ！」とか言って納得しなさそうだし、かといってここで無理やり逃げても親に告げ口して一緒にいる事がバレたりすると、俺の首が飛びかねない。

言い聞かせる手段を完全に失ったな……。

「さあ、はやく！」

「分かりました、分かりましたよお嬢様。はぁ……」

俺を逃がさないように扉への進路を塞ぎ、後ろから背中をバシバシと叩く幼女に急かされて風邪薬と天然水を取り出す。

あと、ついでにおにぎりも。

これでクレイ少年が騒ぎ出したらもうどうしようもないが、クレイ少年は俺と同い年くらいで分別がありそうなので、幼女よりはマシだろう。

きっと説得に応じてくれるに違いない。

そう思い、俺は少年を静かに起こす事にした。

◇

俺はクレイ少年を驚かさないよう、そっと体を揺すり目を覚まさせる。

すると、当然体調の優れない彼は元気よく飛び起きるという訳にはいかなかったが、徐々に意識を覚醒させていった。

「お兄様、ご病気を治しに来てさしあげたわよ！」

「……ん、うう。……ミゼット？　ミゼットがなぜここに？　それと、君は？」

幼女が元気よく兄に語りかけると、クレイは寝室にいるミゼットお嬢さんと俺を交互に見て困惑の表情を浮かべた。

夕方に回復魔法をかけ一時的な処置を施した時には、クレイの容体が悪く寝ていたため、俺の事を覚えていないようだ。

致し方なし。

「どうもクレイ様、私はあなたの祖父であるウィルソン・ガルハート元伯爵に相談され、あなたの治療を施しに来た神官です。本当は明日の昼にでも治療しようと思っていたのですが、その……、ミゼットお嬢様にせかされてしまいまして……」

「なによ！　私のせいだっていうの？」

いきなり治療しますと言っても納得はしてくれないと思ったので、とりあえずミゼットを盾にして無理やり連れてこられた事情を語る。

たぶんこの幼女はいつもおてんばで、誰にも見つからずに寝室まで辿り着く道順を把握している辺り、どうせこうやって、たまに兄の様子を勝手に見に来ているのだろうと考えての発言だ。

もちろんそう頻繁に来る事はないんだろうけど、この幼女なら来たいと思えば実際にやりかねない。

「ああ、そういう事ですか……。また妹が皆さんに迷惑をかけているのですね」

「違うわお兄様、私は迷惑なんてかけてない。これは必要な事なのよ」

「はいはい、今日もミゼットはミゼットらしくて結構だよ」

クレイは諦めたように笑うが、どこか安心したように妹の頭を撫でる。

やはり予想は当たっていたらしく、こうやって強引な手段を取るのも今回が初めてではなかったようだ。

妹を引き合いに出した途端、クレイは俺の説明に納得した。

「まあ、という訳なので、ひとまずお嬢様を納得させるために簡単な治療をさせてもらいますね」

「宜しくお願いします。でも君は僕と同い年くらいに見えるのに、もう回復魔法を使えるんだね。すごいや。さすがはお爺様の連れて来た神官様だ」

どうやら彼は俺が回復魔法を使うのだと思っているようだが、それは違う。

そもそも回復魔法ではウィルス性の病気に対して有効打にならない事は確認済みだしな。

この時代の人たちからしてみれば、そういう知識がないために回復魔法をかけて体力を維持し、自然に病気が治るのを待つしかないのだろうが、俺には地球で買ってきた風邪薬がある。

どの程度異世界の人間に効き目があるかは分からないが、まあ症状を見る限りどうみても風邪なので薬飲んで寝てればすぐに治るだろう。

ついでなので、食欲が無くあまり食べていない弱った体に対し、おにぎりを食べさせる。

「これをどうぞ」

「……これは？」

「私の持つ携帯食料と、秘伝の薬です。神官である私が診たところ、クレイ様のご病気には回復魔法があまり有効的ではないようなのです。なので今回は別の方向から治療する事にしました」

「ああ、錬金術師たちが持つ回復薬みたいなものですか」

「その通りです」

全然違うが、詳しい内容を説明してもこの世界の人には分からないと思うので、とりあえずクレイが風邪薬をポーションか何かの親戚だと思っている勘違いを利用する。

俺は訳知り顔で頷くと、彼にビニールを剝いたおにぎりと天然水、そして風邪薬を手渡した。

「わぁ、美味しい！　こ、こんな料理は初めて食べたよ！」

「それは良かった」

「え？　そんなに美味しいの？　ねぇ、ねぇ」

どうやらコンビニで買ったツナマヨ（税込み１２０円）は異世界人の口に合ったらしく、喜色満面になりながらクレイはおにぎりを完食する。

そういえば俺はまだこちらに来てこの屋敷の食事を一度しか経験していないが、確かに食事の質はおにぎりに軍配が上がるように思う。

ただそこまで驚く程かというとそうでもないのだが、はて？

まあ、なにはともあれ美味しいなら良かった。

ちなみに兄の様子を見てミゼットが俺に熱い視線を送るが、無視。

美味しそうに食べる兄の様子を、指をくわえて見ているがいい。

これは俺に無茶苦茶な要求を突き付けた、幼女への復讐である。

……我ながらなんとも器が小さいことこの上ないな。

「なんだが体がポカポカしてきたよ」

「それは良かった。それでは、こちらの薬を水と一緒に流し込んでください」

「うん」

「ねぇ、わたしのは？」

だんだんと視線がキツくなり、次第に足を踏みつけてくるミゼットをスルーし、俺はクレイに薬を飲ませる。

しかし体がポカポカとはなんだろうか。

もちろん食べた事により新陳代謝が一時的に上がっている、とかなら分かるが、コンビニのおにぎりを食べたくらいで急に暖かくなったりはしないだろう。

解せぬ。

そして指示通り薬を飲み終えたクレイは、突然呆けたような表情をした。

「……えっ？　……す、すごい」

「どうしたのお兄様？」

「すごいよミゼット、体が軽いんだ！　喉も痛くないし、咳も出そうにない！　病気が治った！」

はぁ!?

そんな訳ねーだろ！

そ、そんな馬鹿な事があるわけ……！

いくら地球の風邪薬が優秀だからって、病気を秒殺できる訳がない。

薬ってそういう原理で動いてないからね、魔法とか言うファンタジーの不思議パワーと一緒にしてもらっては困るからね。

しかしいきなり元気になったクレイを訝しんだ俺は、とっさに彼の額に手を当てて熱を測った。

「マジで熱が下がってる……」

「え、うそ!?　あなた私を騙そうとしているんじゃないでしょうね！　もし嘘だったら牢獄行きよ、牢獄行き！」

俺に言うなよ。

本当に熱がないんだから仕方ないだろう。

パニックになる俺だが、結果は結果だ。

いったい何が起こったんだ？

「こらミゼット！　僕のために貴重な回復薬を出してくれた神官様に、なんて口の利き方をするんだ！　僕が治ったのはこの人のおかげなんだよ？」

「でもお兄様、もしこいつが嘘をついてたら……」

「どう嘘をつけるというんだい？　僕の病気が治ったのは僕が分かっているのに、騙す方法なんてあるのかな？」

「……うーん、確かに」

どうやらミゼットは兄のクレイの言うことは信用するらしく、突然元気を取り戻した兄を見て考えを改めたらしい。

だが不審に思う気持ちは分かる。

特に魔法を使ったわけでもないのに、先ほどまで苦しそうにしていた兄が急に元気になったのだ。

俺がミゼットの立場だったら、絶対に信用しない。

というか、マジでどうなってるんだ。

「まあいいわ！　こいつが怪しくても、お兄様が元気になったのは事実よ！　私お母さまとお父様に知らせてくる！」

え⁉

いや、それはまずいって！

兄のクレイは子供で大人しい性格だから説得できたけど、彼の父や祖父がこの状況をどう判断するかは分からない。

なにせ明日の昼に治療を行うと言ってしまったし、そう言っていた人間がこんなところでこそこそと何やってやがるとか思うだろうし、なによりお嬢様が告げ口すると部屋にいなかった事がバレる。

なんとしても止めなければ。

「え、いや待ってくださいお嬢様」

「お母様ぁああー！　お父様さまぁああー！　お兄様の病気が治ったぁあー！！」

止めようとするが、俺の制止を振り切り……、というか最初から耳に入れず爆走していく幼女。

声をかけようとした時には既に遥か先まで走り去っていた。

しかも大声を出して。

あ、終わった。

走り去っていったミゼットを成す術なく見送り、俺は放心する。

これは詰んだな。

さて、戦闘不能になった後はどこでニューゲームを始めようか。

できれば俺を町の処刑場とかで殺してくれると、深夜にこっそりと復活してすぐ逃げ出せるんだが。

今後の作戦を考え練っていると、クレイ少年から声がかかった。

「すみません神官様、ミゼットはいつもああなんです……」

「いえ、お気になさらず。やってしまった事はどうにもできませんし、しょうがありません。それと私の事はサイトウか、もしくはケンジとお呼びください」

「ははは、変わった名前ですね」

この惑星の人からすると変わった名前らしい。

しかし本当になぜ急に元気になったんだろう。

そういえば彼はおにぎりを食べた時にも体がポカポカすると言っていたが……。

チラリとクレイを覗き見ると、病気が治っただけでなく栄養不足でこけていた頬にも、若干のふくらみが感じられる。

まさか……。

いや、まさかな……。

「それにしても、ずいぶんと顔色が良くなりましたね」

「そうなんですよ。なんだか体中に力がみなぎる感じがして、病気になる前よりも調子がいいくらいなんです。ケンジさん、本当にありがとうございます」

うん、ここまでくれば流石に俺でも分かる。

病気になる前よりも調子がいいとか言っている時点で、だいたい察した。

たぶんこれ、おにぎりが原因だ。

それもおにぎりだけじゃなくて、薬もそうだし、水もそうだろう。

たぶんだが、異世界人にとって地球産の食料はなんらかの要因で、魔法的な効果があるドーピングアイテムになっているのだ。

そうでなければ説明がつかない。

風邪薬は病気への特効薬で、おにぎりは瞬間的な体力回復の効果が付与されている。

なぜそうなったのかは分からないが、異世界人にはそういった反応があるというのは事実のようだ。

「ケンジと呼び捨てにしていただいて結構ですよ、クレイ様」

「そうかな？　じゃあ、ケンジも僕の事を呼び捨てにしてよ。その方が僕は嬉しいかな」

いや、こちら側が呼び捨てにする訳にはいかないだろ。

表向きギルド長は俺を孫として庇護下にいれるみたいな事を言っていたが、それを鵜呑《うの》みにする程おっさんの頭はめでたくない。

表向きにはそういう事にしておいて、実際には使用人とかになるんじゃないかと思っている。

まあそれもこれも、この後生き残れたらの話なんだけどね。

俺がクレイの提案を苦笑いで受け流しながら、その後もちまちまと伯爵家の事や貴族社会の事なんかを聞いていると、廊下からドタバタと複数の足音が近づいてきた。

ミゼットが両親を連れてきたらしい。

「クレイ！　クレイはどこだ!?　病気が治ったと聞いたが本当か！」

「本当ですよ父さん。もうどこにも不調はありません、むしろ身体に力が満ちるようです」

現れたガレリア・ガルハート伯爵が部屋に魔法で光を灯し、元気になったクレイに詰め寄る。

そこに伯爵夫人やミゼット、そして幾名かの使用人も続きてんやわんやとなった。

俺はテンションが振り切れている彼らの眼中にないのか、完全に蚊帳《かや》の外だ。

ここでいきなり、「こやつ、こんな所で何をしていた！」とか言って攻撃されても困るので、これはこれでありがたい。

たぶんあの幼女の事だから誰が病気を治療したとか言わずに、兄が元気になった事実しか伝えていないだろうからな。

「ああ、クレイ、私の可愛いクレイ。ミゼットから元気になったと聞いたわ、……本当に良かった」

「大げさですよ母さん。ただ少し、苦しむ期間が長かっただけです。心配には及びません」

伯爵夫人は元気になった息子に涙し、父親である伯爵もつられて目頭を熱くする。

うんうん、まあ元気になったという点については本当に良かったと思うよ。

半ば幼女に無理やりやらされたが、結果的には治療して良かった。

その後、俺がどうなるかは分からないけどな。

「しかしクレイ、どうして急に具合が良くなったんだ？　ミゼットから詳しい話を聞こうにも、この子の言っている事は要領を得ないのだ……」

「お父様、私は嘘は言っていないわ！　そこにいる変なやつがお兄様を治したのよ！　なんか変な回復薬とか渡してたわ」

「……むっ？」

こちらに気づき振り向く伯爵、そして風前の灯火となるキャラの命。

このまま気づかないでくれるかなとか思ってたけど、どうやらお嬢様は俺を見逃す気が無いらしい。

使用人たちも隅で空気になっていた俺に気づき、伯爵を守るためにこちらを囲い込んだ。

ミゼットに悪気は一切ないのだろうけど、もうちょっとこう、変なやつが変な事したみたいな言い方じゃなくて、ちゃんと治療した空気をにじませてほしい。

言い方でだいぶ印象が変わると思うんだよね。

「ど、どうも伯爵、夕方はお世話になりました」

「なぜ君がここにいる？」

当然の質問だ。

だがそう言われても困る。

だってここにいるのは完全に不可抗力だし。

「いや、それはミゼットお嬢様に……」

「そうよお父様！　こいつがお兄様の治療をできるっていうから、本当かどうか確かめるために部屋まで連行してきたの！　私がこいつを見つけて問い詰めたのよ？　どう、すごいでしょ？　ふふん」

ふふん、って……。

さりげなく全ての手柄を自分のものにしようとしている。

なんて幼女だ、これが貴族の血というやつだろうか。

そして褒めて褒めてと胸を張るミゼットを余所に、伯爵や伯爵夫人、使用人たちの雰囲気は穏やかなものになっていく。

どうやら今のミゼットの証言で、俺が不可抗力でここに連れてこられた事を認識したようだ。

ナイスだ幼女！

めちゃくちゃ迷惑な事をするけど、めちゃくちゃ有能！

「はぁ～………、そういう事か……。すまないね君、娘は元気が良いのが取り柄なのだが、よく元気が良すぎて暴走するのだ……。どうか許してやってほしい」

伯爵はそう言った後パンパンと手を叩き、使用人たちを下がらせる。

誤解は完全に解けたらしい。

良かった、これでキャラの修復のためにログアウトせずに済む。

しばらくはこっちで隠居してレベル上げをする予定だったから。あまり式神の追跡に引っかかる日本には戻りたくなかったのだ。

未だ褒めてくれと言わんばかりのミゼットを優しく抱きしめた伯爵は、続けてこう言う。

「いくら父ウィルソンの紹介とはいえ、最初は本当にこんな子供が息子の病を治療できるものかと半信半疑だったが、それは私の目が節穴であっただけのようだ。……息子を助けてくれてありがとう、感謝する。もし何か報酬に希望があれば、なんなりと言い給え。できる限り希望を叶えよう」

そういって伯爵は感謝を述べ、報酬を約束してくれた。

……といっても、特に要望はないんだよね。

うーん、そうだなぁ。

俺が悩んでいると、父親に撫でられてご満悦のミゼットと視線が合った。

あ、やべ。

嫌な予感しかしない。

「お父様に願いを叶えてもらえるというのに、何も要望が無いのね。ふふん、気に入ったわあなた！」

「いや、あの」

ちょっとまて。

「お父様、私こいつが欲しいわ！　お兄様を治療した報酬に私の専属にしてほしいの！」

「ふむ……。いや、ふむ。なるほど……」

「ふふふ、それは面白そうねミゼットちゃん。良い考えだわ」

それは俺の報酬じゃなくて、この幼女の報酬ではなかろうか？

そんな事を思うが、意外と乗り気になっている伯爵夫妻の前で無粋な事は言えず、事の成り行きを見守るのであった。

閑話　戸神黒子

陰陽師の本流である戸神家の屋敷からそう遠く離れてはいない、市内でも有名なとある超エリート高校にて、学園でもトップの成績を誇る黒髪の美少女、戸神黒子は送迎の高級車を降りて校舎へと向かう。

「きゃぁ！　見て見て、戸神様よ！　あぁ、今日も美しいわ……」

「あの綺麗な黒髪、制服を着こなす美しい立ち振る舞い。さすが学園の大和なでしこだ……」

ただ普通に降車しただけだというのに、同じ学園に通う周りの生徒たちは男女問わずその美貌に骨抜きにされる。

ある者は風にたなびく長い黒髪に見惚れ、またある者はその優雅な歩き姿に気品を感じ生唾を呑む。

今までもこれからも、そこにいるだけで全ての者を魅了してやまない、そんな美少女こそが戸神黒子という存在であった。

本人としては特に意識をして振る舞っているわけではないのだが、周りの反応は幼少の頃から似たようなものなので、既に慣れている。

すると教室へと向かう途中、勇気ある男子学生が一人声を掛けてきた。

「あっ、あの！　と、と、戸神さん！　お、おおおお、俺と付き合ってください！」

「あら、申し訳ありません……」

顔を真っ赤にして思いを告げた彼ではあったが、何の躊躇も無く秒殺された。

あまりにも悲劇的な一連のやり取りだが、実はこの光景は学園の名物として他校に知られるほど、毎日のように起きる惨事だったりする。

上級生から下級生に至るまで、既に告白を一刀両断にされた者の数は三桁に上るだろう。

しかし恋とは盲目なもので、一度秒殺されたにもかかわらず彼はなおも食い付く。

「な、なぜですか⁉　り、理由だけでもお願いします！」

「理由ですか……」

うーん、と首を傾げて黒子は理由を考える。

しかしこれといった理由は思い浮かばず、何か漠然と「この人ではない」という思いが募るばかり。

ではそもそも、自分に相応しい殿方とは、という当然の疑問に行きつき思い浮かべるのはとある男の姿だった。

それに気づいた黒子は徐々に顔を赤くし、いやいやそんなはずはと思いつつも、しかし男の姿が脳裏から離れない。

この想いが何であるか本人はまだ受け入れる覚悟が無かったが、しかしちょうど良い言い訳を思いついたと考え理由を話す。

「黒子さん、理由を、理由をお願いします！」

「えっと、ですね……。実は私、既に好きな方がいるんです。だからごめんなさい」

「…………え？　いや、え？」

「いえ、ですから好きな方が……」

良い思いつきであると考え話したが最後、その言葉は瞬く間にその場にいた者全員に伝わり、一瞬の静寂が訪れた。

そしてその静寂は、次の瞬間爆発する。

「「「え、えぇぇえええええええ!?」」」

爆発した静寂は校舎にまで届き、本人の言葉が何倍にも大きな内容となって噂は広がる。

曰く、既に恋人、いや婚約者がいる。

曰く、もう行くとこまで行っている。

曰く、相手は有名アイドルのだれそれだ。

勝手に大きくなる噂は授業が一段落し、昼休憩になる頃にはもう収拾がつかない規模になっていた。

黒子本人としては自分が言ったわけでもないのに話を大きくしすぎだとは思いつつも、まあこれでしばらくの間は面倒な告白も無くなるだろうと思い、意外と晴れ晴れとした気持ちで休憩を楽しむ。

しかしこの学園には一人、その噂を許容しない者がいた。

「あら、黒子さん。あなた既に婚約者が決まってるんですって？」

「あら、こんにちは御門《みかど》さん。ええ、婚約者という程ではないのですが、気になっている殿方ならいますよ」

噂を聞きつけてやってきたのは西園寺《さいおんじ》御門。

常に黒子の事をライバル視し、同様にそれだけの美貌と権力、そして異能を備えた日本の裏に潜む秘密結社所属の超能力者である。

秘密結社といってもその存在は日本政府の知る所であり、主に表に出せない妖怪や霊、そして異能力者同士のいざこざを政府の依頼の下解決する一組織である。

当然一般人には認知されていないが、陰陽師やそれに連なる異能者たちの中では意外と有名な集団だ。

自慢の髪の毛をくるくると指で弄る西園寺は、どこかイライラしたように続ける。

「それはまた可笑しな事をおっしゃいますわね。あの贄としての使命を持つあなたが恋だの愛だのと……、もしかして自らの使命をお忘れで？」

「忘れてなどいません。ただ、あの殿方の事が頭から離れない、というだけですよ」

会話が周囲には聞こえないよう結界まで張った両者が、視線でバチバチと火花を散らす。

しかし何が気にくわないのか、その答えを聞いた西園寺御門はさらに言葉を重ねた。

「ふぅん、殿方、ね……。貴女がそこまで言うとなれば、それはもう素晴らしい男性なのでしょうね。でも可哀そうですわ、その将来有望な男性はいずれ大妖怪との戦争に巻き込まれ、貴女のせいで命を落とすのよ。だって、どんなに強い人間でもあの化け物には敵いませんもの」

「ふふふっ、……そうでしょうか？」

黒子とて、自分がどのような役目を持って生まれてきたかは理解している。

そしてどうにもならない程に強大な力を持つ化け物が、今まさに復活を遂げようとしているのも知っている。

だけどあの男、斎藤健二の姿を思い浮かべてしまうと、そんな事はどうでも良くなってしまうのだ。

あの人ならどうにかしてくれるかもしれない、あの人なら土壇場で逆転劇を見せてしまうかもしれない。

あの人の負ける姿が、……想像できない。

今の黒子にあるのは希望というよりは、ほのかな確信と、そして期待であった。

「何が可笑しい！！！」

「いえ、すみません。でもおかしくって……。ふふふ……」

「いいわ、貴女がそこまで言うのなら、いずれこの私がその意中の殿方とやらを見極めてあげる。もしその男があなたに相応しくない凡夫であれば、その時は私が無理にでも関係を終わらせてあげるわ」

ライバル視というよりは、どこか悲しそうな表情で彼女は語る。

くすくすと笑う本人とは対照的なその態度は周りからは異様に映ったが、それでも学園でトップツーを張る二人の間に割って入れる者など居らず、そのまま若干の静寂が流れた。

「ええ、いいですよ。あの殿方をあなたにどうにかできるとは思えませんから」

「その言葉、決して忘れない事ね。それでは、失礼するわ」

最後に西園寺は誰にも聞こえない声で小さく、「もう貴女が泣く姿は見たくないわ」と呟き立ち去っていった。

「ええ、決して忘れませんとも。私の数少ない親友がこれだけ心配してくださったのですから。……でも、きっと皆が幸せな終わり方が待っていると思うんです。なぜでしょうね？　……本当に不思議な気持ちです」

そっと目を閉じ、自らの大切な者たち全てを巻き込みつつも、きっと最後には何とかしてしまうであろう男の横顔を思い出すのであった。

閑話　世界樹

この世界では豊穣の女神とも、または精霊神とも目される樹高千メートルはある巨大な大木、世界樹。

本来はこの世界における自然界の調整と、そして生きとし生ける者へ大地の恵みを与える強大な存在。

過去には自らが根を張る大陸で起きた大災害、魔神にそそのかされ反乱を起こそうとした精霊たちに対し、苛烈なまでの追撃と殲滅を行った事もある、優しくも荘厳なる亜神の一柱だ。

そんな彼女が今、配下の大精霊から受け取った連絡によって慌てふためき、右往左往していた。

といっても表面上は冷静さを取り繕《つくろ》い、優し気な笑みを浮かべてはいる。

あくまでも動揺しているのは内心だけ。

原因は受け取った連絡の中に、龍神からの重要なメッセージが存在していたからだ。

そもそも龍神と世界樹は太古の頃から存在する最も古い亜神であるため、元々知己《ちき》であると同時に世界を守護する者と育む者として、創造神によって直接的に生み出された存在である。

故にお互いがこの世界の管理のために連絡しやり取りする事はよくあるし、今回だってただのメッセージならばそこまで驚く事もなかった。

そこに「我らの父がご降臨なされた」という一文さえなければ。

「シルフィード、この報告は本当ですか？　つい先日、我らの主《しゅ》が降臨なされたなどと……。もし主の御名を偽の情報として利用したのであれば、その首を刎ねられる覚悟はあるのでしょうね？」

「はっ！　風の大精霊としての誇りに懸けて、一切の嘘はないと誓います」

擬人化した世界樹の傍らで風の大精霊が跪《ひざまず》き頭《こうべ》を垂《た》れる。

世界樹の物理的な肉体は巨木ではあるが、豊穣の女神としての彼女は自然そのものであり、定まった姿形を持たない。

故に魔力だけで構成された精霊神としての姿を別に持ち、大地に根を張り動けない肉体を置き去りにして、その不定形の姿を鳥等に変えて世界を駆け巡る事だってできるのだ。

最も世界樹という肉体から大きく離れれば、その分だけ本体に何かあった時に対処ができないため、基本的にはそこから動く事はない。

人型を取っているのだって、主に気に入られるような姿を考えて強い庇護を受けている「人間種」に化けているだけだ。

その気になれば彼女は都合次第で何にでも変化するだろう。

しかし今回のような緊急案件はまた別であり、この報告が本当だと言うならば、自ら龍神の下へと突撃を掛けようと思っていた。

もちろんそれは、彼女が敬愛してやまない主の情報の真偽を確認する為だ。

「大精霊としての誇りですか。……嘘はついていないようですね。そこまで言うのであれば、良いでしょう。主の一大事を私に知らせるというあなたの働きに、感謝いたします。一度龍神へ連絡を取ってみる事にしましょうか」

「お供いたします」

世界樹は考える。

龍神が主の降臨という一大事の中、自らがこの地まで赴かず小間使いとして他者の眷属を使ったという点について、何の意図があるのだろうかと。

元々風の精霊はその階級を問わず、人の目には見えぬもののこの地表の至るところに点在している。故に亜神である彼女らが連絡をやりとりする時には、大抵は風の大精霊を利用するし、伝達速度も速いので重宝していた。

だが、今回ばかりは事の重大さが別次元すぎたのだ。

それでも尚、主の神託を一身に受け常に自分より一歩リードしているあの者が、この案件に関して自らの口で真相を伝えに来ないなど考えられない。

龍とは元々、責任の重さを最もよく理解している大真面目な種族だ。

その種族の神がわざわざいつも通り、責任を他人に預けると同義である行為、重要な情報の伝達を他者である風精霊を通して行ったのだ。

この時点で怪しさ満点である。

もしかしたら主の降臨に際して片付けておかねばならない、もとい自分の価値を証明するためのアピールを行う下準備をしているのではないかと、世界樹はそう考えた。

恐らくそのために自らが動く手間を省き、時間に猶予を持たせたのであろう。

となれば、恐らく魔神関連の仕事に一段落をつける気なのかもしれない。

龍族の長い歴史の中で最も大きな汚点である主への裏切り者、魔神。

奴らの動きを封じる事さえできれば、それは当然評価に繋がると考えるはず。

そこまで考えた世界樹は自分が眷属の前で考えに没頭している事に気付き、一旦世界調整の手を緩め別の仕事に取り掛かった。

「いえ、やはり真偽の確認は結構です。いけませんね、どうも主の事となると私は取り乱してしまう。しかしそれもこの件に関しては仕方のない事、そうは思いませんか？」

「はっ！」

決して否やとは言わない。

この女神は確かに穏やかで優しいが、それでも種族としての序列は存在し、もし仮にここで自分の意見を言って癇《かん》に障るような事でもあれば、一撃でその存在を抹消させられるだろう。

故に大精霊は肯定だけを繰り返し、穏便に話を進めながらその場を後にした。

そうして去っていく眷属を横目に確認しながら、彼女はようやく自らの思考に没頭する。

眷属である精霊の前で一度醜態を晒しかけてしまったものの、威厳を損なうほどではない。

では一人になった自分が次にする事は何か。

当然、最も主の役に立てる仕事とは何か、もとい最もアピールできる行動とは何かという事になる。

彼女は気づいていないが、これは世界を我が物顔で自由に飛び回れる肉体を持ち、その上創造神からの神託という期待を一身に背負う龍神への嫉妬《しっと》である。

元来植物の最終形態である世界樹には嫉妬などという感情とは無縁であるが、それが自分の父が関わってくるとなるとつい、生み出された者の本能として人間味が出てきてしまうのだ。

そこで一つの案として浮かんだのは、自らの手でもって魔大陸からこの大陸にはみ出してきた魔族を追跡し、その足取りを掴む事。

確か魔神の直接的な配下である魔王が幾名か大陸に点在し、主の眷属である人間を相手に悪しき行いを試みていたはずだ。

一人はとある人間の商人に魔族化の儀式を伝え、国や町を裏から浸食しようとしている。

一人は別大陸である人間の大国で暗躍し、ヒト族とその他の亜人族の対立を煽《あお》っている。

他にもまだ幾名かの魔王について心当たりがある。

この魔王たちを追跡し情報を得るか、もしくは自らの手で問題を解決すれば主はきっとお喜びになられるだろう。

尤《もっと》も、あのバカみたいに全てのスペックが優秀な龍神には、既に先手を取られ動かれている。

故により大きな評価を受けるためには、魔王の暗躍によって問題を起こしつつある商人を直接止めるよりも、きっと魔王本体を捉えた方が確実だ。

そう考えた彼女は仕事における手ごわい好敵手《ライバル》である龍神を出し抜く為、秘密裏に行動を始めるのであった。

ミゼットの冒険

ギルド長の案で連れてこられた伯爵家で、クレイ・ガルハートを治療してから数日が経つ。

俺は伯爵家の嫡男であるクレイを治療した功績により、その翌日からガルハート伯爵家にお世話になる事になった。

それも表向きにはクレイやミゼットたちと同様、伯爵家の一員として。

主な筋書きとしては元伯爵であるウィルソン・ガルハートが貴族として素養のある子供を養子にと引き取り、クレイのように家督を継ぐための継承権こそ無いにしろ、将来的にはそのクレイの右腕となれるよう騎士爵を与え鍛えるという事になっている。

騎士爵というのは世襲性の無い一番下位の貴族位の事だ。

ここ数日で色々と詳しい話を伯爵やギルド長から聞いたが、どうやらこの国では上位貴族である伯爵家には貴族位を与える権限があるらしい。

これがもう一つ上の位である侯爵とかになると、子爵や男爵といったワンランク上の貴族位まで認める事ができるらしく、権限も広がるようだ。

ちなみに先ほど表向きにはと言ったが、そういったからには勿論裏向きの話もある。

「ほらケンジ、今日はお兄様を連れて冒険者ギルドに行くわよ。そこで強そうな冒険者を仲間にして、魔物を狩るの！　そうやってお父様やお爺様をビックリさせてあげるんだから！」

「ダメですよお嬢様、まだお勉強が終わっていません。それと町へは使用人を連れて行かないと危険があるので、勝手に出歩かないようにと奥様から仰せつかっています」

「使用人はあなたじゃない、何の問題があるの？」

そう、使用人である。

あくまでも養子として引き取られたという表向きの話は、神官でもないのに回復魔法が使える俺の存在を教会から守るために、ギルド長であるウィルソンがでっちあげた嘘だ。

いや、実際に俺の名前をケンジ・ガルハートとして国に登録し、名乗る事ができるようにしたようなので完全な嘘ではないが、実際はこうしてミゼットのお守りをする付き人らしい。

ただ当然身分は保証されるし、そればかりか使用人としての給料の代わりに、買いたい物があれば伯爵や伯爵夫人がお小遣いをくれたりするので、居心地はそんなに悪くはない。

仕事内容はともかく、俺に対しても愛情はそれなりに注がれているらしい事が分かった。

またお小遣いの他にも俺個人の資産として、高位冒険者であるガイの治療をした正規の報酬が王国の金貨で十枚分支払われている。

正式なレートが分かる訳ではないが、だいたい地球の物価で言うと銀貨一枚で千円から二千円、金貨一枚で十万円くらいだ。

ガイの治療で受け取ったのが金貨十枚なので、俺は一度の回復魔法で百万円近くを得た事になる。

物凄いボロい商売だ。

教会が自分たちの利益を守るために神官を囲い込むのにも納得した。

まあ、そんな訳で俺はこのガルハート伯爵家のお世話になり、日々ミゼットの無茶ぶりに振り回されながら、あの手この手で軌道修正をかけているところである。

とはいえ今日のミゼットは何故か冒険者ギルドに拘っているらしく、中々引き下がってくれない。

困ったぞ。

「ふふふ、さすがのケンジもこうなったミゼットにはお手上げのようね？　あなたが我が家に来てからというもの、娘もケンジに嫌われたくないから勉強を真面目にこなしてたけど、そろそろ元気が抑えきれなくなったようだわ」

「そうだね。確かに妹がこんなに長く大人しくしていたなんて、昔のミゼットからしたら考えられない事だよ」

そう言って伯爵夫人とクレイは談笑する。

というか、これですら今まで大人しかった部類なのか!?

馬鹿な、この幼女の行動力は化け物か！

ちなみにミゼットの勉強内容は国語と算数だ。

クレイはその他にも伯爵家嫡男としての教養のため、地理や歴史、そして魔法なんかを習っているようだけど、まだ八歳くらいのミゼットは時期尚早ということでここら辺は先送りになっている。

というより、今までのミゼットに勉強へのやる気がなく、知識面での教養を全く鍛えてこなかったので後れを取り戻しているといった方が正しい。

だが悲しきかな、ミゼットは勉強へのやる気は皆無だが頭の出来はかなり良いらしく、ここ数日で一気に後れを取り戻してしまった。

今回もその事に気を良くした両親が彼女に甘くなり、たまには遊ばせてもいいかと思い提案した事が発端になっている。

両親からのゴーサインを得た彼女は、冒険がしたくてたまらないらしい。

「そうよ。ここしばらくずっとお勉強ばかりだったから、久しぶりに遊びたいの。ケンジの教え方はとても分かりやすいけど、いつまでも修行をサボっていたら立派な騎士にはなれないわ！　私は将来、この国で最強の聖騎士を目指すんだから、こうして勉強ばかりしている暇はないの」

というのが将来への妄想を膨らませる幼女の弁である。

聖騎士というのは戦士系の近接戦闘技能と神官系の回復魔法を会得した複合職であり、この国ではエリート中のエリートとも言える超優待職らしい。

ちなみにキャラメイクで【聖騎士】を作るためには、職業戦士でなくとも剣士でも闘士でも何でもいいから近接戦闘職をマスターし、同様に神官系の回復職をマスターすれば選択可能と出ていた。

珍しく複合職にしては選択するための条件が緩かったので、俺も一応それを視野に入れて今の職を選んでいたのでたまたま条件を覚えている感じだ。

しかし職業が一つしか選べないこの惑星の人が実際に聖騎士になるためには、恐らく神官かもしくは戦士の職業を取得し、もう片方の職業を職業補正無しの自力で鍛えなければいけないため、本来はもの凄くハードルが高いのだろう。

そんなエリート職につこうとするミゼットの心意気は買うが、だからといってそれが実現可能かと言われると、また別問題である。

「お嬢様、聖騎士になろうにも回復魔法はそう簡単に覚える機会がないですよ？　多くの神官や、それに準じた技能を持つ職の人は教会に囲われていたり、または別の理由でコンタクトが取れなかったりしますし」

そう、ネックになるのはここだ。

治癒の筆頭と目される回復魔法を覚える職業は教会から中々出てこないし、野良の神官を捕まえるのもそれはそれで大変。

それと回復魔法とは別の回復手段を持つ希少職や複合職なんかも、また教えを乞うためにコネを作るのが難しいだろう。

聖騎士が選ばれた者にしかなれない理由の一端が、ここにある。

しかしミゼットはそれを聞いても何ら動じた様子は見せず、言い返した。

「大丈夫よ、回復魔法ならケンジが教えてくれるわ」

「えっ」

「ケンジが魔法を教えてくれる以上、あと私に足りないのは強さだけなの！　だから今日からは鍛えて鍛えて鍛えまくるわ。それじゃ、冒険者ギルドに行くわよ！」

そう言ってミゼットは駆け出し、護衛として数人の使用人が彼女に付き従っていった。

あれ？

いや、そういう事？

もしかしてこの元気な幼女の人生計画では、俺という存在は道連れにする事が確定しているの？

えぇ～……。

「まあ、俺もそろそろレベル上げをしようとしてたし、好都合か」

走り去るミゼットを追いながら、俺は呟く。

ここ数日でだいぶ身分は安定したので、実はどこかでレベル上げの機会を伺っていたのも事実だ。

幸いミゼットについていった伯爵家の護衛は質がよく、鑑定で見ても「逃げろ！」とか「命が惜しくないのか？」とかいうヤバイ文章が出てくるので、そこら辺のモンスターを相手に後れを取る事はないだろう。

これなら俺も、安心してレベル上げができるというものだ。

◇

暴走幼女が自らの更なる躍進を求めて、冒険者ギルドにやってきた。

幼女と少年が護衛を引き連れてギルドに入室したことで、周りからはかなり奇異の視線を向けられている。

ある者は冒険者に依頼をしに来たのかと訝しみ、またある者は貴族の護衛の強さを感じ取り興味を持つ。

しかしそのどれもが常識的な反応で、暴走幼女ミゼット自身が共に戦う仲間をスカウトしに来たなどとは夢にも思っていないだろう。

かくいう目の前の冒険者もその事実に困惑しているようだ。

「ねぇ、あなた強そうね！　その鋼鉄の装備と筋肉に覆われ鍛え抜かれた巨躯、私の仲間になるに相応しいわ！　一緒に魔物討伐にいかない？」

「あぁ？　何だおま……、え、幼女？」

うん、当然そうなるよな。

相手は恐らく、今までそこそこの活躍をしてきた冒険者なのだろう。

その動きの所作や手入れの行き届いた装備で、歴戦の戦士であることが容易に窺える。

そんな男に新人が身の程を弁えずチームの募集をかけたとなれば、一言説教でもして冒険者の流儀っていうやつを教えてやろうと思うのだろうが、残念ながら振り返った場所で仁王立ちしていたのは幼女だ。

冒険者の男からしてみれば、何が何だか訳が分からないだろう。

子供のイタズラにしては自身満々だし、なぜか後ろでは目つきの悪い伯爵家の使用人兼私兵の護衛が威圧している。

状況は理解できないが、男からすれば貴族の私兵に喧嘩を売るなんて事になれば踏んだり蹴ったりだ。

結局彼は仁王立ちする謎の幼女からは視線を逸らし、まるで今のやり取りは最初から無かったかのように無言で立ち去り、自分に余計な火の粉が飛び火しないうちに退散していった。

……ちなみにこれ、今日冒険者ギルドに来てから三度目の募集の出来事である。

「もう、なんなのよ！　皆だれもかれもが私を無視するわ。やっぱりもっと強そうな護衛じゃないと、舐められてしまうのかしら？」

「そういう問題じゃないと思いますけどね」

「そうかしら？」

そうだよ。

むしろこの護衛より強い人間を連れて来たら、もうメンバーを募集する必要がないよ。

というか森の浅いところでホーンラビットを狩るだけなら、この護衛は過剰戦力だよ。

そんな事をつらつらと思い浮かべるが、たぶんミゼットには理解できないだろう。

ミゼット自身の才能には光る物があるが、いくらこの幼女でもレベル３の俺より弱いうちから鑑定も無しに護衛の力を推し量る事はできまい。

たぶん今連れている護衛なんて、見た目が屈強な冒険者たちに比べたら取るに足らない戦力だと思っているはずだ。

子ども故の短慮というやつである。

だがこれで冒険者が忙しい身である事は分かっただろうし、いくらミゼットでも仲間も無しに狩りを行うなんて愚行はしないと思う。

予定が狂ってしまったし今日のところは諦めて屋敷に帰るだろうと、目の前で思案気な顔をして唸る幼女を見てそんな事を思ったのだが、……どうやら俺の考えはまだまだ甘かったらしい。

「今度からもっと強い護衛を連れてくるとして、今日のところは仲間が集まらなくても仕方ないわ。……それじゃ、二人で魔物を退治しにいくわよ！　ついてきなさいケンジ！」

えぇ⁉　そこは普通、戦力不足を感じて引き返すところだろう⁉

なんで戦力不足を理解しながら当初の計画通りに、まるで何事もなかったかのように狩りへ出かけるんだ？

ミゼットの思考は臆病なおっさんにとって理解し難く奇天烈怪奇だが、しかし問答無用で走り去っていく幼女をこのまま見送る訳にもいかないので、仕方なく後を追従する。

別に俺はいくら戦闘不能になってもリトライできるから狩りに抵抗はないが、この世界の人間であるミゼットの命は一つしかない。

よくこんな無茶ができるなぁ。

まあいざとなったら護衛がなんとかしてくれると思うし、ミゼットの命さえ守ってくれれば俺の事は放置でいいので、レベル上げをしに行く事は賛成なんだけどね。

ただその思考に至るまでの過程に理解が追い付いていないというだけであって。

そして全力で町の外へ向かう幼女は、門を守護する兵士の制止を振り切り森へと向かう。

途中で護衛が一人兵士に事情を説明し銀貨を握らせている所を見たので、たぶん帰り際に何かあったらすぐに対応してくれという合図だろう。

ミゼット一人の為に色んな人が巻き込まれていくな。

まあ、この暴走幼女らしいといえばらしいけど。

「ケンジ、きっとあれが敵よ」

「ふむふむ」

森へと辿り着くとミゼットはさっそくホーンラビットを発見し、子ども用の短剣を抜き構える。

この森は確か、俺がはじめて【ストーリーモード】を始めた時にワイバーンに襲われた森だな。

あの時のように深い場所での探索ではないのでワイバーンは出ないだろうけど、一度自分の頭を食われた場所だと思うと感慨深いものがある。

なんかこう、俺は戻ってきた、みたいな感じがして。

ちなみに先ほどからミゼットが言っている魔物というのは、ホーンラビットのような人間を襲う全ての動物に当てはまるらしい。

この惑星の人間には魔物と魔族の区別がついていないらしく、創造神のマナを狙って瘴気を生み出すのが魔神や魔王といった存在であるという事実は認識されていないようだ。

もしかしたら一部の人間、例えば魔王と戦った勇者や、龍神などの高位生命体から事情を聴いた人間なんかは知っているかもしれないが、ごくごく少数だろう。

一般人にとっては強い人型の魔物が魔族で、弱いのが魔物という程度でしかない。

ちなみに人間種が魔族に対しての知識が乏しいという情報は、クレイ少年が勉強していた王国の歴史から学んだ。

だいぶ話が脱線したが、ようするにただの動物であるホーンラビットもミゼットにとっては歴とした敵であり、彼女にとっては命を賭けた闘いなのである。

ミゼットとホーンラビットは睨み合う。

「…………ッ！」

「……！　……！」

お互いに実力が拮抗しているのか、睨み合ったまま動けずにいる。

それでも無理やり攻勢に出ようとしてピクリと動けば、ウサギもピクリと動く。

まさに一進一退の攻防だ。

しかしレベル上げをしに来た俺からすればただ見ていても暇なので、緊張感漂わせるウサギ戦は護衛の人たちに任せて、こちらはこちらで勝手に狩りをする事にした。

何もミゼットから獲物を横取りしなくても、俺の敵は目の前にいるウサギだけではない。

例えばこう、後ろからミゼットを狙う別の野生動物とかが主な狩場なのだ。

◇

伯爵家の屋敷で借り受けた短剣を振るい、森のホーンラビットやその他の野生動物たちを次々に仕留めていく。

「ピギーッ!?」

「ピョゲェエエ！」

「ピギィイイ!?」

一匹狩ればその声につられて臆病な動物が反応し、動き出した気配からわらわらと芋づる式に獲物が見つかる。

臆病ではない好戦的なホーンラビットなんかも、目の前で狩られていく仲間や魔物を見て次第に逃げ出そうとするが、あいにく職業を三つ持っている俺の身体能力からは逃れられない。

もう既に何匹もの魔物が俺の前に屈し、その命を散らしていた。

そして未だ後方でウサギとにらめっこをしているミゼットを余所に、黙々とレベル上げを進めていると、ついにスマホが振動する。

アプリがキャラクターのレベルアップを知らせてくれたらしい。

ポケットからこそこそとスマホを取り出し、キャラクターのステータスを確認する。

【レベルアップ！】
『戦士』がレベル４になり、挑発スキルを覚えました。
『神官』がレベル４になり、光弾スキルを覚えました。
『錬金術師』がレベル４になり、錬金術スキルを覚えました。

怒涛のレベルアップにより、新しいスキルを三つ取得した。

スキルを使おうと意識すると、どういう効果があるのかなんとなく分かる。

挑発は大声に魔力を乗せて生き物の注目を集め、意識をこちらに向けるスキル。

次に、光弾は闇属性の魔力を持つ生き物や魔法に対して超特効を持つエネルギー弾のようだ。

試しにその辺のホーンラビットの死体に向けて放ってみたところ、頭に焼け焦げた穴が開いた。

どうやら爆発力はないが貫通力のある、一点突破攻撃らしい。

そして最後に、錬金術スキルは道具に魔力を通して物体の形状を変化させたり、合成したりすることができるようになるスキルらしいが、錬金に関しては今のところ特に出番はないだろう。

俺はレベルアップによって上昇した身体能力やスキルを確認し、ひとまずの成果を得た事からニヤつく口元を押さえて狩りを中断した。

さて、ミゼットお嬢様の方はどうなったかなっと……。

「ふっ、私の勝ちね。なかなか手ごわい相手だったわ」

「おお、お見事ですミゼットお嬢様。初めての戦いで魔物に勝つとは……」

俺の言葉につられてミゼットがふふんと胸を逸らすと、タイミングを見計らったように護衛がぱちぱちと拍手する。

いや、でもこれは自慢するだけあるな。

ただのホーンラビットといえば弱そうに聞こえるが、まだ八歳の幼女であるミゼットには職業がないだろうし、当然その恩恵も得られない。

その上体格も幼女そのものなので、運動能力はかなり心許《こころもと》ないはずだ。

それなのに自力で魔物に勝利するとは、中々どうして見どころがある。

だが完勝とまではいかなかったのか、ところどころに擦り傷や切り傷があるようだ。

傷の形状からしてウサギの角にやられたものではないようだから、たぶん攻撃を避けるために飛んだり跳ねたりコケたりしているうちに、徐々にダメージを負っていったのだろう。

本人は気にしていないようだが、このまま傷を放置しておくと護衛の人たちから威圧が飛ばされそうなので、初戦を勝ち抜いたご褒美も兼ねて回復してあげることにした。

「わぁ、傷が治っていくわ。これが回復魔法……」

「ちょうどいいですし、いずれ聖騎士を目指すのであれば私の使う回復魔法をよく見ておいた方がいいですよ」

見ておいた方がいいですよとは言うが、果たして見て覚えられるものかどうかは全くの不明だ。なにせこの魔法はキャラクターメイキングの時に自動取得した力なので、どういう原理でどう鍛えたら覚えられるのかとか、そういう事は一切知らない。

ただなんとなく、見ないよりも見た方が経験になりそうだから言ってみただけである。

「当然よ。それに今のでなんとなくやり方は分かったわ。お兄様の魔法の練習を覗き見していた時に魔力の操作は覚えたから、魔法発動の基本はできているはずよ。回復魔法に通用するかは分からないけど、あとは練習あるのみ！　もういいわよケンジ、後は家に帰って自分で試してみるから」

いやいやいや、そんな簡単に覚えられるわけがないだろう。

ははは、こやつめ。

さてはおっさんをからかっておるな？

だがそう思う俺を無視して、ミゼットはどうやればできそうだとか、ああやればいいんじゃないかとか、一人で自問自答を繰り返す。

ふっ、若いうちは根拠のない自信に振り回され、自分は何でもできると思い込むものだ。

おじさんの若い頃を思い出すよ。

どれどれ、そんなに魔法が習得できそうだというなら、レベルが上がった事で性能も僅かに改善されたであろう鑑定さんの餌食《えじき》にしてやる。

得意分野くらいはいつも通り鑑定できるはずだ。


【ミゼット・ガルハート】

もう少しで回復魔法を覚えそう。

魔法と戦いの才能がある。

かなり弱い。


「ブフォッ!?」

「ちょ、何よケンジ！　いきなり吹き出すなんて汚いじゃない！」

「ゲホッ、ゲホッ」

え、おいマジかよ！

嘘だろ幼女、嘘だと言ってくれ！

なんでもう回復魔法覚えそうなんだよ、おかしいだろ！

鑑定がひらがな表記から漢字表記になった感動も吹っ飛ぶくらい動揺する。

まだ職業の取得には成功していないようだけど、戦いの才能も一緒にあるみたいだから、もしかしたらあと何日か狩りに出たらそれすらも取得しそうな勢いだ。

これが人としての才能の違いというやつなのだろうか。

人間を作りたもうた神は何て不公平なんだ、おっさんは悲しいよ。

作ったのは俺だが。

「ど、どどど、どうやらそのようですね。回復魔法のコツをお嬢様は体得しかけているご様子。ほんの小さな傷はそのまま残しておいて、自宅で回復魔法の練習に使うといいでしょう」

動揺しすぎて思考と呂律の回らない俺はなんとか平静さを保とうとし、そのまま真実を口走る。

だがこれがまたいけなかったようで、ミゼットは訝し気にこちらを睨み、口を尖らせた。

「あら、どうして私が覚えそうだって分かるの？」

「勘です」

「……勘なの？」

「勘ですね」

「本当にそうかしら。……まあいいわ、今日は私の初挑戦が実った日よ。この魔物を冒険者ギルドに持っていて、お爺様を驚かせてあげるんだから！」

明らかに訝しみ納得していないようだったが、どうやらそんな事よりもウサギに勝利した事が嬉しいらしく、獲物を護衛に預けたミゼットはルンルン気分で町へと引き返していった。

◇

元気のありあまる暴走幼女が初めての魔物討伐を終えて以降、ミゼットは自分の力でも魔物を倒せるという実感と、誰の手も借りずに魔物を倒せたという成果を祖父のギルド長や両親、そして兄に褒め称えられますます機嫌を良くした。

自分が魔物を倒せば家族が喜び自分が愛されると、一連の狩り行動をそう紐づけ味をしめたミゼットはその後も毎日のように俺を供に森へと向かい、冒険者顔負けの勢いで狩りを続けていく。

実際にもうミゼットは低ランクの冒険者顔負けだ。

回復魔法の使い手という希少性を考慮されて渡された冒険者ギルドのギルド証、つまりは俺の持つCランクのギルド証に対抗して、つい最近Fランクとして冒険者ギルドに登録したミゼットはいち早くおっさんに追いつこうと、必死でFランクの魔物納品依頼をこなしている。

そのために当然日々の訓練は欠かしていないようで、その成果もあってか回復魔法は実を結び始めているし、足の捻挫くらいなら今のミゼットでも時間をかけて回復させることができるくらいだ。

たかが捻挫かよと思うかもしれないが、要はコツは既に掴んだのであとはその規模を大きくすればいいだけ。

たかが捻挫、されど捻挫という事である。

大事なのは微弱ながらも回復魔法が発動したという事実の方だ。

また訓練の主な内容として、近接戦闘の得意な伯爵家の私兵からは剣を教わり、自主練習で魔法を習得、そして勉強は俺に教わり最後に成果のまとめとしてギルドの依頼をこなす。

どんな英才教育だよと言わんばかりの布陣だ。

いったい伯爵家はどこまでミゼットの成長ぶりを知っているのだろうか。

戦いの場にはいないミゼットの家族や、頻繁に変わるミゼットの護衛に今の暴走幼女の実力を正確に把握できているとは思えない。

普段から常に一緒にいる俺から言わせてもらうと、もうこの幼女の夢である聖騎士が遠い夢の出来事じゃなくなってきているという、そんな予感がしてきてならないのだ。

既に初めての討伐を終えてから一週間経つが、ミゼットの成長は止まる所を知らず、というかブレーキが壊れた暴走車両のような勢いで強くなっていくばかり。

いやまあ、この国のエリート職業である聖騎士になる事そのものは良いんだけどね。

問題はその後だ。

まだ現段階では職業の重ね掛けと、初期レベルに大きな開きがある俺の方にアドバンテージがあるが、いずれその差もミゼットの才能と成長速度の前では小さなものになっていくだろう。

こちらには創造神としての力があるために、実際に負ける事はないだろうが、それでもキャラの実力が拮抗していけば、抑えのなくなったミゼットが今よりも暴走する事は想像に難くない。

もしそうなった時に、その時になって俺にミゼットを止める力があるか、本当に、いやもう本当に不安なため、ついに俺は現代に戻り一つ策を講じる事にした。

その策こそがこれ、……少女マンガである。

なぜ少女マンガなのか。

答えは簡単だ。

少女マンガには華があり、乙女としての成功があり、悪をくじき弱きを助ける王道の正義がある。

少女マンガだけに言えることではないが、ようするに日本のこれは情操教育の塊なのだ。

俺はいずれ手に負えなくなるかもしれないミゼットに対して、来たる日の為に情操教育というルールを課す事にしたという訳である。

まるで攻撃力の高すぎる抜き身の刀身に鞘を設けるかのごとく、慎重に作戦決行の時を待った。

すると俺の部屋にバタバタと小さな足音が近づいてきて、ノックもせずに扉が勢いよく開かれる。

ガルハート伯爵家で無敵の暴走幼女、ミゼットお嬢様の登場だ。

「私が来たわよケンジ！　さっそく冒険の準備をしなさい！」

「おはようございますお嬢様、今日も元気が宜しくて何よりです」

「当然よ。……あら、それは何かしら？」

俺の部屋に問答無用で押し入ってきたミゼットは、ベッドの上で寝転がり悠々自適にマンガを読む俺に目を向けた。

早くもマンガに興味をそそられたようだ。

好奇心旺盛なこのミゼットなら、未知のアイテムには必ず何かアクションを起こすと思ったが、予想以上に食い付くのが早いな。

「これは少女マンガというものです」

「しょうじょまんが？　なにそれ、面白いの？」

表紙に描かれた綺麗な女の子と美男子の絵、そしてツヤツヤと光沢を放つマンガのカバーが幼女の好奇心を刺激する。

ふふふ、作戦通り。

書店で絵柄をメインに厳選に厳選を重ねて買ってきた甲斐があった。

「ええ、とても面白いですよ。これは私の故郷の聖書のような物です。……強く賢い聖騎士になるためには必須のアイテムといっていいでしょう」

「へぇ～なんだか楽しそうね。それに聖騎士になるためのアイテムだって言うなら、今の私にピッタリだわ。ケンジの故郷の事も知りたいし、見せて」

「ぐはぁっ！」

思い付きででっちあげた聖騎士になるためのアイテムという嘘が効いたのか、ベッドで横になる俺を蹴飛ばしマンガを強奪された。

うむ、やはり教育が必要だな。

このままでは強い力をところかまわず振りかざす災厄の聖騎士になりかねないぞ。

病気の兄を助けようとしたり、両親を喜ばせようとしたり、俺の故郷の事を知ろうとしたりと、心根そのものは善良であるが故にこのまま放っておくには惜しい。

情操教育をかけるなら今である。

「うーん、文字が読めないわ……。むむむ……」

絵柄はミゼットの好みにあったようだが、肝心の文字が読めないようで四苦八苦している。

まあそりゃそうだ、使われている文字は日本語だからな。

なぜかアプリの不思議パワーでこの世界の文字と言葉を使いこなせる俺ではあるが、その反対はないのだろう。

この惑星の人にとって、日本という存在はそれこそ異世界だろうし。

「貸してくださいお嬢様。それは私の故郷に伝わる古代文字なので、この国には伝わっていない可能性が高いです。私がお嬢様のためにお読みして差し上げますので、どうぞこちらへ」

「あら、気がきくわね」

ベッドの前で胡座をかくと、俺の足を座布団のようにしてミゼットが座り込む。

それをだっこするかのように幼女を抱え込んだ俺は、両手でマンガを開きパラパラと朗読していく。

そしてまず最初に、一巻である『幸薄な男爵家少女編』が読み終わる頃にはミゼットの興味をがっしり掴んだようで、さっそく次の話はないのかと急かされる。

当然すぐさま二巻へと移り、『意地悪な悪役令嬢編』へと移行。

さらに三巻の『逆ハーレム編』が中盤まで差し掛かったところで、屋敷のメイドから昼食の案内が届いた。

ミゼットがあまりにも熱中していたため俺も必死になって読んでいたが、どうやらいつのまにか時間を忘れ没頭していたらしい。

「お昼ごはんなんて後でいいわ！　早く続きを読みなさいケンジ。私は早くあの意地悪な公爵家の女を倒すところが見たいのよ！」

「ふむ。ですがお嬢様、昼食はしっかり取らないと強くなれませんよ。……それに気づきましたか、この聖書にはある教訓が隠されているという事実を」

「きょうくん？」

人差し指を一本立て、少し間を開けてから語り出す。

「教訓その一、乙女たるもの強く賢く美しく、決して誇りを捨てない事」

「ああ！　それって男爵家の女の子が初めて王子様に会った時に言われた言葉ね！」

「左様です。ですからまずはお嬢様は強さだけでなく、お勉強によって賢さを磨き、常に振る舞いを気にして美しくあらねばなりません」

教訓その一に反応し、目を輝かせる幼女をここぞとばかりに洗脳するおっさん。

すまんな物語の王子よ、おっさんにそのイケメンパワーを貸してくれ。

「教訓その二、騎士は強きをくじき、弱きを助ける存在である事」

「それも知ってるわ！　あの意地悪な令嬢から少女を守る侯爵家の御曹司の言葉よね！」

「左様でございます。……そして最後に教訓その三、自らの持つ権力や力に溺れぬ事。これら三つ全てが聖騎士を目指す上で不可欠な、ええ、とても不可欠な教訓なのです」

「ふふん、当然よ。私はあの意地悪な女のように、権力を振りかざし人を攻撃したりしないわ」

全ての教訓を聞き終え、俺の腕の中で胸を張るミゼットを見てニヤリと笑う。

まず教訓その二だが、強きをくじき弱気を助けるという事はそれすなわち、聖騎士の姿を体現した「優しさ」への理解。

そして最後の教訓その三では、無暗に権力を振りかざす事への愚かさや危険性を示唆している。

まだ幼いミゼットにその事が分かるかは不明だが、大まかな内容についてはマンガで理解しているはずだ。

その証拠に権力を悪用する悪役令嬢にだいぶご立腹の様子だし、これで一先ずは情操教育、もといおっさんの洗脳を終えたとみて良いだろう。

あとはこの熱が冷めないように、日を空けつつも少女マンガ全五巻をミゼットの前で朗読すればいいだけである。

ふっ、他愛もない。

いくらこの幼女が賢くともしょせんは子ども。

これで俺への暴力も、そして無茶ぶりも鳴りを潜めることだろう。

……潜めるよね？

潜んでほしいなぁ。

◇

ミゼットに教訓を与えてから早一ヶ月、最近では無茶ぶりや無鉄砲な行動で他者を振り回す事が少なくなってきた。

人前では美しくあろうとお行儀よくはするし、勉強にも精を出す。

さらにこの町で伯爵家が支援する孤児院の子供たちが貧困に見舞われていると知れば、なんとかならないのかと幼女なりに知恵を絞って視察に向かう。

彼女は教えられた教訓の「優しさ」を大切にして、精神的に大きく成長しているようだった。

まあこれはどれもこれも、俺以外の人間には、という点に限定されるが。

なぜそんな事が分かるのか。

それは当然、この元暴走幼女のミゼットの成長の裏には、常に俺へと課せられた過酷な重労働が存在しているからだ。

「ケンジ、明日はまた孤児院の子供たちのために差し入れをしに行くから、食料の買い出しその他もろもろは任せたわ」

「お嬢様、差し入れを持っていくのは大変素晴らしい事かと存じますが、それはご自分でやられた方が子供たちも喜ぶのでは」

「何言ってるのよ、食料なんて誰が用意しても同じだわ。お腹が減っている時には食べられればそれでいいの。大事なのは私の立場や力を最大限に有効活用し、弱き者の助けとなる事よ。これは教訓その二だわ。それに私は私でやる事があるから」

そう言って俺の部屋でいつもの作戦会議、もといおっさんというミゼット専用の使える駒の使役を行い、早く準備しろと背中を幼女パワーで殴りつけながら急かす。

そんな俺の姿はまるで馬車馬のように働く社畜そのものである。

……と、つまりこういう事だ。

表では町の人たちから聖女様のようにお優しいだの、ミゼット様は既にEランク冒険者でもあるらしいぞだの、高評価好印象が雨あられのように降り注ぐミゼットワールドが展開されているが、その裏に俺の尊い犠牲がある事を忘れてはいけない。

とはいえ、教訓を得た事で無茶ぶりの影響が俺へと集約されたのは一つの成果だ。

なぜならミゼットは根本的に悪ではなく、馬鹿でもなければ愚かでもない。

自分の行動がどういう事であるのか、その善悪をちゃんと理解しているし、俺を働かせるのも幼女にとって頼れる存在が俺しかいないからである。

もしここで俺が「いや、やりたくありません」と明確に意思表示すれば彼女はちゃんと引き下がるだろう。

だがその代わりとして、ミゼットの助けたかった子供たちへの差し入れはできなくなるし、稽古や勉強、そして最近新たに加わったマナーの授業や魔法の訓練などに時間を割かれる幼女を助ける者は、誰もいない。

使用人に「差し入れをしにいけ」と言おうにも、ミゼット本人に付き従っている使用人は俺だけであり、他の護衛やその他もろもろは伯爵の管轄だ。

ミゼットの狩りに彼らが同行するのも、伯爵の娘である幼女の安全を守るためというだけであり、ミゼットが指示して動かしている訳ではない。

伯爵がそうしろと言っているだけだ。

よってミゼットの本当の仲間として自由に相談できるのは、彼女にとっては俺だけという訳なのである。

そのために俺の背中を殴りつけるのはまぁ……、愛情表現みたいなものだろう。

自分程度の攻撃くらいでは俺がビクともしない、というのを分かっているからこそだと考えられる。

というのも、既に一ヶ月の狩りでキャラクターのレベルは7にまで上がり、塵《ちり》も積もれば山となるといった形で徐々に強くなっているからだ。

暇な時にはクレイやミゼットたちに混ざり、たまに剣の訓練をしているのも、職業戦士のレベル上げには一役買っているかもしれない。

そしてそんな環境だからこそ、当然ミゼットは自分と俺との実力を比較するし、試合を挑んでは負け、挑んでは負けと繰り返すうちに、こと武力において自分を完全に上回ると彼女は理解してしまった。

もちろん幼女に花を持たせるために負けてやれば話は違ったのかもしれないが、おっさんの器の小ささを舐めてはいけない。

いくら幼女になつかれ気に入られようとも、このおっさんに社畜を思い出す重労働を課した事への罪は重い、重すぎる。

俺は合法的にミゼットを叩き伏せられる稽古の場で、直接的な怪我は避けつつも常に完勝を維持していた。

いつか急成長していくミゼットに追いつかれて一本取られる日まで、この完全勝利をやめるつもりはない。

「ではそのように。差し入れの時にはお嬢様も同行してくださいね、私だけでは孤児院の子供たちががっかりしますから」

「分かってるわ。それと差し入れに必要なお金は私の貯金箱から使ってちょうだい。頼んだわよ！」

「承知いたしました」

それともう一つ、ミゼットには良い点がある。

彼女は俺という仲間をいくらでも酷使して使い潰してくるが、同様に自分にも同じだけの労力を課す事を前提としているのだ。

なんとも健気で、優しい性格の持ち主だ。

そもそも、伯爵家では買いたい物に対してお小遣いが支給される。

だが彼女はそれを良しとせず、自分の行動の責任は自分が取ると言わんばかりに、俺と冒険に出て稼いだ依頼達成報酬から少しずつ貯金を重ね、その資金を元に運用し行動している。

だからこそ俺はこっそりと次元収納から銀貨を取り出し、こう言うのだ。

「ああ、お嬢様。そういえば昨日の屋台で格安のホーンラビット焼きを見つけてきました。いつもミゼットお嬢様にお世話になっているとかで、今回はタダで譲ってくれるそうですよ」

「え！　そうなの!?　ふふん、やっぱりケンジは優秀だわ！　この私が知らなかったのに、よく情報を手に入れてきたわね！」

ミゼットは喜色満面の笑みなり、これで資金が浮いたと喜んだ。

……器の小さいおっさんにも、幼女に小遣いを恵んでやるくらいには恰好をつける余裕があったという訳である。

もちろん、その後は普通の屋台でホーンラビット焼きを購入した。

嘘も方便、というやつだ。

閑話　龍神

世界樹が動き出してしばらく、斎藤がミゼットの教育に心血を注いでる頃、魔大陸を囲い監視する龍族の住処『龍山脈』に一匹の高位古代竜がやってきた。

何やら少し慌てた様子で上位存在である龍神に進言しているようだ。

「ふむ、それでどうしたと言うのだね？」

「こ、この命に代えましてもお伝えしたい事が！」

上位古代竜は目の前で佇む神の威圧感に耐えながらも言葉を紡ぐ。

風の大精霊を通して行った神託の件で、世界樹である女神が動き出した事。

そして亜神の一柱とも言える上位存在が動いた事で、自分たちも対抗して動かなければ創造神である父に見限られてしまうかもしれない事などなど。

龍の神である彼に対し進言するという事で、自らの命をいつでも擲《なげう》つ覚悟で話し切った。

こと龍族に関しては、豊穣の女神と目される精霊たちよりも上下関係はさらに厳しく、もし下位の竜が上位の竜に進言しようものなら力でねじ伏せられ、角の一本でも折られている事だろう。だというのに、自らが相対している存在は竜どころか龍、それも神である。

上位古代竜という竜の中で最強の存在だからこそ分かる、圧倒的な力量差。

大人と子供などと表現するには生ぬるい程だ。

もはや一族のためであればいつ死んでも良いと思うくらいには、この龍神という存在に対し覚悟を決めて進言していた。

しかし当の龍神は特に怒るでもなく、そして立場を理解させるために威圧するでもなくただ佇《たたず》む。

それどころか眷属である竜のあまりに短絡的な考えに溜息を吐き、やれやれと肩を竦《すく》めてみせたではないか。

知己である世界樹に神託を届けてからというもの、あまりに周りが騒がしく慌てふためている事が嘆かわしいらしい。

この者も自分には及ばないとはいえ、父の眷属である龍や竜にあるまじき失態だ。

龍神は指を一本立て、己の下へとやってきた眷属に一つ一つ説明してみせる。

「まず君の間違いは二つある。一つ目として、私は世界樹がどう動こうと関知しない。我々は父によって創られた存在故に、瘴気を纏い魔神化した裏切り者でもなければ、前提として父の助けになるように出来ているのだ」

そう語り、二本目の指を立てる。

「そして何より、我らがやるべき事は味方同士でいがみ合い、敵対視することではない。なぜなら本来、父に助けなど必要はなくそこに存在するだけでいいからだ。もちろん創造された以上、その期待に沿えるように行動すべきだとは思うが……。いがみ合う事がその期待に沿う事なのかね？」

最後に、もしここまで言って分からないようであれば、本当に手遅れだ、と続けた。

彼の本心としてもあまりに馬鹿な眷属に用はないため、命までは取らないものの反省させる意味も込めて、その心を圧し折る威圧を発揮するつもりでいた。

ただし彼が威圧を行う場合、圧し折られるのは心どころでは済まないかもしれないが。

ところがそれを聞いた高位古代竜は瞠目《どうもく》し、龍神の考えに、いや父である創造神の御心に打ち震えた。

いったいどれほどの愛を以て自分たちを創造したのか、理解したからだ。

自分のあまりにも浅はかで醜い動機を理解した高位古代竜は頭を垂れ、その場から辞する。

幸いな事に、この竜は神からの攻撃を加えられずに済んだらしい。

すると龍神は一息吐き、呟く。

「だが恐らく、父はそんな私たちの葛藤すらも見透かして創造なさっているのだと、そう思うがね……」

あの裏切り者である魔神ですら、父の前ではその行動を予見され『勇者』という対策を取られていた。

もちろん自分如きに父の考えの全てが分かる訳ではないが、恐らく他にも無数に策を巡らしているのだろうと考える。

その上で、自分には一体なにができるのか。

答えは彼の中で一応は出ている。

現状としては下された神託の意味を考え、自分に与えられた能力を活用し成長すること。

いかに最強の亜神と目されようとも、しょせんは父の手のひらで蠢《うごめ》くトカゲに過ぎない。

ならばいつの日かその傍らに立てるよう、父の行動と言葉一つ一つの意を汲み取る努力をし続け、決して足手まといにならぬようにするのが最善だ。

言っては悪いが、女神のように直接的な行動を取る事は万が一、億が一の可能性で父の機嫌を損ねかねない。

考えれば考える程、あまりにもリスキーな行動だった。

最終目標としては、父にとって居心地の良い世界を、そして望んだ世界を手渡す事が目標となるが、……これはまだ魔神という障害が世界にある限り先の事になるだろう。

するとふと、龍神は父の居るであろう方角を見据えた。

「おや。少し考えに耽《ふけ》っている間に、愚かな魔族が恥も外聞もなく父の下へ向かっていますね……」

一瞬、自分で跡形もなく消し飛ばし、始末をしようかという思考が頭を過る。

だがそれこそが父の目的、もしくは遊びなのかもしれないという考えも捨てきれない。

「おっと、これは私としたことが。あの程度の魔族をわざわざ用意した父の意図も考えず、思わず短絡的になるところでした。これは失態ですね……。しかしそうですか、ならばこれは事前に計画していた遊びという事ですか……」

大前提として、父はいま人間の少女に教育を施すという遊びを行っているようだ。

ならば、その教育の糧になるように魔族という生け贄を用意し、子供に玩具を与える大人のように問題を用意してみせるのも、また計画の内なのだろうと彼はそう考える。

やはり、一手一手にどこまで深い考えを持ち、先読みを行い動いているのか計り知れない。

遊びとはいえ、きっとあの少女の教育も、いずれどこかに繋がる伏線なのだろう。

そこまで一瞬のうちに計算をし尽くした龍神は、自分の予想を遥かに超える崇高さに感動し目を瞑る。

もしこの想定を当の斎藤健二が知ったら、「そんな訳あるか」と思うだろうが、その事に本人が気づくのはまだ当分先である。

不吉の兆し

最近魔物が多い。

森へミゼットと共にレベル上げへと出かけている時にも思ったのだが、ホーンラビットなどの弱い種だけでなく、数段上位の強さを持つ巨大な暴れイノシシや怪鳥、強さはそれほどでもないが瘴気の影響を受けた魔物であるゴブリン等が、森の浅い場所にまで現れるようになってきた。

こちらはレベル上げが捗って大変助かるのだが、日々の生活に命を賭けている冒険者やこの町の住民、そしてこの町そのものを管理する伯爵にとってはそうではない。

町と隣接する森に異常があるならば大問題だ。

彼らからすれば森で何か異変が起きているのでは、と思うのが自然だろう。

当然、冒険者ギルドに所属する斥候職冒険者の調査や、伯爵家が持つ騎士たちによる町の警備強化などは進められているが、状況は芳しくないらしい。

そうなれば徐々に周囲へと不安は広がっていき、ギルドや伯爵家は本腰を入れて調査に乗り出す事になった。

その結果分かったのが、どうやら近いうちに魔物の大暴走、つまりはスタンピードが起こるらしいという事だ。

また、森の深部にはワイバーン等の人間にとっては超脅威となる大型の個体がいるため、よほど優れた高位冒険者でないと近づく事すらできない。

よってなぜ今回スタンピードが起こるのかという、肝心の原因の方は分からないが、ただ森では深部から漏れ出してきた個体がチラホラと見かけられるため、どうやら奥の方で何か異変が起きて町の方角へと魔物が逃げ出してきている、という事までは分かった。

なので今回のスタンピードも、そういった事情から「もしかしたら起こるかも」という推測の域をでない。

だが推測できる以上、準備をして構えるのが責任者の務めだ。

現在森への侵入は一旦禁止令が出され、Cランク以上の中級冒険者からでないと踏み入れる事すら許可されない事態になっている。

「という訳だミゼット。私は冒険者ギルドへと作戦会議に出向くが、くれぐれも狩りには出掛けるな。町へ出かけるのも禁止だ。分かったな？」

「分かりましたお父様」

ガレリア・ガルハート伯爵はそう娘に言い聞かせ、忙しそうに出かけていく。

どうやら娘想いの父は、いつ魔物のスタンピードが起きても守れるよう、娘を町で一番防御の堅いこの伯爵家にしばらく幽閉するつもりらしい。

俺が父親でもそうするだろう、賢明な判断だ。

しかし肝心の暴走幼女の方はこの程度で止まるだろうか。

俺はその事が気がかりで仕方がない。

チラリとミゼットの方を横目で確認すると、……なんとこの幼女は笑っていた。

「ねえケンジ」

「なんでしょうかミゼットお嬢様」

声を掛けられた。

嫌な予感しかしない。

「あなた、この前森でウォークライボアを狩ったわよね？」

「狩りましたね」

「その後も、森の深部から逃げ出してきたと話題の怪鳥、ホークレイも倒したわよね？」

「……倒しましたね」

質問に答えると、ミゼットはクスクスと嬉しそうに笑う。

ちなみにウォークライボアというのは通称暴れイノシシの事で、怪鳥ホークレイと同じく普段は森の深部にいる強力な野生動物、もとい魔物だ。

どちらも最近の狩りで出現し襲い掛かってきたため、俺が魔法とスキルを駆使してなんとか倒している。

普通にこれらの魔物をソロで倒そうとすれば、前衛にしろ後衛にしろ職業レベル20以上は必要なんじゃないだろうか。

俺の場合は職業を三つ重ね掛けしているため、現在のレベルである9でも既に三倍であるレベル27くらいのパラメーター補正がある。

まあ三つ全てを近接職である戦士とか、後衛職である魔法使いにした訳ではないので、純粋なレベル27よりも能力値が平均的でどっちつかずな訳だが、それでも補正は相当なものだ。

故にソロでこれらの魔物を退治できた訳だが、……それがいったいどうしたというのだろうか。

いや、むしろ何を企んでいるのか聞きたくない。

もう異世界に隠居して二か月近くになるが、だんだんとミゼットの性格が読めてきた。

これは絶対、ロクなことじゃない。

「私は思うのよ、力があるのに何もしないのは罪な事だってね。ケンジと私が力を合わせれば、スタンピードの問題だって解決できるかもしれないわ」

「いや、無理です」

ほらきたぁあああ！

そうやってすぐ俺を巻き込もうとする！

そもそも俺は斥候職じゃないから調査とか無理だよ。

というか安易に命かけすぎだろ、もっと命を大事にしてくれよ暴走幼女。

くっそー、教訓その四に「慎重になるべし」とか追加しておくべきだった。

「無理じゃないわ。既にケンジは模擬戦で家の騎士に勝っているじゃない」

「あれはまだ若い騎士の方だったので、経験不足からたまたま私の姿に油断してしまったのでしょう。本気で戦えば、どちらが勝っていたかは分かりませんよ」

「いいえ、それは嘘ね。私にはあの騎士が本気で戦っているように見えたわ」

実はミゼットの言っている事は正しい。

戦ったのは伯爵家の騎士の中でも強い部類ではなかったが、かといって弱い部類でもなかった。

お互いに全力を尽くした結果、戦士の身体能力と光弾スキルや回復魔法を駆使する俺に彼は敗れてしまったのだ。

ミゼットは無駄に頭が良く目利きができる上に、相手の本質を見極める力が高いようなので誤魔化すのが実に困難である。

「それに私だって強くなったわ。お父様が用意してくれた鑑定の魔法具では剣士の職業も手に入れていたし、そのおかげで剣の扱いがとても上手になった。まだまだ成功率は低いけど、回復魔法だって成功する事があるわ」

「左様ですか」

既にミゼットの視線は俺へと完全にロックオンされており、口元に笑みを浮かべながら自信満々に語り出す。

どうやらもう俺を逃がす気は無いらしい。

「だから私はもう立派な冒険者なの。その冒険者の私とケンジがこのまま手をこまねいて見ているなんて、この世界を創造した神様、……えーっと、名もなき創造神様に顔向けできないわ！　そう思わない？」

いいえ、思いませんが。

その世界を創ったとかいう創造神は目の前にいますよ。

ええ、私ですとも。

しかしそんな真実がこの局面において通用するはずもなく、幼女は意気揚々と旅支度を進めてしまった。

護衛は一応門を警戒して目を光らせているようだが、普段から屋敷の者の目を盗み勝手な行動をする暴走幼女の前では、いともたやすく膝を屈する事になるだろう。

主に警戒面という点において。

俺はそんな暴走幼女ミゼットを見つめながら、……まあ、今すぐにスタンピードが起こる訳でもないし、今日だけは気が済むまで冒険させ、帰ったらこってり伯爵に叱ってもらおうと思うのであった。

……ちなみに、主に叱られるのは八歳のミゼットではなく、その付き人である俺であるのは言うまでもない。

貴族の服から冒険者の装いへと着替え、すぐに旅支度を終えたミゼットは腰に子供用の剣を提げて屋敷を出立した。

やはり屋敷の構造を知り尽くしたこの幼女にとっては門兵の警戒など無に等しいらしく、なんでもないかのようにあっさりと別口から抜け出している。

伯爵もまさかここまでミゼットに行動力があるとは思っておらず、屋敷の出入り口は警戒してもミゼット本人を警戒するための人員を割いていないのが、今回の敗因だろう。

まあそもそも、今は伯爵家と冒険者ギルドで様々な協議が行われており、戦える人員の多くは森の調査や伯爵の警護、その他多くの者も己に与えられた仕事を全うすべく忙しく動いている。

たぶん嫡男でもない幼女一人のために人員を割くほど余裕がない、というのが現状だ。

そしてついに町すらも飛び出し、森へとやってきたミゼットはぐんぐんと奥へ進んでいく。

奥へ行くにつれて魔物も強くなるため、飛び出てくる魔物はミゼットには荷が重い。

既に一対一でも対応するのが困難になってきたため、基本的には俺が戦い倒していく。

森の奥へ進んでいるとはいえまだまだ浅いところなので、今のキャラクターレベルからすればこの程度の事は造作もない。

まさに無双である。

「はぁ……、はぁ……、はぁ……。ケ、ケンジ、ちょっと休憩！」

「お屋敷に帰りますか？」

「まだよ！　まだ何の手がかりも掴めていないわ。ただちょっと、魔物が強いから休むの」

一応ミゼットの手に負えなさそうな全ての魔物は俺が処理していたが、ミゼット本人にとっては弱い魔物であっても相当キツかったようだ。

いくら職業剣士を取得し日々訓練を重ねているとはいえ、この幼女はまだ八歳だ。

レベルが低く職業によるパラメーター補正も小さいだろうし、まだまだ狩りを続けるには肉体の成長が足りないのだろう。

とはいえここは異世界であり、いくら幼くともレベルがそれを補う程に高ければ話は変わってくるんだけどな。

十歳に設定した子供の俺が、騎士に打ち勝ち大人の冒険者でも苦労する魔物をなぎ倒しているように、職業レベルを極めんとする者はだんだんと常識が通用しなくなってくる。

まだ三職業の合計値が27である俺ですらこれなのだ。いずれ様子を見に行こうと思っているこの世界の【勇者】やその他上位職がどれ程の化け物であるかは、もはや想像すらもできない。

「よし、休憩終わり。もっと奥に行くわよ！　今日中にスタンピードの原因を掴んでやるんだから」

「しかし、ここから奥にいけばさらに魔物は強くなりますよ？」

「大丈夫よ。だってどんな敵が相手でも、ケンジは負けないもの」

ミゼットからの厚い信頼が謎だ。

いったい俺のどこをどうとったら負けないという発想になるのだろうか。

こちとら冒険初日にワイバーンに食われた創造神様だぞ。

何度でも復活するこのキャラは無敵ではあっても、今のところはまだ最強ではない。

俺が負けなくたって、ミゼットを守り切れず戦闘不能になってしまったら意味がないのだ。

キャラクターの修復にだって多少時間がかかるからな。

「……くれぐれも、無茶はしないでくださいね」

「私が無茶をしたらケンジが絶対に守ってくれるから、それも大丈夫よ」

守れる保証はどこにもない。

そう言いたいのは山々だが、俺の力を信じ切っている彼女に真実を告げるのを躊躇《ためら》ってしまう。

今のミゼットにいくら言い聞かせたところで、彼女は聞く耳を持たないだろう。

きっと笑い飛ばすはずだ。

そんな多少の不安が頭を過りつつも、まあいざとなったら戦士スキルの挑発を連発して魔物の注意を引き付けておけば、ミゼットが逃げるくらいの時間は稼げそうだと思い直した。

今の実力ならワイバーン相手に一撃でパクリと食われることもないだろうし、しょせん相手は知恵無き獣だ。

その気になれば、野生動物相手にやりようはいくらでもある。

その後はミゼットと共にぐんぐんと森の奥へ奥へと進んでいき、徐々に強くなっていく魔物を倒しに倒しまくり、良質な戦闘経験を得た事でレベルがまた一つ上昇したところで洞窟のような場所を見つけた。

「あれは何かしら？」

「さあ、洞窟ですかね」

「うーん……」

ミゼットは腕を組み唸る。

きっとこの洞窟が怪しいんじゃないかとか、そういう事を考えているのだろう。

なぜそう思うのか。

それは今現在、俺も同じ事を考えているからだ。

創造神としての力なのか、はたまた本能なのかは怪しいところだが、あの洞窟からは瘴気に似たエネルギーを感じる。

ゴブリンを初めて見た時も感じたのだが、どうやらこの身体は魔神の影響によって起きた深刻なエラー、つまりはマナの不正利用への拒絶反応のような物がある。

俺が特に意識しなくとも、そこに瘴気があれば自然と違和感を覚えてしまうのだ。

たぶんこんな違和感を覚えるのは創造神である俺や、その加護を強く受けた龍神などの亜神や勇者クラスの人間だけだろうけど。

「あの洞窟、怪しいわ」

「いえいえ、怪しくないですよ」

「いいえ、どう考えても怪しいわ！　調査よ！」

これだけ濃い瘴気があるという事は、それすなわち洞窟に発生源となる何かがあるか、もしくは何かがいるという事である。

だからこそ危険を感知してミゼットを止めようとするのだが、瘴気を感じなくとも明らかに怪しい人工的な洞窟に好奇心を刺激された幼女は、そのまま駆け込んでいってしまった。

……まあこうなるだろうとは思っていたが、なってしまったものは仕方ない。

せめて俺が先行して探索し、なるべくミゼットに危険が生まれないよう守ってあげるとしよう。

洞窟へ駆け込もうとするミゼットを追い越し手で制した俺は、そのまま自分の背に彼女を隠しながら一本道を進んでいくのであった。

魔族

ミゼットを背にして洞窟を進むと、先ほどまで既に濃かった瘴気の違和感がさらに強烈になってきた。

それになんだか奥の方で金属と金属がぶつかり合うような音がする。

怒声も聞こえるし、何者かが戦っているのかもしれない。

「うーん、やっぱり危ないよなぁ。ここから先はキツいですよお嬢様」

「何言ってるのよ、本番はここからじゃない。私はワクワクしてきたわ」

「左様ですか……」

これはあくまでも予想だが、たぶん戦っているのは瘴気を生み出す洞窟の主と、一足先にこの洞窟を見つけ調査に乗り出した斥候職の冒険者たちだ。

子供二人で軽く探索し見つけられるような洞窟が、本職の斥候《せっこう》に見つけられない訳がない。

既にこの洞窟が怪しいと踏んで乗り込んだ冒険者チームが奥で何者かと遭遇し、それで戦闘になったと考えるのが自然だろう。

まだ戦いの音が響き渡るため決着はついていないが、これが仮に洞窟の主側の勝利で終わった場合逃げ出せるかどうかも怪しくなってくる。

なにせ冒険者たちが町へ報告にも戻らず、否応なしに戦闘に突入する程の相手だ。

可能性としては十分に考えられる範囲だろう。

しかしこのまま突撃するというミゼットの案も、何も間違いばかりという訳ではない。

考えそのものは浅いと言わざるを得ないが、万が一冒険者チームが窮地に陥っていた場合、ミゼットはともかく俺が参戦することでできることは多いだろう。

基本戦力としては伯爵家の騎士と肩を並べ、さらには回復魔法によって戦線離脱した冒険者を復活させる事ができるからだ。

「早く行かないと手遅れになるかもしれないわ。行くわよケンジ」

「分かりました。ですが、もし私でもどうしようもないと思った場合は逃げます。これだけは肝に銘じておいてください」

「あら、分かったわ。でもそれが条件だと、たとえ相手がだれであっても逃げる必要はなさそうね」

事の重大さを理解していないミゼットは、すまし顔で奥へと進む。

そしてしばらく進むと、洞窟の奥に大広間のような広大な空間を発見した。

そこでは手に武器を持ち戦う冒険者チームと、全身が黒いオーラに覆われたエルフの男が戦っているようだ。

冒険者チームの方は三名が戦線を維持しており、もう二名が床で意識を失い倒れている。

遠目からでは生きているのか死んでいるのかが不明だが、五対一で不覚を取っているチームの現状を見るに、残りの三名もそう長い間戦い続ける事はできないだろう。

これはヤバいな、引き返そう。

彼らには悪いが、恐らく調査に乗り出した高位冒険者の一角であろう彼らが戦い、瘴気エルフに対して勝ち目が全く見えていないのだ。

しかもあの瘴気エルフは余裕の表情で遊んでいるようにも見えるし、もしかしたら既にこちらの存在にも気づいているかもしれない。

そんな奴を相手にここから参戦した所で、既に状況は手遅れと言っていいだろう。

逃げるが勝ちである。

しかしそう思い逃げようとしたところで、突然ミゼットが倒れている冒険者に向かって飛び出していった。

「そこの冒険者たち、援護するわ！　後ろで倒れている怪我人の治療は任せなさい！」

「……何っ⁉　神官の増援か、助かる‼　このエルフは魔族だ。恐らくスタンピードを意図的に作ろうとした元凶だろう。仲間を治療したらギルド本部へ連絡に戻ってくれ、それまでになんとか時間を稼いでみせる！」

ミゼットの声に反応し、こちらを振り返りもしない冒険者たちは瘴気エルフ、もとい魔族と交戦を続ける。

恐らく魔族との戦いで時間を稼ぐのが精一杯で、こちらの状況を気にする余裕がないのだろう。

だから助けに来たのが子供だと誰も気づかない。

……しかし、ミゼットが飛び出してしまったことにより魔族には完全に存在がバレた。

もう後戻りはできない。

「お嬢様、約束が違いますよ」

「教訓その二、強きをくじき弱きを助ける者となれ。……この状況で怪我人を見捨てることはできないわ」

血だらけで倒れている冒険者に対し、焼石に水といった微弱な回復魔法をかけ続けるミゼットは語る。

……はぁ、仕方ないなぁ。

どうせもう飛び出してしまったし、今から逃げるのもこの冒険者を助けて逃げるのも生存確率は同じだ。

いやむしろ、二人を助けて戦力に加えてから逃げた方が、より生存確率は高まるだろう。

そこまで計算した俺は二人に回復魔法をかけ、一気に治療を施し大回復させた。

「うっ、ここは……？」

「お、俺はいったい……。というか、幼女……？」

「ふふん、感謝しなさいあんたたち！　このミゼット様がケンジを連れてきてあげたわよ！　大船に乗ったつもりで後の事は任せるといいわ」

回復魔法により意識を取り戻した二人は、唖然とした表情で俺とミゼットを見つめる。

たぶんこんな状況で助けに来たのが子供二人だという事に対し、認識が追い付いていないのだろう。

ミゼットと俺は最近の冒険活動により、そこそこ町で有名になってはいるが、それでも魔族との戦いに割って入るほど非常識な存在として認められてはいない。

この反応はいたって常識的な反応だ。

しかしこれで動ける護衛を二名確保できた。

ここから先は洞窟に魔族がいたという情報を持ち帰り、逃げるだけだ。

ミゼットも人命救助ができて満足だろうし、俺との約束を違えて飛び出したのもあくまで人命救助を優先させるためだろう。

当然もう我儘を言う気はないだろうし、現にミゼットは逃げる体勢へと移行しつつある。

どれ、それじゃあ情報を持ち帰るついでに、最後に鑑定で丸裸にして立ち去ろうか。


【魔族：エルフ種】

闇魔法と召喚魔法が得意。

まだ本気を出していない。

かなり格上。

闇魔法というのは精神操作系の能力が多い特殊な属性魔法のことだ。

なるほど、これで魔物たちを操りスタンピードを計画していたのか。

たしかにこいつの力ならそれも可能だろう。

だがスタンピードが起こりそうだと発覚してから日が浅く早期の段階なため、まだ準備は完全に整っていないはず。

情報さえ持ち帰れば討伐するのは容易いだろう。

この魔族の力がある程度冒険者より高かろうとも、町から差し向けられる討伐隊を相手に抗えるとは思えない。

個の強さも異世界では重要だが、その力に絶望的な開きが無いなら戦いは数で決まる。

戦場の鉄則だ。

しかしそう思い逃げ出そうとしたところで、待ったがかかった。

「ははははは！　これは面白い！　一体どんなネズミが侵入してきたのかと思えば、ヒト族の子供が二人だと。それに年齢にそぐわぬ強力な回復魔法……、面白い。面白い面白い面白い、面白ィイイイイイ！！！」

魔族が狂ったように叫び出すと突如として洞窟の出口から魔法陣が出現し、中から朽ちかけた剣と鎧を着こんだ……、というか鎧そのものが本体であるデュラハンの出来損ないような魔物が三体出現した。

おいおい、逃がす気はないってことか。

鑑定結果では三体で今の俺と五分か、それよりちょっと弱いくらいの魔物らしいが、魔族が本気を出して残りの三人を蹴散らすだけの時間は余裕で稼げそうな魔物だ。

何より数が面倒臭い。

「……あー、これは仕方ないな。リトライ前提で動くか。冒険者さん、ミゼットお嬢様を連れて一度町まで帰還していただけませんか？　あの魔物と魔族は俺が引きつけますので、五人で逃げてください」

「は？　ミゼット？　……ミゼットって言えば、あの伯爵家の！」

「そのミゼット・ガルハート伯爵ご令嬢で間違いありません。彼女に何かあればその首が飛ぶと思っていいですよ」

素性を聞かされて動揺する冒険者たちだが、そんな事に構っている余裕はない。

「いいから早くしなさい！　ケンジがこう言ってるんだから、この場はケンジに任せておけば楽勝なのよ！　私のケンジが負けるはずないもの！」

「だ、だが、子供を置いていくなんてよぉ……」

「いいから行くの！　晒し首にするわよ！　私を信じなさい！」

晒し首にするという発言が効いたのか、魔族と戦っていた冒険者を含め五人と幼女が逃げの体勢に入る。

もちろんそれを許すはずがないだろうが、こちとら闇属性に超特効を持つ光弾スキルの所持者だ。

魔族の力が格上だろうとも、相性の問題で時間稼ぎ程度なら楽勝である。

俺は牽制としてありったけの光弾と挑発スキルを魔族と魔物に放ちながら、幼女を小脇に抱えながら逃げていく冒険者たちを見送った。

……さて、それではひと暴れさせてもらおうか。

◇

強力な闇属性を持つ魔族と魔物に対し、神官スキルである光弾を打ち込み続ける。

さすがに格上の力を持つ魔族にはそうそう当たる攻撃ではなかったようだが、動きの遅い魔物に対しては大ダメージを与えたようで、相手のボディそのものである鎧を蜂の巣にして沈黙させた。

……ざっとこんなものかな。

どうやら冒険者たちは全員逃げ切ったみたいだ。

「ふぅー。とりあえずミッションクリア」

「ぐ、き、貴様ぁ……、一体何者だ。その力、子供の鍛錬でどうにかなるレベルを超越しているぞ」

「ああ、この惑星の魔族から見てもそう見えるのか。うーん、意外だ」

てっきりちょっと強い子供くらいのつもりでいたが、やはり職業補正三倍はチートだったらしい。

まあ、そりゃ二ヶ月レベル上げしただけで騎士と互角だもんな、そりゃそうか。

さすが創造神の分身なだけはあるらしい。

ちなみに現在、俺は魔族に攻撃するのをやめてその辺でぶらぶらしている。

魔族は俺の動きに裏があるのかと訝しみ、まるで抵抗の意志も見せず、かといって諦めた様子もない俺に対し次の行動を取りあぐねているようだ。

そんな警戒しなくても、ただブラブラしているだけなんだけどね。

スタンピード解決の情報源となる冒険者と、必ず守らなければならなかったミゼットを逃がした以上、俺はもうどのタイミングで戦闘不能になっても良いので対応は気楽なものだ。

そもそもこの魔族がなぜスタンピードを起そうとしたのかは知らないが、ぶっちゃけてしまえば俺からすればそんな事はどうでもいいのである。

俺は別に魔族が憎いと思った事も無いし、明確な敵だと考えた事もない。

こちらの認識としては、アプリで創造した惑星に生れ落ちた規定外の種族、というだけである。

別に無理に絶滅させようとかは思わない。

ただせっかく創った世界をめちゃくちゃにされては困るので、龍神に見張っておいてもらっている、というだけだ。

だがこうしていてもしばらくは魔族側からアクションを起こさなさそうだったので、暇になった俺は質問をしてみた。

「で、どうしてスタンピードを起そうとしたんだ？　やっぱり魔神絡みかな？」

「な、なに！」

「確か魔大陸は龍神が見張っていたはずだけど、そもそもよくこの大陸まで龍神や原始龍、またはその眷属たちの目を掻い潜ってこれたよね。……意外と優秀だったりするのかな？」

「貴様、……なぜその事を知っている」

いや、でもやっぱり優秀ってことは有り得ないか。

だってワイバーンが相手ですら今の俺では確実に狩れるとは言い切れないのだ。

ワイバーンとは種族的に格の違う竜族と、そのさらに上にある竜族最高峰の高位古代竜《ハイ・エンシェントドラゴン》、そして創造神の加護を受けた竜よりもさらに上位の存在である原始龍、最後にそれらを含め全ての龍と竜の上位種、最強の龍神が見張っているんだぞ。

こんな吹けば飛ぶようなレベルの俺に苦戦している魔族が、龍神やその眷属の目を掻い潜って大陸を渡ってきたという説は、正直言って無理があるだろう。

だとすると、こいつは魔大陸出身ではない、という事になる。

「んー、考えれるのは元々ただのエルフだった奴が、なんらかの儀式か、もしくはより高位の魔族に瘴気をあてられ魔族化したってところか」

「なっ!? 貴様、どこまで事情を知っている！ 馬鹿な、ありえない!!」

「お、当たった？ どっちが正解？」

動揺する元エルフの魔族は頭を掻きむしり、顔を真っ赤にして驚愕する。

なんか薬をキメたヤバイ人みたいだ、近寄らんとこ……。

ついでに、せっかくだから脱出を試みる。

「待て、逃げるな！ 貴様だけは放置しておく訳にはいかん！」

「嫌だね！ そんな薬をキメたヤバイ表情の奴に近寄られたくないからな！ 光弾、光弾、光弾!!」

光弾を牽制にして動きを阻害し、追ってくる魔族を余所に俺は洞窟からの脱出を始めた。

今の手札でまともに戦っては勝ち目がないので、あわよくばこいつを町まで連れていき、そのころには冒険者たちからの情報が行きわたり討伐隊が組まれているだろう地点で、この魔族を討ち取る。

こいつに恨みはないが、どっちにしろスタンピードによって犠牲者を多く出そうとし、町を混乱させた以上は討伐される事になるだろう。

もはや早いか遅いかだけの違いのように思える。

もちろんこの魔族が今から死ぬ気で逃げおおせるというのであれば、また話は違ってくるだろう。

しかしここまで計画し、そして俺という存在を逃がそうとしないこの魔族にはもう未来が無い。

追いかける、という選択をした時点で詰《つ》みなのである。

「くっ、小癪《こしゃく》なぁ……」

「うぉ、どこから出してるんだその怨嗟の声は」

憎悪に満ちた凄まじい殺気を飛ばし、とても元人間種のものとは思えない恐ろしい声で追いかけてくる。

しかもさすがに格上の魔族というだけあって、光弾を避けまくりながらも何やら魔法を編んでいるようだった。

確か得意分野は闇魔法と召喚魔法だったはずだが、咄嗟にデュラハンもどきを召喚した手腕を見るに、メインで鍛えてるのはたぶん召喚魔法かな。

だったらこの魔法も召喚魔法と認識しておいた方が良さそうだ。

「出でよ冥府の番犬ケルベロス、出でよ冥府の守護者腐敗竜、我が意に応え召喚に応じよ……」

「げっ！」

魔法を編み終えた魔族は自らの片腕を引きちぎり、それを依り代として召喚魔法を発動させた。

引きちぎられた腕は魔法によって二分割にされ、片方は三つ首の犬のような姿に、もう片方は骨が丸見えの腐ったドラゴンのような姿を模していく。

どうやら俺をここで始末するために切り札を出したようだ。

というか、普通そこまでするか？

見つかったなら一旦逃げて再起を図ればいいじゃん。

まあ、創造神として知っている情報から考えたあの推測が、そんなに彼にとって都合の悪い物だったという事なのだろう。

あの血走った眼をみれば、相当オツムに来ている事が窺える。

「この二匹は我が命と瘴気を依り代として召喚した疑似生命だ！　瘴気が尽きるかお前を殺すまでは死ぬ事がない！　……お前はここで諦め、そして我らの為に死ね【勇者】ァアア！」

「勇者じゃないよ!?」

逃げようとする俺を追い、大きな代償と引き換えに姿を現した召喚獣たちが俺を襲う。

魔族本体の方はいまので力をだいぶ使ってしまったのか、かなりへバっているようだ。

もはや命を使い果たして、寿命も残り僅かかって感じで体が萎んでいる。

先ほどまでは若々しい姿をしていたのに、もう奴の姿は死にかけの老人にしか見えない。

……あれ？

という事は、これ素直にここで戦闘不能になっておけば役目を終えた召喚獣は塵になり、あの魔族は勝手に死ぬんじゃないか？

俺はとんでもない事に気付いてしまった。

◇

迫りくる召喚獣に対し、とりあえず魔族が死ぬまでは様子を見ようという事で多少抗ってみる事にした。

いやたぶん、これ俺がこのまま戦闘不能になれば全てが解決すると思うんだけど、まあ今のキャラレベルでどこまでやれるのかっていうテストも兼ねて、という意味合いもある。

どうせ戦闘不能まで戦えるんだから、せっかくだし全力でやってみようというやつだ。

そして抗ってみた結果、惨敗。

現在俺は満身創痍で魔力も尽きかけ、おびただしい血を流しながらあと一歩で戦闘不能というところまで追い込まれていた。

しかし追い込まれているはずの俺の表情は晴れやかで、全く絶望すらしていない。

「ふむふむ、なるほど。これは思わぬ発見だな。……命を脅かす程の相手に限界ギリギリまで抗うと、こうも経験値効率がいいものなのか」

俺の眼に映るのはスマホ画面の【レベルアップしました！】という項目の羅列と、そして【聖騎士への転職条件を満たしました。戦士と神官を融合させますか？】という転職への案内。

既に肉体の限界を迎えようとしているのに、そんな痛みが吹っ飛ぶほどの嬉しさだ。

ちなみに魔族の方は召喚獣と戯れているうちに、いつのまにか死んでいた。

途中途中で「勇者討ち取ったりィイイイ！」とか、「魔王様、私はお役目を果たしましたぁ！」とかいって盛り上がっていたので、彼は彼で幸せな人生を送れたんだと思うよ。

いったいこの魔族に何があったのかは今となっては知る由もないが、一応創造神としてエルフという種族を生み出してきた手前、ちゃんと満足する最後を迎えられたようで良かったと思う。

できれば次に【ストーリーモード】を再開した時には、この魔族がなんでこういう事をしたのか、という点についても探ってみようかな。

「さて、ではあの化け物に匹に食われる前にいっちょ、聖騎士とやらの力を確認して散ってみようかな」

俺は満身創痍《まんしんそうい》で動きの鈍った体でアプリを操作し、【聖騎士】への転職項目をタップする。

すると突然、見た目は何も変わっていないのに力が溢れ出てくるような感覚を味わい、一瞬の全能感の後に物凄い魔力が吹き荒れた。

まるで追い詰められた主人公の覚醒場面のような、そんな絵面である。

「……へぇ。これが上位職に迫る力を持った複合職の力ってやつか、こりゃあすげぇ」

転職したてでレベル1だというのに力が満ち、魔力が溢れ、そこに存在しているだけで俺を襲おうとしていた召喚獣が警戒し、足を止める。

物凄いパワーだ。

しかも凄いのはパラメーターによる補正だけではない。

聖騎士になった事で得られた初期スキルの方も、これもまたとんでもない代物だった。

こりゃあ確かに国が優待職として召し抱えるだけの事はありますわ。

こんなのチートだチート、マジの超エリート職業だよ。

全ての複合職がこんなに優れているのかは謎だが、少なくとも【勇者】や【剣聖】と言った上位職はこれすらも凌ぐっていうんだから、そりゃ強い訳だよ。

さすがとしか言いようがない。

……それじゃ、いっちょ転職で体力が微回復した隙に、一発大技を決めてログアウトしますか。

せっかくこちらに恐れ戦き足を止めた召喚獣が待っていてくれるんだから、ここで決めなきゃいつ決めるって感じだ。

俺は聖騎士の初期スキル『聖剣招来』を発動させるべく、一瞬を永遠に引き延ばすかのように精神を統一させ集中する。

すると真上へと掲げた俺の手に光の粒子が集まっていき、『ゴゴゴゴゴ』という謎の発生音と共に光の粒子が巨大な剣を形成していく。

目測だが、全長五十メートルくらいはあるだろうか。

そんなとんでもない大きさの光の剣は森の木々を突き抜け、周囲を照らし、嵐のような突風を引き起こす。

完全に必殺技の体を成した光の剣に魔力も体力もどんどん吸われていく感覚があるが、……これを振り下ろしたら一体どうなってしまうのだろうか。

とりあえず最後だから全余力を注ぎ込んでスキルを使用してみたが、……これ、命を懸けて使用したら絶対ダメなタイプの超攻撃的な環境破壊スキルだ。

スキルの発動主である俺の方が怖くて、なかなか振り下ろす勇気が生まれない。

たぶんこれ、光の聖剣が大きすぎて町の方からもその様子が窺えるんじゃないかな。

騒ぎになってなきゃいいけど、……なってるだろうな。

恐らくこのスキルは使用者の魔力や体力を吸収して放つ大技なんだと思うけど、まさかこんな土壇場で命を燃料にして放つ大馬鹿がいるとは思えない。

十歳というありあまる若さ、そして寿命を対価に支払って作成したこの聖剣はたぶん、聖剣史上最大火力に匹敵しそうな勢いである。

まあそれでもレベル1だからこの程度で済んでいるけど、これがもっと聖騎士を鍛えて放っていればどうなっていたのか、想像もつかない。

もしかしたら、町にまで余波が及んでいたかもしれないな。

「まあ、考えても仕方ないか。……それじゃ一発、お前たちを道ずれにしてログアウトしてやる。悪く思うなよ召喚獣」

俺はそのまま五十メートルにもなる光の聖剣を振り下ろし、あまりの破壊力に周囲が光のエネルギーで包まれるのを感じたあと、ぷっつりと意識を手放した。

◇

…………、……!?

「あ、戻ってきたのか」

気づくとログアウトに成功し、俺は自宅の部屋へと戻ってきていた。

なんというか、ちゃんとした手続きでログアウトした時に比べて、戦闘不能により強制ログアウトになった時は意識の覚醒が遅い。

今回も自分が部屋に戻ってきたと自覚するのに、多少の時間を要してしまった。

とりあえずキャラの修復時間を確認するために、アプリを操作する。

【キャラクターが戦闘不能になったため、ストーリーモードが解除されました。現在キャラクターを修復しています。損傷の修復完了まで、残り3時間】

どうやらワイバーンに頭を喰われた時よりも損傷が激しかったらしく、修復にはかなりの時間を要するようだ。

とはいえ、たかが三時間である。

放置してればそのうち修復が終わってるだろう。

「さてさて、ではさっそくあの聖剣の威力の程を確認しておこう」

次に世界地図を操作して決戦の火蓋を切る事となった森を確認してみる。

するとそこにはたった今役目を終えて消えようとしている犬型の召喚獣と、聖剣の直撃によって木っ端みじんに吹き飛んだドラゴン型の召喚獣、……の破片がいた。

「あー、惜しい！　ドラゴンは爆殺できたけど、犬の方には命中しなかったかー。でもまあ、あの召喚獣相手にレベル1の聖騎士がこの威力を出せたんだ。攻撃力は文句なしの合格といったところだな。次は絶対に当てよう」

まあ、どっちにしろ俺が世界から消失した事で消えるから問題ないのだが、気分的に当たらなかったのが悔しい。

もちろん次は当てるとか言ってはいるが、この召喚獣と出会う事は二度とないと思うのでただの負け惜しみだ。

おっさんにもプライドというものがあるのである。

ちなみに爆心地には次々に討伐隊として組まれた冒険者たちが集まり、何が起こったんだと調査したり枯れ木のようになった魔族の死体を発見したりしていた。

ついでに次元収納し忘れた俺の剣、もといい伯爵家の備品である鋼鉄の剣も発見されたりして騒がしい事になっている。

あー、これはほとぼりが冷めるまで【ストーリーモード】は控えておいた方がいいな。

飯食って昼寝して、風呂にも入ったら明日どうするか考えよう。

ミゼットには悪いが、あの現場を見る限り俺は死んだ事にされてしまうだろうし、伯爵家の使用人はひとまず引退だ。

今度はCランクの冒険者証でもひっさげて、別の国へと向かう事にする。

うん、そうしよう。

それじゃお元気で、ミゼット・ガルハート。

閑話　ミゼット・ガルハート

あの日、魔族との戦いでケンジを一人置いてきてからというもの、結局あいつは私のところに帰ってくる事は無かった。

最初はどこをほっつき歩いてるんだと思い、私を待たせるなんて帰ってきたらお仕置きしてやると思いながらも、私は何日も待ったわ。

次の日も、その次の日も、そのずっと後も。

お父様には帰ってきた初日にこってり怒られたけど、それと同じくらい褒められてちょっと嬉しかった。

しかしお父様から聞いた情報だと既に町は私の話で持ち切りのようで、スタンピードの問題を解決した聖女だとか未来の聖騎士だとか、魔族から冒険者を救うために単身乗り込んだ英雄だとか言われてるらしい。

それを聞いて私は困惑すると共に、憤慨した。

だってそれは、全部ケンジの手柄じゃない。

私のケンジが皆を守るために一人で魔族に戦いを挑み、頑張って魔族を倒したから言える事じゃないの。なのにお父様もお母様もお兄様も、家の使用人も町の人もみんなケンジをいないものとして扱っている。私がお父様にケンジが頑張ったんだって言っても、どこか悲しそうな顔をして「そんな者はいなかった」って言う。

そんなはずはない、ずっと家で付き人をしてたじゃない。

みんなどうかしてる、きっと何か裏があるはずだ。

ケンジが屋敷に帰ってこないのも、それが原因なのかもしれない。

そしてある日、屋敷に一本の剣が届けられた。

間違いない、これはケンジが使っていた伯爵家の剣だ。

私に見つからないように巧妙に隠して届けられていたけど、甘い。

小さい頃から使用人の動向や隠し通路まで知り尽くしたこの屋敷で、私の目を盗める人なんていないもの。

私は証拠を得たとばかりにお父様に詰め寄ったけど、それでもお父様はより一層可哀そうな娘を見るような顔で、こういった。

「ミゼット。……彼の事は残念だったが、そろそろ前を向きなさい。あの者はもうこの世にはいないのだ。ケンジ・ガルハートは我が娘であるミゼット・ガルハートと、この町全ての者たちを守るために魔族と相打ちになり、死んだ。彼の死を尊ぶのであれば、伯爵家の令嬢として彼の死を活かせるようになりなさい。冒険者たちにはもう口裏を合わせてもらっている。……彼の手柄は、お前の手柄となるのだ」

頭が真っ白になった。

……ケンジが死んだ？

何を言っているの？

嘘だ、そんなはずはない。

あいつは私のケンジなの、絶対に誰にも負けるなんて事があるはずがない!!

お父様は嘘を言っている!!

「ミゼット。可哀そうなお前の為に、既に新しい付き人を用意している。彼が死んで悲しいのは分かるが、また一から使用人と関係を築き始めればいい」

「………………」

頭が沸騰しそうだった。

私に新しい使用人ですって？

そんなものは要らない。

私にはあいつがいてくれればそれでいい。

それにそんな使用人なんかに、ケンジの代わりが務まるなんてありえないわ。

その使用人は私がピンチになった時に、絶対に駆けつけて助けてくれるの？

その使用人は少女マンガの時のように、私に聖騎士の教訓を与えてくれるの？

きっと、そのどれもがケンジにしかできなかった事だ。

新しい使用人に務まるとは思えない。

でもそれを言ったところでどうにもならないって事は分かったわ。

みんながケンジを死んだものとして扱って、その手柄を有効活用するために私の箔付けとしている事も理解した。

結局あいつがなんで帰ってこないのかは分からないままだけど、でもこれで、今後どうすればいいかの方針は定まったわね。

そっちがその気なら、私にも考えというものがあるわ。

「失礼しましたお父様、私はどうかしていたようです。これからは前を向き聖騎士になって、ケンジのためにも権力と力を手にしたいと思います」

「おお、分かってくれたか我が娘よ！」

お父様はとてもお喜びになっているようだけど、もうその姿は私の目には映っていない。

私はこの国で聖騎士として成り上がり、ケンジを探し出す事に決めたのだから。

きっとこれはあいつからの試練というか、嫌がらせね。

今回私は魔族との戦いで足手まといになってたし、あまりにも不甲斐ないから遠くで様子を見ているんだわ。

いつも余裕そうに見えて小さな事をいちいち気にするケンジのことだもの、きっとそうに違いない。

だから今度こそあいつの隣に立てるように、一刻も早く聖騎士になって権力と力を手にし、どれだけ私という女が素晴らしいのかっていう事を見せつけてやらなければならないの。

もしその時になってケンジが見つかり、他領で遊び惚けているようなら叩きのめしてやるわ。強くなった私の力を思い知らせてあげる。

そう決意した私はさっそく回復魔法と狩りのトレーニングを再開し、今まで以上の速度で力を得ていった。

だけど、もちろん教訓も忘れていない。

力を追い求めてそれに呑まれるなんて、もってのほか。

あいつの部屋に置いてあった少女マンガは全部私の部屋の宝箱に保管して、大切にとっておいてるわ。

強く賢く美しく、決して誇りを捨てずに強きをくじき弱きを守る。

そして力に振り回されない。

私があいつから教えてもらった大切な約束は、今も生きている。

次に会った時に言いたかった言葉は、強くなってその顔に一発拳を打ち込むまで、とりあえずはとっておいてあげるわ。

ふふん、感謝しなさい。

直々に会いに行ってあげるんだから。

この国のどこにいようとも、いえ、この世界のどこにいようとも探し出してとっ捕まえてあげる。

だから、いつの日かあんたの背中に追いついたら、頑張って強くなった私を褒めなさい。

そして騎士の誓いとして、私の剣を受け取るのよ。

今度はその剣《ちかい》があんたを守るわ、絶対に。

断ったりしたら、許さないから。

「これはいずれ最強の聖騎士になる最高の乙女、ミゼット・ガルハートからの宣戦布告よ!!」

それまではせいぜい、私の活躍を遠くから見守っていればいいわ！

閑話　戸神黒子Ⅱ

とある日の朝、戸神黒子は自らの想い人である斎藤健二の自宅へと訪れていた。

いつも控えさせている黒服のボディガードは存在せず、その手には目的地となるアパートの部屋番号が記された紙が握られている。

「えーっと、確かご自宅はこの場所ですよね……」

彼女は方向音痴ではないので当然向かった場所はここで間違いない。

しかしそこは大豪邸に慣れているお嬢様の感覚からすればあまりに質素で、まるで物置か何かのような風体のボロアパートだった。

本当にここにあの殿方住んでいるのだろうかと、若干の疑問を抱いているようだ。

本人が聞けば何を失礼なと思うだろう感想だが、実際に戸神家の物置はこのアパートの一室よりも金がかけられ立派なため、それを見れば納得せざるを得ないだろう。

「と、とりあえずチャイムがついていますし、鳴らしてみましょう」

しかし幾度チャイムを鳴らしても反応がない。

やはりここは人間が住むような場所ではなかったのではと思う黒子だが、とある事情を思い出し首を横に振った。

「いえ、ですが確かに斎藤様の反応はここで途絶えました。万が一この部屋があの方の住む住居でなかったとしても、彼を見張っていた式神との通信が途切れた事には違いありません」

何を隠そうこの少女は陰陽師だ。

よって、自分の想い人兼屋敷の重要人物として一目置かれている斎藤を尾行するため、日本に居る間は常に式神を使い居場所を把握していた。

だがその式神がある時を境にプツリと反応しなくなり、通信が途絶えてしまった。

それは斎藤がアプリを使い異世界へと旅立っているためなのだが、そんな奇天烈な真実はいかに陰陽師一族の天才少女といえど把握できるものではなかった。

式神が通信を途絶えさせたのは何故なのか、普通に考えれば理由は二つある。

一つ目は自分が尾行されていると気づき、自力で式神を剥がすという真っ当な方法。

二つ目は尾行していた対象に何かアクシデントが起き、死亡またはそれに連なる大けがを負っているという事だ。

黒子は二つ目の可能性はまずありえないだろうと思い、斎藤が自力で式神を剥がしたのだと思っている。

しかしチャイムを鳴らせど反応の無い部屋からは一切の人気が感じられず、頭にもしかしたらという一抹の不安がよぎった。

「いえ、やはりこれは言い訳ですね。私は斎藤様のお力を信じているのにもかかわらず、こうして何かと理由を付けてはお部屋に上がり込もうとしているのです……。私ともあろうものが、こんなにも状況に甘えた考えをするなんて……」

考えていた二つ目の選択肢を自ら否定し、もしこんな甘い考えを彼に知られたら恥ずかしくて死んでしまうかもしれないと、顔を真っ赤にして悶《もだ》えてしまう。

だがせっかく一人で部屋まで来たというのに、何の成果も無しではつまらない。

そう思った黒子は少しの間だけ熟考し、とある結論に至る。

「そうだ、私がお部屋に上がるのがダメなら、式神を使って覗けばいいのです。そうですね、そうしましょう」

本人が部屋に上がるのも式神を使って部屋に上がるのも、やっている事は全く同じなのだが、その事に恋する乙女は気づかない。

なぜか突然、間接的にやるならセーフという謎のルールを爆誕させたようだ。

そして鞄から取り出した汎用型の式神を片手に呪文を唱え、自立する仮初の命を誕生させた。

術者の命令を聞いて、込められた霊力が切れるまで自動で動くロボットのようなものである。

「では式神さんたち、斎藤様のお部屋で何か異変が無かったかの捜索をお願いします」

いくつか誕生した式神たちは術者の命令を聞くと、まるで軍人のごとく綺麗にまとまった敬礼をして扉の隙間から部屋内部へ入り込んでいく。

式神本体は紙切れで出来ている為、扉に鍵がかかっていようがそうでなかろうが、少しの隙間さえあれば自由に移動できるのだ。

それからしばらくして、任務を終えた式神たちが戻ってきた。

扉に備え付けられた鍵を内部からガチャリと回し鍵を開け、対象の部屋から一冊の本のようなものを取り出してまた鍵を閉める。

もう完全に泥棒そのものだが、それでもなお恋する乙女は気づかない。

むしろこの本が何かの手がかりなのではないかと、そう疑っている。

「ご苦労様です。あなたたちはそこで待機していてください」

渡された本を開きじっくりと観察する。

するとそこには斎藤が十年の間で溜めた社員旅行の写真や、たまに部下の宮川と訪れた時に面白かった、ゲームセンターでの最高スコア更新自撮り写真などが無造作に納められていた。

写真といってもスマホで撮影したものをパソコンに取り込み、安いコピー機で印刷したただの自己満足な記録更新集だ。

しかし黒子はまさか式神から渡された手がかりが斎藤のアルバムだとは思わず、一瞬ドキリとしてしまう。

そして目が離せなくなり、気づくとアルバムから一枚の写真を切り取っていた。

そう、切り取っていたのだ、手刀で。

「……はっ⁉　わ、私は何をっ！」

無意識から戻ると、その手には既に手刀によって切り抜かれた、斎藤のドヤ顔写真が手に収められている。

彼が本来苦手なシューティングゲームで、奇跡的にハイスコアを記録した時に撮った写真だ。

それはもう、ドヤ顔の中のドヤ顔。

決めポーズまでつけている。

「か、かっこいい……。で、ではなく！　……ごほん。あのですね式神さん、これは斎藤様の個人的な所有物です。勝手に持ち出していいものではありませんよ？」

術者からそんな忠告を受けた式神たちだったが、彼らは何食わぬ顔でそっぽ向き口笛の吹き真似をする者や、むしろ手刀で写真を切り取ったのを称えるかのようにサムズアップする者までいた。

天才術者が作り出しただけに、あまりにも個性に溢れている。

恐らく術者が無意識下で本当に望んでいる事を汲み取り、それを実現すべく実行しているのだろう。

それはつまり、戸神黒子という少女は斎藤の写真が欲しかったという事になる。

「し、仕方ありませんね……。もう、悪ふざけは今回だけですからね。このアルバムは元の場所に返しておいてください。斎藤様はお部屋にいらっしゃらなかったようですし、私はもう帰ります」

そう言って切り抜いた写真を何食わぬ顔で財布にしまい込み、まるで何事も無かったのように帰宅する。

口調だけは怒っているように見えるが、その足取りはどこか軽い。

本人は絶対に認めないだろうが、想い人の写真を期せずして手に入れた事が嬉しいのだろう。

帰宅する彼女の顔は明るく、というよりニヤけていた。

アプリで見る世界の動き

魔族との決戦を終えて自宅の部屋に戻ってきた俺は、飯、昼寝、風呂を終えて再度アプリを開いた。

スマホ画面の中では、決戦の地となった森にまだ沢山の人が行き交っている様子が映し出されている。

魔族が生み出した洞窟の内部には、研究者のような出で立ちのヒト族と護衛の騎士や冒険者などがたむろしており、この地で何が起こったのかを調べる人員で埋め尽くされていた。

魔大陸から遠く離れたこの地で魔族を見かけるなんて異例の事だろうし、何か今回の手がかりを見つけるまではしばらくこの状態が続くだろう。

もしまた【ストーリーモード】をプレイするならば、少し時間をスキップしてから再開した方がいいかもしれない。

「しばらく向こうで隠居生活を送っていたが、こちらではまだ一週間しか経っていないのか……」

凡そ二ヶ月と少し向こうの世界で暮らしていたが、カレンダーを見るとこちらの世界では七日しか経っていなかった。

時間の進み方が違うとは思っていたが、まさか現実では時間の進みが十分の一だったとは……。

これは思わぬ発見である。

電話の履歴やメールを見ると有給を取った事に対する上司からの小言や、休暇中だというのに人手が足りなくなったとかいう理由で、俺の出勤を催促するメッセージで埋め尽くされていた。

俺はそのメッセージ全てをそっと見なかったことにしてゲームを再開する。

正直なところ有給消化の後に会社を辞める身としては、こんなブラックな戯言には付き合っていられない。

できれば今すぐに辞表を叩きつけに行きたい。

「さて、上司の小言は放っておくとして、世界の情勢はどう移り変わったかな？」

世界地図を操作し惑星に点在する島や大陸を見ていく。

とある大陸では人間種同士の戦争が起き、獣人族などを多く含む亜人連合とヒト族の軍隊が戦いを繰り広げているようだ。

この大陸には正直行きたくないが、レベル上げをしやすいというメリットを考えるとあながちハズレ大陸でもない。

候補の一つとして捉えておこう。

次に日本の大きさ程あるとある島では、瘴気にあてられて狂ったと思われる八首の竜族、物語で語られる八岐大蛇《やまたのおろち》のような化け物と個性的な民族衣装を纏った人間種が、今まさに最終決戦の火蓋を切り一対一での死闘を繰り広げていた。

この島国は近くに魔大陸があるために生息する魔物が段違いに強く、さらに魔神や魔王の手先がチラホラと竜族の目を掻い潜って悪さをしているようだ。

……この大陸は無しだな。

別に魔神や大蛇が怖いとかそういう事じゃなくて、単純に冒険者ギルドが無さそうだからだ。

また身分の確保から始め振り出しに戻るのは遠慮したい。

せっかく手に入れたC級冒険者という肩書きがあるので、なるべくなら殆どの島と大陸で通用する冒険者という身分を活かせる地域で活動したいものだ。

同様の理由で龍神が居を構える山脈や魔大陸そのものも無し。

ここらへんはもっと後からでいいだろう。

その後もあちこちに目を向けて世界情勢を見て回ったが、やはり身分の確保とレベル上げという観点では、最初に目をつけた大陸である紛争地域が良さそうだ。

といっても紛争が起きているのはこの大陸全土という訳ではなく、その大陸を大きく占める大国が亜人を弾圧したことにより、その国の反乱軍が決起を起して戦っているという印象だった。

弾圧している大国以外の周囲にある中小の国や、その大国と同じくらいの大きさがある別の国なんかはいたって平和だ。

まあ平和といっても人間である以上争いは避けられないし、多少の小競り合いは起こしているようだが、そんなのはどこでも同じである。

この地球だって大小の違いはあれど、戦争の歴史があれば差別の歴史だっていくらでもあった。

別にこの惑星だけが特別な訳ではないので、特段語ることはない。

そんな事を考えながら世界地図をくるくる回し徘徊していると、ふいに龍神の動きが目に留まった。

いつもなら魔大陸を監視するためにその周囲の山脈や島でじっとしているのだが、彼は突然島を離れ世界樹のある人間大陸へと向かっていく。

ちなみに世界樹がある人間大陸というのは、俺が先日まで活動していた大陸の事である。

樹高千メートルはありそうな馬鹿でかい樹である世界樹の事も、そのうち見に行こうと思っているが、いかんせん陰陽師一族である戸神家に妖怪退治を誘われている手前、レベル上げを優先してしまいなかなか行く暇がない。

せめて聖騎士のレベルを上げ新スキルを獲得するくらいじゃないと、臆病なおっさんとしては安心できないのだ。

現実世界ではやり直しが効かないため、常に力を蓄え行動は慎重にすべし。

話を戻すが龍神は単騎で世界樹へと向かっていくと、山のように大きな世界樹の麓《ふもと》で着陸した。

いったい何しに来たんだと思ったとたん、今度は世界樹から精霊……、いや女神のような出で立ちの女性が輝きを纏って現れた。

え？

なんで女神？

世界樹からなんか女神が出現したんだけど。

しかも御供であろう半透明の精霊を複数引き連れて。

というか女神っぽい存在が出現しているというのに、世界樹の麓で栄える町の人々は誰一人として気づいた様子がない。

もしかしたら、龍神か女神がなんらかの隠蔽スキルを使っているのかもしれないが、あの女神のデカさで気づかないって相当だな。

世界樹本体程ではないが、女神の身長十メートルくらいあるぞ。

もしかしたら普通の人の肉眼ではそもそも見えなくて、アプリの力だからこそ見えてるのかもしれない。

この説が濃厚だな、うん。

とりあえず世界樹に何があったのかを確認するため、というかそもそも世界樹とは何なのかを知るために【生命進化】の機能を使って解説を探す。


【世界樹】

植物の最終進化形であり、自然そのもの。

龍の最終進化形である龍神と同じく創造神の加護を強く受けており、一種の亜神。

世界樹そのものは戦闘に特化していないが、眷属である大精霊の戦闘力は高いため、総合戦力は龍族に匹敵するほど高い。

世界樹が持つ精霊としての肉体は魔力そのものであるため、大きさの縮尺に意味はなく、自由に規模を変えられる。

別名、精霊神や豊穣の女神などとも呼ばれる。

「へ～」

いや、へ～としか言えない。

そんな存在だったのか世界樹、すごい。

それにしてもいつもいい加減な図鑑解説にしては、今回は随分詳しい説明が出たが、それだけ世界樹という存在はこの惑星にとって重要だという事なのだろうか。

まあ、龍神のように儀式もなにもなく自力で亜神になったような奴だもんな、それだけ凄い奴って事なんだろう。

ちなみにその後、龍神と世界樹は何かやりとりをした後にすぐに別れ、龍神はまた別のどこかへ旅立っていった。

じっくり見ているとたまに魔大陸に戻って監視業務も並行して行っているようなので、やはりこいつの性格はクソ真面目で決定だ。

一連の行動になんの意味があるかは分からないが、きっと大事な事なんだろう。

いずれ龍神と出会う事があれば何をしていたのか色々聞いてみたい。

妖怪退治

龍神が世界を飛び回り何かしていたが、それはさておき次の目的地は紛争国家のある亜人弾圧地域に決まった。

しかし【ストーリーモード】では肉体の復活地点は固定され、戦闘不能になった場所でしか蘇る事ができない。

そのため俺は【スキップ】機能を使い時間を早回しして、魔族との戦いで集まった冒険者たちが散るのを待つ事にした。

ほとぼりが冷めるまでに何か月、もしくは何年か必要かもしれないが、ストーリーモードが追加されて以降のスキップ機能は年単位での調整が可能らしく、項目に何年スキップしますかという表示が追加されていた。

最初のあの何の説明もなく世界を創造させられたアプリとは思えない、実に親切な設計だ。

俺はとりあえず一年だけ時間をスキップさせ様子を見る事にした。

設定した一年間のスキップには凡そ一時間かかるらしいので、二度寝でもしてベッドで横になると、今度は部屋にチャイムの音が響き渡った。

……まさか会社の人間じゃないだろうな。

社畜だった俺が急に有給を取ったんだし、部下の宮川あたりが訪問しに来てもおかしくはない。

あいつは俺の家を知ってるし。

居留守がバレないようにそっと玄関まで赴き、扉に設置されているドアスコープを覗き込む。

するとそこにいたのは、いつものように黒髪が美しい美少女A、もとい戸神黒子だった。

どうやら会社関連ではなかったらしい、よかった。

いや、良くないか。

妖怪退治に誘いに来たと考えれば、会社の人間よりもヤバイかもしれん。

「突然失礼します斎藤様。戸神です」

「はいはい、今開けますよ」

俺が扉を開けて戸神お嬢さんを出迎えると、何やら神妙な面持ちでボディガードの黒服を控えさせていた。

明らかに何か問題を抱えてそうな表情だ。

まさか本当に妖怪退治か？

命の残機《ざんき》が無い現実のおっさんを戦いに巻き込むのはやめてほしい。

「斎藤様、実は折り入って話があります。……斎藤様なら既にご存じかと思いますが、例の妖の件です」

「あ、ああ、はいはい。例の妖ですね。とりあえずここで立ち話もあれなので、中へどうぞ」

例の妖ってなんだよ。

斎藤様ならご存じかと、とか言っているが俺は何も知らないぞ。

この前までただの一般人だった社畜に、何を求めているんだこのお嬢さんは……。

この力が最近手に入ったものだとは知らないだろうという事を考慮に入れても、それがどうして例の妖とかいう存在に繋がるのか。

何やら危険な臭いがぷんぷんするぜ……。

しかしそんな危険な臭いがする中でもお客はお客、その上美少女となればなおさら玄関で棒立ちさせる訳にはいかない。

とりあえずということで、黒服たちを連れておっさんの狭いワンルームへと上がり込んだ戸神お嬢さんを案内して、ちゃぶ台の前に座らせた。

あり得ないくらいの豪邸に住む戸神家のお嬢様にはこの部屋が物珍しく感じるのか、しきりに辺りをキョキョロしている。

すまんな、これが独り身社会人の現実だ。

「……これは驚きました」

「いやはや、部屋が狭くて申し訳ないです」

「いえ、そうではありません。斎藤様のお部屋には防御結界も、妖から身を隠す隠蔽結界もありませんでしたので、ちょっと驚いてしまって……。てっきり普段から警戒は怠らないものとばかり……」

いやいや、普通の部屋にそんなものある訳ないだろ。

一体おっさんの部屋をなんだと思ってるんだ。

まるで俺が妖に襲われるのが常識みたいに言わないでください、怖くて夜も眠れません。

あ、もしかしてアレかな。

式神が音信不通になったのはこの部屋に防御結界が張り巡らされていて、俺がその力を使って身を隠していたとか思っているのだろうか。

完全な勘違いですよそれ。

「防御結界ですか……」

「あっ、もしかして！　ふふふ、私分かっちゃいましたよ。その辺の妖くらい、対策せずとも斎藤様なら一撃、という事ですね？」

あ、うん。

まず妖と戦った事がないんですよね。

そこから説明してくれると俺は嬉しいんだけど、かといってここまで期待を寄せてくれるお嬢さんになんて言えばいいか分からない。

ここに戸神家の爺さんやあの喧嘩少年がいてくれれば、「そんな訳あるか」くらい言ってくれるんだけどなぁ。

肝心な時に居ないものだ。

しかしよくよく考えてみれば、式神という未知の兵器を使う一族とはいえ、戦士レベル3の時の俺と互角のこの少女ですら対抗出来得る敵というのが、その妖とかいう謎の生命体だ。

今の俺ならばもしかしなくとも、本当に一撃で退治できてしまうのでは。

あれ、なんだか余裕だったりする？

実は俺、レベルの無いこの世界ではめちゃくちゃ強いのでは。

もちろんチンピラを相手にした想定ではなく、世界全体としてみてだ。

「ははは。まあ、その辺の妖だか妖怪だかには負けませんよ、ええ。こう見えて鍛えてますからね。妖とやらが現れたらこう、光の剣でサクッと真っ二つにしてやりますとも！」

「まあ！　それは心強いです！　それでは早速ですが、例の妖についてご説明させていただきますね！」

美少女の前で見栄を張り、条件反射で大口を叩いてしまった。

あ、やべえこれどうしよう。

この言い方だと俺が妖との戦いにノリノリみたいじゃないか。

完全に墓穴を掘った。

くっ、人を乗せるのが上手すぎるぞこのお嬢さん！

あまりにも腹黒い、腹黒すぎる！

その輝く笑顔の裏に闇の人格を幻視してしまう！

「よ、宜しくお願いします。それで、その妖というのは……？」

「ええ、実は知っての通りここら一帯は太古から居を構える九尾の大妖怪、『玉藻御前《たまもごぜん》』の縄張りではあるのですが、実は最近になってその九尾を封じる結界が弱まってきているのです……」

その後の話によると、大筋はこうだ。

どうやら大昔にはこの周辺地域全体を縄張りにしていた『玉藻御前』とかいう狐の大妖怪がいて、大暴れしていたらしい。

それを危惧《きぐ》した当時の陰陽師一家、目の前のお嬢様のご先祖である戸神一族がこの地の龍脈を利用し封印を行った。

当時は優秀な陰陽師何十人規模で九尾を押さえつけ、動きを一時的に止めた所で人柱《いけにえ》となる陰陽師を封印の素材に使い、なんとかこの地の奥底に幽閉する事ができたのだという。

しかし最近になってその封印に陰りが見え始め、徐々に九尾の力が漏れ出してきた事で妖怪が活性化しているらしい。

だが封印を再度施そうにも相手の力があまりにも強大なため、一筋縄ではいかず難航しているのだとか。

話をまとめると、だいたいこういう事のようだ。

「それで今日は封印のせいで活性化してしまった妖を討滅すべく、斎藤様のお力を借りに来た次第でございます。本当は一週間前にすぐにでもお力を貸していただけたらと思ったのですが、なにぶん式神の反応が途切れてしまい見失ってしまったので……」

戸神黒子は面目無さそうに言うが、それはまあ仕方がない事だろう。

そもそもその時、俺はこの惑星には存在していなかった。

たまに帰宅する事があってもそれは一時的なもので、すぐに【ストーリーモード】を再開していたため足取りを追うのは困難だっただろう。

とはいえ、妖怪退治か……。

一体どんな魔物かモンスターか知らないが、まあ漏れ出した力で活性化した雑魚が相手だというのなら、そんなに危険な事もないだろう。

こっちには以前は無かった切り札の光弾や聖剣招来がある。

まず負ける事はあるまい。

ここはひとつ腕試しとして、この世界の妖怪の力を見極めてみるのも良いかもしれない。

今までの人生では妖怪なんて一度もお目にかかった事はなかったが、万が一活性化して増えているとかいうその妖怪に一人で直面してしまった場合、手に負えない相手だったら詰むからな。

こうして妖怪退治の専門家がついてくれている時に戦ってみるのも、逆に考えれば安全な方法だという事になる。

「いいでしょう。毎回とはいえませんが、報酬次第では引き受けるのもやぶさかではありません」

「もちろん報酬はお約束します。……前金として五百万、成功報酬として五百万という形でどうでしょうか？」

「…………」

黒服が何事もないかのように、スッと五百万をちゃぶ台に出してくる。

ふむ、五百万か……。

え、五百万!?

驚いて黙りこくってしまった俺に何を勘違いしたのか、戸神家のお嬢さんはさらにとんでもないことを言い放つ。

「やはり、この程度の金額ではお気に召しませんか。だからあれほどお父様には報酬が少なすぎると進言していたのですが……。すみません斎藤様、いまの手持ちではこれだけしか用意できませんでした……」

「イエイエイエ、トンデモナイ！　ゴヒャクマンデ、ケッコウデゴザイマス！」

片言になった俺は戸神家に妖怪退治の報酬である前金五百万を受け取り、あまりの金額に心臓をバクバク鳴らしながらも依頼を承諾した。

あれ、もしかして妖怪退治ってめちゃくちゃ儲かる⁉

◇

前金五百万を受け取った俺は早速ポケットに入っているスマホに札束をかざし、次元収納を行った。

既に次元収納に関しては喧嘩少年との試合で披露しているので、今更隠す事もない。

「それでは斎藤様、私も個人的に相手をしなければならない妖がいますので、周辺の妖退治の方はお任せします……」

「ええ、お任せください。この斎藤、精一杯期待に応えて見せますとも」

「ええ、宜しくお願いします……。では、私はこれで……」

「ん？　おっと、大丈夫ですか？」

さすがに将来を期待されている陰陽師一家のお嬢様ともなると多忙を極めているようで、そう言って戸神黒子は立ち去ろうとするが、少し立ち上がった所で体から力が抜けたように膝をついてしまう。

立ち眩みだろうか……。

いや、それにしては顔色が悪いな。

というかこの感じ、どこかで見た事あるぞ。

えーっと、これはアレだ。

俺が会社で三連続で徹夜して、部下の宮川の失態を尻ぬぐいしていた時の症状に似ている。

簡単に言うと過労である。

「過労かな？」

「い、いえ。これくらいなんともありません。斎藤様のお手を煩わせる訳にはいきませんので、お気になさらず」

そういって彼女の肩を支える俺の手を退けようとするが、その手に籠っている力は余りに小さい。

確か彼女の実力は戦士レベル３だった頃の俺と互角のはずだ。

その地球人にしては圧倒的な実力を持つ戸神黒子の力が、まるで年相応の女の子のような見た目通りの力しか発揮できていない。

明らかに弱っているようだ。

さすがにここまで弱っているとなると、過労だけでは済まされないだろう。

力の使い過ぎか何かだろうか？

とりあえず回復魔法を試みる。

「仕事とはいえ、根を詰めすぎると妖怪退治どころではなくなりますよ。……痛いの痛いの飛んでいけぇ～」

「め、面目ありません。正直な話、治癒の異能は助かります。どうやらここ一週間で増えた妖を討滅するために、霊力を使い過ぎてしまったようです」

相変わらずセンスの無い呪文詠唱を終えると、多少ではあるが体力が回復したようだ。

しかし霊力の使い過ぎねぇ……。

俺には会った事もない妖怪の脅威なんて微塵も理解できていないが、それでも高校生くらいの女の子一人がここまでしないといけない理由なんてあるのだろうか。

もっとこう、高校生って自由に勉強して、部活して、遊んで青春を謳歌するものだろう。

戸神家という陰陽師一家に生を受けた以上、多少は厳しい修行や訓練で時間を持っていかれる事はあるかもしれないが、しかし何も命まで危険にさらす事はないと思うんだよね。

このままこの力無き少女が次の妖へと挑めば、想定している妖怪とやらが異世界での魔族や魔物のような危険性を持っていた場合、最悪の場合死に至る事だってあるはずだ。

正直、『命を大事に』が基本方針の臆病なおっさんとしては、このままこの少女を放っておきたくはない。

無理に彼女の抱えている問題に突っ込んで俺が死んでしまっては元も子もないが、幸い今の俺には異世界で手にした聖騎士の力が備わっている。

この非力な少女でも相手にできるような妖怪の、たかが一匹や二匹を俺が追加で相手にしたって、どうとでもなるだろう。

よし、実力的には大丈夫そうだし助けてやるか。

社畜として同じ経験を味わった事のあるおっさんの、ただの気まぐれってやつだ。

「ふむ。それなら俺が戸神さんの代わりにその妖怪とやらを相手にしますよ。恐らくその辺の雑魚よりは強力な個体なんですよね？　ここは俺の力、借りたくありませんか？」

「………宜しいのですか？」

俺らしくないニヒルな笑みで決め顔を作り、半ば強制的に協力を申し出る。

まあ彼女がどう断ろうが、既に俺の気まぐれは方向性を決めてしまっているため、方針を変える事はありえないんだけどな。

宜しいも宜しくないもなく、俺が決めた事を勝手に実行するだけだ。

「ははは、こういう時にこそ年長者の助けを借りるものなんですよ。社会を上手く渡っていくための秘訣です。処理しきれない仕事っていうのは、任せられる者に押し付けて生きるのが長生きするコツなんですよ」

俺はそれができないから社畜だった訳だが、それはそれ、これはこれだ。

何もこの少女にまで同じ道を歩ませる事は無いだろう。

すると突然、戸神黒子は笑いだした。

「ふ、ふふ、ふふふふ……。本当に斎藤様は面白い人ですね。サボるのが大切だなんて、そんな事を言う人には初めてお会いしました」

「はははははは」

「ふふふふふふ」

俺たちは何が可笑しいのか笑い合う。

どうやら彼女の緊張もだいぶほぐれたようだ。

あまり責任を感じてなんでもかんでも背負ってしまうと、どうしても無理をして失敗する。

人間このくらい適当に生きて余裕を持った方が人生上手くいくんだよ。

ミゼットではないが、人生の教訓その一、である。

「それで、俺はどこに向かえば？」

「ええ、それでは今からご案内いたします。相手は九尾の大妖怪の分け御霊、『玉藻御前』の娘である一尾の妖狐『紅葉《もみじ》』です。……一尾とはいえ相当の力を持っていますので、くれぐれもお気を付けください」

どうやら九尾の娘とかいう妖怪が相手だったようだ。

いや、どう考えても中ボスみたいな妖怪じゃんそれ。

そんな強敵相手にこの体調で挑もうとしていたのか？

大丈夫かこのお嬢さん、将来本当に過労死するんじゃないかと心配になる……。

一尾とはいえって言っているところを考慮すると、たぶん尻尾の数が増えれば増える程に九尾に近づき強くなるんだろうけど、それでも九尾そのものが大昔の陰陽師数十人で戦って、一時的に行動を阻害するのがやっとだった強敵だろ？

この状態で挑むとか、命を捨てに行くようなものだ。

……なんだか釈然としないが、まあようするにその一尾とやらをなんとかすればいいんだな。

よし、おっさん頑張っちゃうぞぉー。

◇

戸神黒子に対し、一尾討滅にあたっての協力を半ば強引に約束させた俺は、今にも倒れそうだったお嬢さんを黒塗りの高級車に担ぎ込んで目的地へと向かった。

一尾がどんな妖怪かは知らないが、とりあえずまず戦うのは俺だけだ。

今のこの、力を使い果たし疲労困憊といった状態のお嬢さんを戦闘に参加させる気はない。

まあそうは言っても己の性分っていうのは人間中々変えられないもので、たぶん注意したところでこのお嬢さんは自分も戦おうとするだろう。

故にそうならないよう、なるべく迅速に妖怪をなんとかしなくてはならない。

頼りになるのは今まで培ってきた基本職で覚える事のできるスキルの力と、新たに加わった聖騎士の力。

そして今現在取得しようとしている新職業の力だ。

異世界の魔族戦で【戦士】と【神官】を融合させ誕生した複合職【聖騎士】だが、当然二つが一つになったという事は今俺のキャラクターが就いている職業は二つ、【聖騎士】と【錬金術師】だけだ。

故に職業枠にはあと一つの空きが生まれており、キャラクターメイキング画面のアプリを操作する事で、新たな力を得る事ができるようになった。

だが新戦力となる職業を目的地へと向かいながら色々調べてみたが、車の中でいくら画面と睨めっこしてもピンと来るものはない。

当然新しい職業に就いて基本スキルを自動で覚えれば今より強くはなるが、聖騎士の時のように複合職として昇華しそうな、緩い条件で転職の条件を満たす基本職が見当たらないのだ。

聖騎士は複合職として完成してしまっているので、必然的に錬金術師と相性の良い条件を探すわけだが、……これがまた錬金術師という職業はクセ者だった。

ただレベルを上げて融合させれば良かった聖騎士とは違い、錬金術師と合成させて生まれる複合職には、レベルだけでなく所持アイテムの有無や錬金経験の有無が影響するらしい。

キャラメイク画面の解説によると、錬金アイテムである体力回復ポーションと魔力回復ポーション、そして毒麻痺眠りに対となる解毒剤を用意し、暗殺者を融合素材にする事で複合職業【忍者】が生まれる。

当然ながらこれら全ては自力で錬金したものでなければ効果が無い。

何故かは分からない、それはアプリに聞いてくれ。

また超レア素材を集めて作られる賢者の石や、または超高位の魔導書の錬金経験があれば魔法系の職と融合させる事で、複合職【大魔導士】が生まれるようだ。

このように錬金術師はステップアップに経験やアイテムがモノを言う変わり種の職業なので、ただレベルを上げてはい融合、という訳にはいかないようなのである。

しかしせっかくレベルを上げたこの職業を今からリセットするには忍びないし、なんとか今後も活躍できそうな、尚且つ条件の緩い複合職の前提を探したところ唯一条件に引っかかるものを見つけた。

「……魂魄《こんぱく》使い、か」

「何か言いましたか、斎藤様？」

「いや、なんでもないです」

つい口に出してしまったが、魂魄使いという基本職業がレベル次第では錬金術師とそのまま融合できるらしい。

ただ肝心の転職先である複合職の方だが、これは名前からして地雷の予感がしてならなかった。

なんと魂魄使いと錬金術師を融合して生まれる複合職の名前は、【悪魔】なのである。

まあ確かに悪魔と言えば人間の魂などを使役したり、または自分の都合の良いように弄ったりと伝承や伝説には事欠かない。

あくまでも魂をアイテムと見做す悪魔のそれは、錬金術師との融合っぽいと言えばそれっぽいが、職業として認識していいのかこれは。

まさか【悪魔】に転職しただけで何かしらのペナルティが発生するとか、そんな仕様はないよな？

どうにも不安だ……。

しかし他に代案もないので、俺は若干引き気味になりつつも仕方なく魂魄使いを選択する事にした。

魂魄使いの初期スキルは『魔力強奪』というらしい。

どうやらこのスキルは相手に触れたり、または傷を負わせたりすると相手の持っている魔力を奪い取る事ができるようだ。

奪った魔力はそのまま自分の物にできるようなので、『聖剣招来』と組み合わせればダメージを与えれば与えるほど、無尽蔵に強くなる聖剣を作成できてしまう訳だ。

なんだこのスキル、あまりにも凶悪すぎるぞ。

まあ俺以外の異世界人はその仕様上職業を一つしか持てないため、本来この組み合わせが実現することは万に一つも無いし、そもそも魂魄使いに就くための修行方法も謎だ。

よしんば魂魄使いになったところで基礎パラメーターは低いわ、直接的な攻撃手段は無いわ、そもそも魔力を強奪させてくれる相手が居なければレベルが上がらないわで、大成する見込みが全くない。

それほどドマイナーな職業が俺にとっては強力な武器となり得るのも、ひとえに基本職業を無条件に取得でき三つも所持できるから、というところが大きいだろう。

だが、何はともあれこれで準備は整った。

あとは妖怪退治に挑んで問題を解決すればいいだけである。

「斎藤様、目的地が見えてきましたよ。あの祠《ほこら》が九尾の分け御霊である一尾が封印されている場所です」

戸神黒子が指さすその先には、狐の石像の前にお稲荷さんが置かれ祀《まつ》られている祠があった。

ふむふむ、あそこがそうなのか……。

というか封印されているとは言うけど、俺には何にも感じないぞ。

妖怪と聞いて色々警戒していたが、異世界で魔族に出会った時のように違和感とか、瘴気っぽい何かとか、そういうのは一切感じられない。

むしろ祠の周囲に自然があり空気が美味しく感じられるくらいだ。

はて、どこにそんな強い妖怪がいるんだろうか？

全く以って謎だ。

◇

「おかしいですね、ここにもいません。斎藤様の方はどうですか？」

「俺の方も見当たらないですね。全く以って、手がかり無しです」

「そうですか……」

え～、現在この地に赴いた者たち総出で、どこかに逃げたと思わしき一尾の妖怪、紅葉を捜索中。戸神家のお嬢さんも黒服も俺も、みな森の中を駆けずり回ってその足取りを追っている所だ。

そもそもからして何故こうなったのかというと、この一尾が封印されているという祠にやってきたは良いが、既にその封印が破られとっくに妖怪が野に放たれていたというのが事の発端である。

封印が弱まっているのはお嬢さんも把握していたらしいのだが、まさか既に破られていたとは思いもしなかったらしい。

ここから先は戸神家の言い訳になるが、一尾というのは大妖怪である九尾の系列の中でも最も力が弱く、そこまで厳重に管理しなくともどうせ己の力で破ってはこれないだろうと、そう思ったのが失敗だったようだ。

もちろん九尾の影響で封印にガタが来る頃だから、ならばこちらから討滅に向かってしまおうという判断そのものは正しかったが、如何せん一足遅かったようである。

既に一尾の姿は何処にもなく、どこかに行ってしまったと考えるのが妥当だそうだ。

「まあ、いないものはいないんだし、一尾の事はまたあとで対策を練ればいいんじゃないですかね」

「そうですね、確かにこのままでは埒が明きません。一旦休憩にしましょう」

そう言って彼女は黒服に携帯椅子を用意してもらい休憩を取る。

おお、あの黒服プロだな。

自らが仕える お嬢様が疲れて休む事を見越していただけでなく、座りたいタイミングで椅子をスッと差し出したぞ、スッと。

その動きには何の迷いもなく、実に見事だった。

他の黒服も負けじとお茶やお菓子を用意しているようで、彼女が何不自由なく休憩できるよう最善を尽くしている。

はぁ～、これが戸神家に仕える使用人のレベルか。

たぶんガルハート伯爵家よりも一人一人の質が良いんじゃないかな。

もちろん戦闘力面では異世界側が圧倒しているけど、こちらの方は気遣いの差が顕著に出ている。

「さてと、俺は俺でコンビニのおにぎりでも食べて休憩しますかね」

次元収納から取り出したおにぎりを手に取り、ビニールを剝いて口に運ぶ。

運ぶが、噛み応えが無い。

……あれ？

なんかおにぎり消えてるんだけど。

どしてどして？

辺りを見回すが、どこにもおにぎりを落とした形跡はない。

……良く分からないが、消えてしまったものは仕方がない。

もう一度次元収納からおにぎりを取り出し、今度は慎重に、それはもう慎重におにぎりを凝視しながら口に運ぶ。

すると――――。

「(スッ……)」

「………」

するとどうした事だろうか。

なんと何もない空間から穴が開き、小さな子供の手がおにぎりに伸びて俺の大切なツナマヨ（税込み120円）を強奪していくではないか。

そしてあろうことか、そのままおにぎりは穴へと引きずり込まれていく。

「ってバレバレじゃゃぼけぇ!!」

「………ぬぐぁぁっ!?」

穴に引きずり込まれそうになったおにぎりを死守するため、俺は引っ込んでいく子供の手を握って逆に引きずりだした。

甘い、甘すぎるぞおにぎり泥棒。

貴様が誰かは知らんが、ツナマヨが欲しければ自分で買え!!

「このおにぎりは俺のだ！　人からごはんを取ったら泥棒！　この言葉の重さが分かるか!?」

「ぬぁぁぁっ！　後生じゃ、後生じゃからその食料を儂に分けてくれぃ！　せっかく封印から出てきたのに、人間の町は変り果て森には動物も果実もない！　このままでは餓死してしまう！」

……え、封印？

なんか今封印から出てきたって言わなかった？

引き摺り出した子供をよく見てみると、茶髪の髪の毛の上には狐耳がピョコンとはみ出ており、お尻にはもふもふの尻尾が力無く垂れていた。

まさかこいつは……。

「…………なっ⁉　斎藤様、御下がりください！　それは妖でございます！　それも恐らく今回のターゲットとなる一尾の狐です！　結界術一の型、鉄牢！」

「あわ、あわわわわ……。お、陰陽師が、陰陽師がおるぅうううう⁉」

まさかとは思ったが、どうやら正真正銘の一尾の狐だったらしい。

ただなんというか、そんな結界術とか使わなくてもたぶんこいつ逃げる力も無いんじゃないかな。食料となる生き物どころか果物も無く、見るからにこの辺りを彷徨って餓死寸前まで弱っているのが見てとれる。

そりゃあ力を取り戻したら何をするか分かったものじゃないけど、さすがにこの弱った子供の妖怪を力の限り叩き伏せるのはなんというかこう、……弱い物イジメのような気がしてならない。

というか、現に戸神お嬢さんが陰陽師と気づいた一尾は怯えてるし。

たぶん自分が封印された事でトラウマにでもなっているんだろう。

話を聞く限り一族の中で最も弱かったらしいからね、こいつ。

「はぁ……。なんだかなぁ……」

「斎藤様、早く御下がりください！　幼い女の子の姿をしていますが、その妖怪は尋常ではない強さと、そして人を欺く知恵を備えております！」

「いや、言ってる事は分かるんだけどね」

一応逃げないように掴んだ手を離さずにはいるが、妖怪の抵抗力を試すために一瞬だけ『魔力強奪』を行ったところ呆気なく成功した。

これ以上強奪したら死んじゃいそうだからしないけど、たぶんこの一尾とかいう妖怪、完全に力を取り戻したところで俺の敵じゃないと思うんだよね。

「後生じゃぁぁぁ！　後生じゃから殺さないでおくれぇ！　大昔に悪さをしたのは悪かった！　あれは母様《かかさま》の力が怖くて、仕方なく命令に従っていただけなんじゃぁ!!」

「こ、この女狐め！　そうやって斎藤様の同情を誘おうとして……！　小賢しい!!」

いや、うーん。

二人の言い分はとっても良く分かるというか、なんというか。

上司の権力が強く、命が惜しくて馬車馬のように働いていた社畜妖怪である一尾の言い分も分かるし、悪さをしてきたクセに今になって許してもらおうとか虫が良いという、戸神黒子の言い分も分かる。

さて、どうしたものか。

……あっ、そういえばあの手なんかどうだろうか。

「そうか、この地でこいつが許されないという事であれば、俺がこいつを弱っているうちに日本から追放すればいいんだ。そうだこれでいこう」

「どういう事ですか斎藤様？」

思いついたアイディアに戸神お嬢さんが食い付くが、要はこういう事だ。

俺がこのまま一尾を自宅まで連行し、日本での戦利品として次元収納にしまい込み、異世界に連れて行ってしまえばいいという事である。

そうすれば悪逆の限りを尽くす強大な上司である九尾からも逃げられるし、もう日本で悪さをする事も不可能。

仮にこいつが俺を欺くために嘘をつき何かを企んでいたとしても、既に頼りになる上司の九尾は別世界のどこか遠くの存在って訳だ。

完璧な作戦である、これで行こう。

問題は次元収納に生き物が入るかどうかだが、まあたぶん大丈夫だ。

だっておにぎりはいつまで経っても腐らなかったし、腐らなかったということは時間が止まっているという事でもある。

さらに時間が止まっているという事は、次元収納内部に危険が有っても無くても肉体に影響を及ぼすことは無いという事だ。

うむ、どこにも穴は無いな。

「まあ、ちょっとこちらの事情で特殊な封印、もとい追放の異能が自宅で使えるんですよ。それを執行しますので、ここは俺を信じて任せてもらえると助かります」

「で、ですが……」

「要はもう悪さができないようにすればいいんですよね？　なら、これで問題はないはずです。もちろんそれまではこの俺が拘束を解かずに、衰弱させた状態のままにしておきますから」

戸神黒子はしばらく俺と一尾を見て考え込んだようだったが、いくらもがいても俺の手から逃げ出せない一尾を見て一言「分かりました」と呟いた。

ふむ、なんとか信用してもらえたようだ。

この借りはいずれ、他の雑魚妖怪を張り切って退治する事で埋めさせてもらうとしよう。

◇

ひょんな事から衰弱した一尾を保護し異世界に追放する事になった俺は、とりあえずその日は解散という事で自宅に戻ってきた。

弱っているのに俺から逃げ出そうと……、いや、陰陽師である戸神黒子に恐れを抱き逃げ出そうとする一尾だったが、さすがに力を失い過ぎていたのかもがいているうちに疲れ果てて寝てしまっている。

黒塗りの高級車の中でスヤスヤと丸まって眠る一尾は、どう見てもただの子ども妖怪だ。

こいつがどんな悪さをいままでしてきたのかは戸神家のお嬢さんから聞いたが、やはりというか悪さの内容が小賢しく、そこまで悪行を働いたという印象は受けなかった。

曰く、幼い外見で相手を油断させ、人に近づく事で陰陽師などの妖怪を討滅する者たちの動向を探り、九尾への内通者として動いていた。

曰く、姿を消し隠れるのが上手く、よく食料や宝を盗む事であらゆる地で被害を出していた。

曰く、逃げ足が速く討滅するのが困難であった。

などなど、大雑把に言うとそんなところだ。

正直俺から言わせてもらうと、やっぱこいつ九尾に良い様に使われてただけなんじゃないか、という感想しかない。

なんというか大した悪さをしてないし、自分の力で陰陽師などの異能者と戦う力が無いから内通したり、生きるために他人の食料を漁ったり、見つかったら逃げたりと小賢しいことこの上ないな。

こいつの一つ上の姉である二尾なんかは、普通に人間と戦い殺して奪っての戦闘狂らしいので、たぶん末っ子の一尾だけが特別弱かったんだろう。

やっぱりあの時殺さなくて良かった。

まあ実際に万全の状態で戦えば、九尾の娘としての血が流れる妖怪である以上、同じく万全の状態である黒子といい勝負はできそうではあるが、俺にはこいつがそういう選択を取るとは思えない。

九尾一族の中で最も力が弱く戦いの危険性を理解しているこの一尾は、きっと俺と同じく『命を大事に』の方針で生きているはずだ。

そういう奴だからこそ戦える力があるのに戦わない。

人に紛れ生活した事で陰陽師がどれだけ脅威なのかも理解しているし、姉やその親である九尾すらも封じられる可能性を悟っていたこいつは、自分の力を『逃げる』、『隠れる』、『紛れる』に特化させた。

なんとも臆病な妖怪も居たものである。

余談だが、そんなしょうもない考察を車の中でする俺の横で、戸神黒子は今日の出来事を深く考えており、時折一尾をチラりと見ては溜息をつき、またチラりと見ては溜息をついていたりしていた。

たぶん妖怪退治を生業とするお嬢様である以上、大昔に悪さをしたと伝えられている大妖怪の娘に、この討滅のチャンスを逃がしていいのかを考えていたのだろう。

だがチラリと見れば気持ちよさそうに眠りこけているわ、またチラリと見ては鼻ちょうちんを出してニヤけているわで、討滅しなければという気がそがれているに違いない。

一尾の姉である妖怪や大妖怪である九尾なんかは残虐な性格らしいので、戸神お嬢さんも俺も手加減できないと思うが、こいつはちょっと特殊というか、例外だからなぁ……。

まあ、そう不安にならずとも俺がしっかり異世界へ送り付けるので心配はしないでほしいものだ。

そんな訳で自宅に戻ってきた俺は、さっそくこの一尾を次元収納すべくスマホを取り出した。

「おい、起きろ。収納するぞ」

「……んぁ。……やめてくだされ母様、紅葉に戦いは無理でするぅ。……むにゃ」

どうやら寝ぼけているらしい。

寝言の内容から察すると、九尾である玉藻御前の命令で戦いに出撃させられる夢のようだ。

社畜妖怪も大変だな、夢でもこき使われ働き詰めにされるとは。

まあぶっちゃけこいつが起きていようと、そうでなかろうと、次元収納する方針は変わらないのでこのまま収納してしまう事にした。

ちなみに収納はあっさりと成功した。

こう、スマホをかざして念じるとふわっと消えたよ、ふわっと。

「これで良し。さて、それじゃ本来期待されていた仕事の方にも着手しますかね」

前金として五百万も貰っているので、さすがに妖怪退治をしない訳にもいかない。

どこに妖怪がいるかなんて知らないけど、まあ適当にほっつき歩いたら出るだろう。

移動中の車内で聞いた話だと、霊力が高い人間に妖怪は吸い寄せられるっていうし、たぶん俺がぶらぶらしてるだけで向こうからやってくるはずだ。

俺に霊力があるかは不明だが、たぶん魔力と同じようなものだろう。

魔力なら異世界でのレベル上げによりかなりの容量を保有しているので、きっと大丈夫。

「そんじゃ。コンビニでおにぎりを再調達するついでに、町をほっつき歩きますかね」

俺は軽く肩を回しながらコンビニに向かいつつ、すっかり日も暮れてあたりが暗くなり人通りが少なくなった路地裏や、よく心霊スポットとして注目される墓場や廃病院などをメインにほっつき歩く。

そしたら出るわ出るわ、浮遊霊のような半透明の人型や人魂のような火の玉、明らかに怨霊と思わしき実体を持った女の子の霊などなど。

選り取り見取りである。

しかもこんなにうじゃうじゃ出てくるというのに、霊力もしくは魔力の無い人間にはこいつらが見えていないのか、妖怪が真横を通り過ぎても一般人はちょっと寒気がした仕草を見せるくらいで気づいた様子がない。

俺にはくっきりと見えているんだが、……これが霊感という奴だろうか。

どうやら俺はレベルが上がって霊感のパラメーターまで上昇してしまったらしい。

もちろんこの雑魚妖怪たちは明らかに人を害すような感じがするし、現にトラックを運転中の人間に憑りついて居眠り運転状態にしたりと、悪さばかりしている。

当然見かけた妖怪は全て討滅した。

ある時は聖剣でサクッと両断し、またある時は光弾で遠距離討滅。

実体があろうとなかろうとおかまいなしにスキルは奴らを消し飛ばし、そして同時に魂魄使いのスキルにより魔力を強奪していく。

いくら戦っても魔力が衰える気配がない。

まさに無限ループだ。

そうして三日程かけ、夕方や夜の時間帯を中心に町を徘徊し討滅して回ったところ、ようやく目につく妖怪は全て討滅する事ができた。

報酬

三日かけて妖怪をだいたい討滅した。

まだどこかに取りこぼしがいるかもしれないが、まあ誤差だろう。

別に俺だけに回ってきた仕事でもないだろうし、きっとどこかで同じように妖怪退治している同業がいるはずだ。

陰陽師とか、超能力者とか、僧侶とかそういう奴らである。

そして九尾の影響により一時的に大繁殖した妖怪騒動が収まり、これくらいで仕事は完了かなって思った時にまた黒子お嬢さんが訪問してきた。

たぶん報酬金の受け渡しだろう。

「お邪魔します斎藤様。依頼の完遂、本当にありがとうございます。もうこちらの業界では斎藤様のお話で持ち切りでしたよ？　見知らぬ異能者が物凄いスピードで妖を退治して回ってるって、噂になってます。もう何回も斎藤様がどこの所属の異能者か、私の家にも問い合わせが殺到していたところです」

「え？　は、ははは……。まあ、たまたま調子が良かっただけですよ」

どうやら同業者にはバッチリ見られていたようだ。

俺の方からは誰が同業者なのか全く分からなかったが、向こうは分かったらしい。

まあ確かに、聖剣や光弾は目立つからな……。

こう、ピカッと光るし。

「ふふふ、相変わらずご謙遜を。ですがやはり斎藤様に力を貸してもらったのは正解でした。私がお父様に斎藤様を紹介した手前、これだけの成果を収めてくれれば面目躍如というやつですね」

「それは良かった。大金を貰っている手前、何もできなかったでは話になりませんからね」

どうやら五百万円分の仕事はきっちりこなせていたらしい。

良かった良かった。

妖怪退治は思っていたよりも危険性は無かったし、力無き者であるならばともかく、今の俺のレベルでなら雑魚退治は余裕で受け持つことができそうだ。

もしかしたらまたこういう依頼でがっぽり稼げるかもしれないな。

こうなったら妖怪退治専門の斎藤事務所でも立ち上げるか？

……いや、調子に乗るのはやめておこう。

こういう業界で無理に活躍すると、昔からこういうので飯を食っている組織の既得権益とかを侵害し、面倒臭い事に巻き込まれかねない。

あくまで無難に、戸神家の依頼として任務をこなすのがいいだろう。

「それでこちらは報酬の五百万なのですが……、その、申し訳ありません。砕牙お父様に斎藤様の活躍をお知らせして、数多くの同業たちからの目撃証言もあるので報酬の上乗せを進言したのですが、その……」

「ああ、それは別にいいですよ。恐らくお父様には既に契約は成ったから報酬に変更はない、みたいに言われてるんですよね？」

「はい、その通りです……」

まあ大手企業から下請けをするフリーランスなんて言うのは、どこもそんなものだ。

もし次に依頼を受けるのであれば今回の活躍は考慮されるだろうが、一度お互いが納得の上で契約を結んでしまった以上、その仕事ではいくら頑張っても頑張らなくても報酬は規定通りに支払われる。

まあ日本社会の基本だな。

「いえいえ、気にしないでください。俺は合計で一千万も受け取っている訳ですから、こう見えてわりの良い仕事だと思ってるんですよ」

「父の立場のために気を遣っていただきありがとうございます。本当に斎藤様はお優しいです、実家のこんなお恥ずかしい一面を見せても、快く受け入れてくださるとは……」

いや、気を遣ったわけじゃない。

実際に三日間町をぶらつくだけで一千万円の収入だぞ、普通に考えればボロ儲けだ。

このお嬢さんの中では一千万なんてはした金なのかもしれないが、ちょっと前までサラリーマンだった俺にとってはまごう事無き大金だ。

ここら辺、かなり金銭感覚の違いって奴が出てるな。

「また何か妖怪退治の依頼があれば承りますよ。ただちょっとまた、しばらく遠出する事になるので次に連絡を取れるのは数週間後になるかもしれません」

「はい！　その時は是非お力を貸してください！　……今度こそあの頑固な父を説き伏せて、相場の通りの報酬をお約束いたします」

お嬢さんは使命に燃えるかのようにフンスと気合を入れ、後ろに控えている黒服に「お爺様にご連絡を。お父様が話を受け入れないならば一騎打ちを申し込むと伝えてください」、とか言って殺気をみなぎらせていた。

なにこの子、怖い。

……しかしふむ、相場か。

相場通りの報酬っていくらなんだろうか。

期待に夢が広がり、広がり過ぎてニヤけそうになる。

慌ててニヤけそうになった口元を笑顔に軌道修正し、なんとか体裁を保つ。

「それでは斎藤様、今回は本当にありがとうございました。次回からは斎藤様のお力を見込んで『玉藻御前』関連の依頼が増えると思いますので、その時はお力を貸してください」

そう言って彼女は綺麗なお辞儀をして退室していった。

陰陽師としても本命である九尾の大妖怪、『玉藻御前』関連の依頼か……。

九尾がどれほど強いかは分からないが、おそらく一筋縄ではいかないだろう。

あの戸神源三の爺さんクラスを大昔に居た陰陽師と同じレベル、と仮定すると、あの爺さん数十人で一時的に九尾の隙を作るのが精一杯だったという事になる。

さらに本体である『玉藻御前』だけでなく、その娘である二尾から八尾までいるという事も分かっているため、どうも今のレベルで確実に依頼を成功させるビジョンが見えない。

もしかしたら多大な犠牲を出せばなんとかできるかもしれないが、そうじゃないかもしれない以上、臆病なおっさんとしてはさらなる力を身に付けて確実に行きたいところだ。

と、言う訳でさっそくアプリを開き【ストーリーモード】を選択する。

既にアプリ内では時間を五年スキップさせており、魔族と戦いを繰り広げた森はほとぼりが冷めて元通りになっていた。

ふむ、これなら復活のタイミングとしては丁度良さそうだ。

俺はその後、周囲に人が居ないかをアプリで最終チェックをした後に、再び異世界へと降り立つのであった。

閑話　戸神黒子Ⅲ

数日前に妖怪退治の依頼を持ち掛け、斎藤の無双により予想以上の好結果となった翌日。

陰陽師の本流である戸神家の屋敷にて、長女である戸神黒子とその親友である西園寺御門は会議を開いていた。

西園寺がライバル視している相手の屋敷に赴くことは滅多にないが、それでもまだ幼少だった頃はこうして何かと二人で集まり会議を開いていたため、屋敷の者からは客人として快く受け入れられた。

いわゆる幼馴染というやつだ。

「なんなんですの！　なんなんですのあの男は!?　あの光り輝く剣と光の弾、あんな一撃で妖を滅ぼせる上に無尽蔵に扱える異能なんて、今まで聞いた事もありませんわ！」

「ふふふ。だから言ったではありませんか、斎藤様はお強いですよと」

所属する秘密結社のエリートとして高位の超能力を扱えるはずの彼女は、聖騎士の能力『聖剣招来』と神官の『光弾』の馬鹿げた性能に憤慨する。

本来はそこに『魔力強奪』が合わさる事で、無尽蔵にスキルを発動させるというシナジーを産んでいるのだが、異世界人でもない者にその事が分かるはずもない。

唯一分かっているのは、自分のライバルと認めた相手が心酔している相手の力量が、超能力者である西園寺の想定を大幅に超えていたという事だ。

「おかしいですわ、あんな人材が今まで野に埋もれていたなんて……」

「そうでしょうか？　でも実際にあの御方は無用な戦いは避けてきた訳ですから、きっとその力が必要とされる時まで隠し通してきたのでしょう。無為に力を誇示しない、素晴らしい殿方ですわ」

こともなげに答え、親友の追及を躱す。

確かに今までその力の片鱗《へんりん》すら見せず平凡な日常を生きてきたようではあるが、黒子からすればそんな情報は想い人への恋心を引き立てるスパイスにしかならない。

強い力があるのにそれ誇示せず、いざ必要になった時にだけそれを発揮し、そして軽々と問題を解決し人々を救う。

ああ、なんて素敵な御方なのだろうと恋する乙女は思う。

まさに恋は盲目というやつだ。

「ふぅ、分かりました。とりあえず第一関門《かんもん》は突破と見ていいでしょう」

「あら、それはありがとうございます。私も親友に祝福されて幸せですよ」

「か、勘違いなさらないで！　まだ第一関門ですわよ⁉　これから第二関門、第三関門と続きますの、油断しないでくださいな！」

「あらあらそうですか、ふふふ……」

ライバルであり親友への心配からか、今もなお往生際悪く斎藤へのテストをやめようとしない姿に、つい可笑しくなり笑いが零れる。

その様子を見た事でより相手はムキになるのだが、そうと分かっていても止める事ができない。

そしてふと、この幸せな時間、幸せな関係、幸せな恋心がずっと続けばいいのにと黒子は思う。

しかし九尾の大妖怪『玉藻御前』の復活も近い中、いつまでこの幸せが続くかもう分からない。

斎藤の事を信じてはいるが、それでもやはり何も変わらないのではという不安は、常に付きまとっているのだ。

それこそ想いが大きくなり期待が大きくなればなるほど、光が陰を作るように不安も大きくなる。

「こら、せっかく意中の殿方が活躍をしたというのに、そのような悲しい顔をするものではないですわ。……私の認めたあの天才陰陽師である戸神黒子は、いつだって前を向いていたはずです」

「……失礼しました、西園寺さんの言う通りです。ダメでもともと、ですよね」

「ふん、分かっているのなら良いのです」

二人は幼馴染として、そして親友として己の生き方を再確認する。

「……それで、あなたは先ほどから何を作っていらっしゃるの？」

「ああ、これですか？　これはミニ黒子ちゃんですね。後日お暇な時に斎藤様に差し上げる予定で、私の姿を模した身代わりアイテムなんです」

「み、ミニ黒子ちゃん？　なんですのその、まるで意中の殿方に愛を伝えるための、砂糖を吐きそうな甘々なネーミングは……」

「うふふ、いいでしょう？　でもこれは西園寺さんにだってあげられませんよ。斎藤様だけに贈る特別なアイテムですから」

　ミニ黒子ちゃん人形、もとい身代わりアイテムとなる黒子特製の陰陽道具だが、実はここ数日彼女はずっとこれを作り続けていた。

　このアイテムは身代わりの対象となった者が肌身離さず持っている事で、一度だけ致死のダメージを肩代わりするという超高級な人形なのである。

　それがどれだけ高級かというと、この人形一体作るのに小さめの家が一軒建つといえば分かりやすいだろうか。

　妖怪退治で荒稼ぎする陰陽師一族からすれば屁のような額だが、それでもまだ学生の黒子からすればそこそこのお値段であり、今回は無理をいって父の砕牙から少しだけ融資を受けている。

「これを作るのには苦労しました。斎藤様への報酬をケチったお父様を一騎打ちで張り倒し、おじい様に立会人を務めてもらい、家の者に事情を話してようやく依頼の不足分となるであろう報酬金を、このミニ黒子ちゃん人形という形でお支払いする事ができるんです」

　嬉しそうに語る親友を見て、西園寺はちょっとどころかかなりドン引きした様子で冷や汗を流す。

　あの男にかなり熱が入っているとは思っていたが、この様子は本気《マジ》だと確信した瞬間であった。

「そ、そうですか……。それは、良かったですわね」

「ええ！　これでもし万が一があっても安心です！　それに私の姿をしたミニ黒子ちゃんが傍にいてくれる事で、きっといつでもお守りする事ができるでしょう。……尤も、あの御方にそれが必要であるとは思えませんが」

目を輝かせて語る親友の表情は、先ほどまでの不安が吹き飛ぶ程に幸せそうだったので、まあこれはこれでありかと思いそのヤンデレ気質を見て見ぬ振りをするのであった。

いや、ヤンデレというよりは過度に重い愛情だろうか。

しかしどちらにせよ、この人形を手渡された斎藤健二が、鑑定結果を見て仰天するのは間違いないだろう。

再び異世界へ

【ストーリーモード】を開始し、無事に異世界へと降り立つと辺りは既に真夜中だった。

ここはアプリで惑星を創造した時に月が二つ出来てしまった世界なので、地球よりも月光が強く夜でも少し明るいが、それでも森の中ということでかなり見えづらい。

アプリで見渡していた時はくっきり見えていたので、ちょっと降り立つ時間帯を見誤ったようだ。

とはいえ、特にこの視界のせいで苦になる程の魔物も辺りにはいないと思うし、さっそく一尾を召喚する。

ちなみにワイバーンは夜行性ではないので、今はぐっすり巣穴でお休み中だろう。

「……すやぁ」

「おーい、起きろ一尾。もう自由にしていいぞー」

すやすやと眠る一尾を揺すって起こし、解放する。

一尾は最初寝ぼけていたようだが、すぐに辺りが今までと違う事に気付き周囲を見回す。

「んぁ？　どこじゃここは？　ずいぶん大きな木が生えておるのー」

「よう一尾、おはよう。腹減っただろ、何か食うか？」

「……む？　あぁっ！　お主はさっきの陰陽師の仲間！　ひぃいい殺さないでおくれぇぇ！」

天敵である陰陽師とその仲間であろう俺に一尾は慌てるが、なにも取って食おうってわけじゃないんだから落ち着いてほしい。

必死に地面に頭をこすりつけている少女妖怪を見ていると、なんだかやるせない気分になるからな。

というか、十歳となった俺の姿でも同一人物だって認識できるんだな。

もしかしたら妖怪には外見に囚われずに個体を識別する器官があるのかもしれない。

霊力とか魔力で判別するとかそういう感じのやつだ。

とりあえず俺は一尾を安心させるためにおにぎりを取り出し、奴の目の前に差し出す。

「ほ～れ、食料だぞぉ～」

「んぁ!?　あっ、あぁ、目の前におにぎりがぁ……。そんな殺生な……」

どうやら自分に差し出されているのではなく、腹が減って衰弱した一尾を追い詰めるために、見せしめとしておにぎりを見せびらかしていると思ったようだ。

どれだけトラウマになってるんだよ陰陽師、過去に何があった……。

ぐぅぐぅと腹を鳴らして空腹に耐える一尾が見ていられないので、仕方がないから無理やり食わせる事にする。

「むぐぅ!?」

「食べたいなら食べてもいいぞ。というか食え、ほら」

突然口に突っ込まれたおにぎりに対し、一尾は驚愕の目で俺を見つめる。

そんな驚く事もないだろうに。

というかそうか、一尾はここが異世界だと認識してないから、きっとまだ隠れて陰陽師が監視しているかもとか、そういう事を考えているのかもしれない。

「そうだ、食っていいんだ。おにぎりの残機はまだいっぱいあるから、いくらでも食え。あともう周りに陰陽師は居ないし、腹いっぱい食ってさっさと元気になれ」

「…………。……はむはむはむはむ」

「そうそう、それでいい」

ついでに天然水と予備のおにぎりを取り出し、一尾の前に展開する。

一瞬周りの気配を感じ取るかのように耳をピクピクとさせていたが、こいつの感知には何も引っかからなかった事で安心したのか、差し出されたおにぎりを一心不乱に食べ始めた。

「うまいのじゃぁ、幸せなのじゃぁ……。うぅぅ、でも母様と姉様《あねさま》にもおすそ分けしないと……」

そういって涙を流しながらも、惜しむようにおにぎりをかき集め献上しようとする社畜妖怪。憐《あわ》れだ、あまりにも不憫《ふびん》すぎるぞ一尾。

きっと一族内でのヒエラルキーが低いから、こうやっていつも成果の上前を撥《は》ねられて生きてきたんだろう。

くぅ、おっさんを泣かせるなや。

まるで社畜としての俺を見ているような気分になる。

「待った待った、待つんだ一尾。ここには、というかこの世界にはもう陰陽師はいないし、お前の成果を取り上げる姉も母もいないぞ。落ち着け」

「そんなはずはないのじゃ。儂らは生きている限り封印されようともお互いの居場所が……、居場所が……、あ、あれ？」

ようやく気付いたのか、一尾は困惑したようにキョロキョロとする。

九尾の一族にそんな固有能力があるとは思わなかったが、どうやら異世界にまではその力が届かなかったらしい。

式神もここまでは察知できなかったようだし、順当な結果といったところだろう。

「どうだ、俺の言った通りだろう。ここは異世界って言ってな、日本でもなければ海を渡った別の国でもない、完全な別の世界なんだよ」

「……封印とは違うのかえ？」

「俺には封印の事は良く分からないが、たぶん全然違う原理だと思うぞ」

「ふぅーむ」

一尾は一族の感知能力も通用しない異世界という場所をじっくりと考察し、腕組をしながら頭をひねっている。

考えている間にもときどきおにぎりを食べ、もぐもぐしながら考える。

そしてついに結論が出たのか、食べて食べて食べまくった一尾はお腹をぽっこり膨らませて笑った。

「納得したか？」

「うむ。どういう訳か分からんが、どうやら儂の一族はこの世界にはおらんようじゃ」

「よし、ならもう問題ないな。あとはお前の自由に生きろ。ただこの世界にも人間はいるから、あんまり悪さするとまた酷い目に遭うぞ。……それじゃ、達者でな」

そう言って俺は一尾を置き去りにして立ち去っていく。

いやぁ、こうして一匹の社畜妖怪が救われたと思うと、感無量だね。

おにぎりは犠牲になってしまったが、報酬で受け取った一千万から考えれば、百二十円なんて誤差だ、誤差。

ちなみにおにぎりは旅を考慮して大量に購入してあるので、残機はまだ沢山ある。

後ろからも一尾の「儂、解放!!」とかいう歓喜の叫びが聞こえてくるので、きっとこれからは自由に生きていく事だろう。

さて、それでは次の目的地である紛争大陸に向かうとしようか。

「…………」

「…………」

無心で歩を進め、時折飛び出してくる夜行性の魔物を聖剣スキルで瞬殺していく。

「…………」

「…………のう」

あ、あの崖の上にいるのってワイバーンじゃね？

ぐっすり寝てるなぁ。

いつかリベンジマッチがしたいので、冒険者ギルドに討伐の依頼があれば腕試しにチャレンジしてみよう。

「…………」

「…………のうのう」

さっきから後ろから幻聴が聞こえるが、無視だ。

この歳で幻聴なんて、よっぽど疲れてるんだな俺。

いや、修復を終えたばかりのこの身体が疲れてるって事は有り得ないんだけどね、うん。

そろそろ現実を受け止めようか。

「…………はぁ」

「…………のう、なんで無視するのじゃ？　おにぎりの男《おのこ》よ。儂、またおにぎりが食べたい」

振り返ると、そこには何食わぬ顔で後を付いてきていた一尾の顔があった。

なんで付いてきたんだよこいつ。

せっかく野生に返してあげたのに、また人間と関わったら面倒臭い事になるだろ。

臆病故に頭の回転が速いこいつに、そんな事が分からないハズないんだがな。

これが野生動物に餌を与えてはいけませんという社会ルールの理由か。

完全に餌付けされちゃってるよこの狐妖怪……。

「はぁぁぁぁ……。どうして付いてきた？」

「男《おのこ》のおにぎりがまた食べたい。それに儂は役に立つぞ？　本気を出せば男《おのこ》を乗せて野を駆ける事もできるし、耳と尻尾を隠せば人間に紛れ込んで情報の盗み聞きもできる。便利じゃぞ？」

必死にアピールする一尾の姿は、捨てないでくれと言わんばかりに目をうるうるさせていた。

ああー、困ったなぁ。

色々自分は役に立つとアピールしているが、これが所謂ありがた迷惑というやつだろうか。

しかしどうやっても諦めそうにないぞこれは。

まったく、どうしたものか……。

「一度だけでいいから、儂の背中に乗ってみてはどうじゃ？　それで便利な奴じゃと思えば、またおにぎりを恵んでほしい。ダメかの？」

「分かった、分かったよ。一度だけだからな？　それで役に立たないと思ったら、ちゃんと野生に帰れ。約束だぞ」

「うむ」

そういうと突然一尾はヘンテコな舞いを踊りはじめ、決めポーズで『コン！』と一声鳴くと獣の姿に変化した。

おいおいマジかよ、背中に乗るってこういう事か。

……まさか、騎獣モードになるとは思わなかったよ。

◇

騎獣モードとなった一尾は俺を背中に乗せ大自然を駆け巡る。

森を抜け、草原を抜け、岩場を抜け……、気づくと辺りに日が昇り朝になる頃には次の町へと辿り着いていた。

大人ではなく十歳の俺を背に乗せているから体重的にも無理がないんだろうけど、よく体力が持つなぁ。

これが妖怪のパワーというやつだろうか。

しかしそれにしても、この騎獣モードの一尾の走行速度は予想以上に速いな。

徒歩なら三日は掛かるであろう道のりを一晩で走破してしまった。

それに馬と違って道が無かったり不安定だったりしても、狐であるこいつがバランスを崩しにくいというのも魅力的な点だ。

たぶん馬だと岩場を全力で駆けるのは危ないだろうからな、その観点からみてもかなり優秀である。

「どうかの男《おのこ》よ、儂は役に立ったかえ？」

「うーむ、……認めざるを得まい」

「うむ。それじゃ朝ごはんをよろしくの」

そう言って一尾は獣になった自分の体を舌で毛づくろいし、満足したところで少女の姿に戻った。

どうやら変化に関しては制限はなく自由自在にできるらしい。

約束通りにコンビニのおにぎりを一尾の前に展開し、俺は考える。

よくよく考えればこの世界には獣人という種族が居る訳で、騎獣モードに変化できるかどうかは別として、一尾がこのまま俺に付いてきたとしてもそこまで問題無いのではなかろうか。

こいつの種族はまごう事なき妖怪だが、一見すれば狐の獣人に見えない事もないし、というかそのまんまだし。

それに変化を見た感じでは耳や尻尾を隠す事も自由自在だろう。

唯一問題となるのは一尾の戦闘力が低く、これから向かう紛争大陸が危険な事だ。

もし一尾にも異世界で職業補正の恩恵を得られるなら鍛えつつも一緒に旅ができるが、……果たして妖怪にこの世界のルールは適用されるのだろうか？

もし適用されないのであれば、何かしら強化手段が欲しい。

少し情報が欲しいな、鑑定するか。

嬉しそうな表情でおにぎりを貪《むさぼ》る一尾をチェックする。


【一尾の妖狐、紅葉】

姿を隠す幻術が得意。

逃げ足が速く、騎獣に変化する事も可能。

まだまだ本人の力は成長途中だが、潜在能力は亜神に匹敵する。

よく食べ、よく寝て、よく遊べばいずれ九尾の大妖怪への道が開けるだろう。

途方もなく弱い。


……ふむ。

なるほど、……なるほど？

いや、なるほど。

だいたい分かった、こいつは要するに元気いっぱい幸せに生きてればそのうち強くなるって事だろう。

食べて寝て遊ぶと九尾になるって言ってるしな、そういう事だろう。

ただ俺が困惑しているのは、いずれ九尾の大妖怪へと成長するこいつが亜神クラスの力を持つという事だ。

え、なに、九尾って亜神と同格なの？

ヤバいじゃんそれ、地球ではそんなヤバい奴が封印を破ろうとしてるのかよ。

もしこの情報が本当なら、今の俺の戦力では到底九尾に立ち向かう事はできない。

というより、戸神家やその同業たちの力が如何ほどかは分からないが、この世界の龍神を一例にあげて戦力を比較すると、どう考えても全滅する未来しか見えないぞ。

これかなりマズいのでは？

下手したら都市のいくつかは滅んじゃうのではないだろうか……。

「なあ一尾、お前のお母さんってやっぱ強いの？」

「む？　うむ、強いぞ。たぶんこの前に儂にとどめを刺そうとしていた女陰陽師が、えーっと……、一万人くらい居ても勝負にはならんと思う。まあ、正面から戦えばじゃけど」

そう言ってあまり興味が無さそうに一尾は答え、またもぐもぐと朝ごはんを貪る。

そうか、黒子お嬢さんが一万人いても正面からは勝てないか……。

やっぱ予想通り亜神じゃね、九尾。

「というか、周りからは大妖怪とか言われてるけど、実は神様だったりする？」

「うーむ、良く分からん。人間は大妖怪って言っておるが、母様は自分の事を土地神と言っておったし、どっちが本当の事を言っているか儂には判断ができんな。なにせ儂、ただの妖怪じゃし」

たぶんその土地神という九尾の弁は正しいのだろう。

実際に鑑定は亜神に匹敵すると訴えているし、土地神がなんなのかは分からないが神様である事には変わりあるまい。

まあ、知ったからどうだという訳ではないが、これはますますレベル上げに手を抜けなくなったな。

主に俺の生存の為に。

その後は町へは入らずにまた野山を駆け、時々現れる魔物は俺が処理をしながら旅を続けていく。

時々すれ違う馬車や旅人なんかには驚かれたりするが、俺の事を、魔物を調伏し使役するテイマーだと勘違いしたのか、むしろ騎獣モードの一尾を乗りこなす事で十歳が旅をしている事に一定の理解を得られた。

たまに休憩途中でボウズはどこに行くんだとか、珍しい魔物を連れているなとか声を掛けてくる人もいるくらいで、魔物が存在するこちらの世界では一尾も特に悪目立ちする事なく馴染んでいる。

本人もその事を自覚しているのか、騎獣の状態で人間と遭遇する時はただの野生動物の振りをしているようだ。

ここら辺がこいつの頭の良い所で、場の空気や流れを読みすぐに状況を把握する。

戦闘能力は下級冒険者程しかないが、どうやら足手まといになる事はないらしい。

そしてそんな旅を続ける中、だいぶ旅も順調に進みいくつかの町を跨ぎ、ついに国境付近にまで辿り着いた俺は、隣の国から越してきたという行商人の噂からこんな事を聞いた。

「十三歳にして聖騎士になった天才少女騎士、ですか？」

「ええ、そうなんですよ。私も商人をやってるのでこういう噂には敏《さと》くてですね、どうやらこの国ではとある貴族の少女が剣と魔法を極め聖騎士になり、その国でもかなり権力のある騎士の一員として召し抱えられたとか」

ふーむ、貴族の少女が聖騎士か……。

どこかで聞いた事があるような生い立ちの奴だな。

そういえば、あれからミゼットは元気にしているだろうか。

あいつも貴族の少女だし聖騎士を夢に見ていたはずだ。

まさか十三歳で聖騎士になれるような超天才という訳ではなかったはずだが、それでも普通ではない才能があったように思える。

もしかしたらあいつも、いずれその天才少女と肩を並べる事になるのかもしれないな。

「へぇ～、そうなんですね。ちょうど知り合いにも聖騎士を目指している少女がいたので、懐かしい感じがします。あ、情報のお礼としてその果物一つ買いますよ」

俺は面白い話を聞かせてくれた行商人に銅貨を一枚差し出し、お礼を述べる。

「はっはっは、まいどあり。それではもう一つ耳よりな情報を。確かその若くして聖騎士になった少女は、幼少の頃に自分を支え導いてくれたとある少年を探しているようです。年齢は今のあなたと同じくらいだったような気がしますが、……まあ昔の話ですからね、今はその青年も大人になっている頃でしょう。いやぁ、ロマンチックですなぁ！」

行商人はそういって追加の情報を俺に教え、その後は良い笑顔で国境を渡っていった。

……ふむ、俺と同じくらいの歳の少年を探している、ね。

あれ？

これ、そのまんまミゼットの事では？

ま、まあいいか、どうせもうあいつは独り立ちをして立派に生きてるんだ。

もし仮にこの少女がミゼットだったとしても、今更俺が出しゃばるような案件ではない。

冷や汗をかきつつも、俺はそのまま気にしない事にして国境を守る兵士に冒険者カードを提示したのだった。

番外編
少女の成長

ISEKAI SOZO no SUSUME

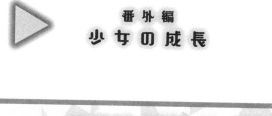

斎藤健二がガルハート領の魔族を打倒してから五年後、王国の聖騎士団寮のとある天才少女騎士が王都の話題をさらっていた。


曰く、齢《よわい》十三にして聖騎士団に正式採用された天才少女騎士がいるらしい。

曰く、つい先月など、王都を襲った強大な魔物を単騎で討伐した。

曰く、何やらその少女は八歳の時にも既に魔族の討伐に多大な貢献をしたらしい。

曰く、幼少の頃に自身を導き、聖騎士となる切っ掛けとなった少年を今も探している。

などなど、その噂は今や絶える事がない。

そんな一躍時の人となった王都の超新星、ミゼット・ガルハートは今日も今日とて騎士団寮の一角でその人生を歩んでいた。

「ミゼット・ガルハート！　ミゼット・ガルハートはいますか！　ミゼット！」

「はいはーい。ここにいまーす」

「はぁ……、またあなたですか。これで何回目なのです……」

この団の長を務める聖騎士団長は、毎度の如く繰り返されるトラブルに頭を抱えた。

場所は聖騎士団の訓練場。

一人で剣の自主練を繰り返しているように見える少女の周りには、同じく同僚として団に所属する聖騎士の面々が仰向けになって倒れ込んでいた。

一見すると厳しい訓練の疲れから倒れ込んでいるように見えるその光景、実は全員ミゼットに真剣勝負を挑み散っていった男たちなのである。

何を隠そうこの問題児、一人では効率が悪いからと騎士団の訓練をサボり勝手に魔物の討伐に向かい、さらに帰ってきて早々勝手な行動に業を煮やした聖騎士団の面々に丁度いいから模擬戦に付き合えと挑発し返り討ちにしたのだ。

これだけ見れば団の規律を乱す者として排斥されかねないのだが、そうもいかない理由があった。

それは何故なのかというと、単に全ての行動が結果に結びついているからである。

一度王都から飛び出し魔物退治に向かったかと思えば、実はその魔物が発見でき次第早期に討伐しなければ王都にすら被害を齎す危険指定生物であり、大金星。

また、都市の大きさ故に凶悪な犯罪者も多い王都の警備のため、騎士団として巡回中に突然いなくなったかと思えば、今度は指名手配されていた悪人を都合よく捕縛。

ミゼット程の問題児ではないが、素行が悪いとされる聖騎士団員が突っかかればそれも返り討ちにし、その団員は自分の未熟を恥じ更生された。

しまいには都合よく度重なる社会貢献により、王侯貴族の覚えもめでたい程である。

故に怒るに怒れない、そんな超絶にぶっとんだ天才少女騎士が彼女だったのだ。

もっとも、これでも最近は大人しい方であり、幼少期に比べたら大人になったと言われている。

なにせ返り討ちにした騎士団員に、お疲れ様と言いながら回復魔法をかけて回っているのだから。

「で、今度は何が起こったの？　なんだか新しい冒険の匂いを感じるわ！」

「ぼ、冒険ですか……。五年前、あなたが聖騎士団の門を叩いてきた、……いえ殴り込んできた時にも感じていましたが、やはりあなたにこの王都は狭すぎるようですね」

模擬戦に敗北し周りに打ち捨てられている聖騎士団員と、それと同様に他所で起こしたトラブル、いや大金星を鑑みて溜息を吐きながらもそう愚痴る団長。

……とはいえこの団長、五年前のある日、まだ八歳だったミゼットが聖騎士団に殴り込みをかけてきた無茶苦茶な少女の才能を見出し、今日まで支えてきた理解者でもあった。

もちろん当時はまだ今のようにズバ抜けた実力もなく、多少魔法と剣の覚えがある程度の小娘に過ぎず、取るに足る所といえば家が伯爵家である事くらいのものである。

それに聖騎士といえば王国では超エリート職業として軍の切り札にも成り得る重要な役職。

とてもではないが、家柄が伯爵家だというだけでコネ採用される事などありえない。

だから当時、まだ団長ではなく一兵卒とそう変わらない程度しかなかったこの者も、かっこいい聖騎士に夢見た可愛い女の子が見学しに来たとしか思わなかったし、他の者もそうとしか取らなかった。

だが、ミゼットという少女の規格外ぶりはここからだった。

なんとこの少女、あろうことか目の前でいきなり殴りかかってきたのである。

当時の台詞をそのまま伝えるとすれば、『本物の聖騎士がどれ程の物か興味があるわ。稽古をつけてあげるからかかってきなさい』である。

八歳の女の子にこうまで言われてしまえば団員も引くに引けない。

しかも殴りかかってきた時の不意打ち――華麗な右ストレート――は意外な事に団員にクリーンヒットしていたのだから。

これが難なく躱せていれば世間を知らない貴族の子供が騒いでいるだけ、で終わる。

しかし、こうも見事に攻撃が決まってしまっては、実力という面で不信感を持たれぬためにもとりあえず勝負を受けざるを得なかったのだ。

しかもこの少女の質の悪いところは、それを十分に分かった上で実行しているところである。

当然不意打ちが成功した時に、最大の効力を発揮するよう伯爵である親は連れてきているし、コネのある貴族なんかも引っ張り出してきていた。

公衆の場でコケにされたあげく攻撃もまともに喰らってしまえば、この挑発は受けざるを得ないといった所だろう。

ちなみにコケにされたのは現在における騎士団長、もとい当時の一兵卒である。

そして実際の模擬戦となると、さらに驚愕するべき事が起きた。

なんとこの少女、既に回復魔法と剣による攻撃スキルを両立していたのだ。

まだ聖騎士と呼ばれる者だけが使える専用スキルには目覚めていなかったようだが、それだけの才能を見せつければ当然周りは反応する。

そして尊大な挑発のわりには持久戦を意識した戦い方をし、存外にしぶとい。

確かに実力では上回っていたが、団員として採用されたばかりの一兵卒では結局、倒し切る事ができなかったのだ。

当然この結果には他の貴族たちも驚き、また試合を受けて立った本人も唖然とした。

そして全てが作戦通りに上手く行ったとばかりにニコリと微笑み、あれよあれよという間に聖騎士団員の見習い、その資質は十分にありと認められてしまう事になってしまう。

なにせ新人とはいえ、仮にも聖騎士として覚醒した者が手玉に取られたのだ。

これで見習いにも認められないのであれば、見習いの選考基準とはどれ程のものなのだという話になる。

全ては少女の計算通りという形で当時は幕を下ろしたのであった。

余談だが、当然ただの八歳ではここまでの結果を残すことはできないし、斎藤健二と出会う前のミゼットでも無理だっただろう。

しかし実際には斎藤と出会い、無謀にも冒険者として活動しレベルを上げ、天性の才覚からスキルを開花させ、さらに伯爵家というバックが尽き、過去にも魔族の討伐に貢献したという名声があってこそのものであった。


「ああ、今思い出しても頭が痛い展開だわ……」

「そうかしら?」

「あそこまで計算ずくのあなたに、ここで自覚がないのがさらに恐ろしいわ……」

きょとんとする天才少女に末恐ろしいものを感じ、腕をさする騎士団長。

しかし彼女とてここまで上り詰めた才覚の持ち主。

ミゼットが今日までどれだけ訓練し、問題を起こしているように見えて結果を残すために努力しているのか、それが分からないはずもなかった。

端から見れば幸運に恵まれているように見えても、その幸運は実力で勝ち取ったものであると理解しているのだ。

「まあ良いわ。それで私を呼んでいたのは何かしら？　ずいぶん急いでいるように見えたけど」

「その件なのだけど、あなたが注意して見ておいてほしいっていう国境の警備隊から連絡が入ったわ。……ガルハートの姓を名乗る冒険者が現れたと」

その言葉にミゼットは驚愕し、次の瞬間不敵に微笑む。

彼女からしてみれば『ついに来た』といったところであろうか。

だが情報を持ってきた当の聖騎士団長からすれば、これはある意味由々しき事態だ。

なにせこの国の大貴族の一角である伯爵家と同じ姓を、あろうことかたかが冒険者が名乗り上げているのである。

これは当然取り締まりの対象になるし、最悪事と次第によっては死罪も免れないだろう。

それだけ貴族という特権階級には権力が集中しているのだ。

これが他国の貴族であり、たまたま同じような名前で被っていた、とかならまだ救いはある。

だが相手はこの国から出ようとしているただの冒険者でしかないという情報が入っているため、その線も薄いであろう。

何かを期待しているこの少女には悪いが、状況は絶望的だ。

唯一の救いは既に他国に渡っている事だろうか。

さすがの伯爵家といえども、他国までは手が届かない。

だがそんな団長の思惑を余所に、ミゼットはくすくすと笑いながら言葉を零す。

「そろそろ尻尾を出す頃だと思っていたのよ。むしろ私の目を五年も掻い潜ってきた事を称賛したいくらいだわ」

「……最近は成長して少しは落ち着いてきたと思ったのですが、この少年の情報となると相変わらずね」

ミゼットはこれまで斎藤の尻尾を掴むためにあらゆる手を講じてきた。

一つは噂を流す事。

王都で噂になっている通り、一度噂が流れればその注目は当然謎の少年にも向く。

これは成功すれば非常に効率の良い手と言えるだろう。

だが実際の結果はあまり芳しくない。

この噂を信じている者はいても、ミゼット・ガルハートの偉業の一つである魔族討伐の代償として少年は死んでしまったと伝えられているため、大した成果は得られなかったからだ。

この背景には父であるガレリア・ガルハート伯爵の影響があった。

彼もまた自分の娘のために少年は犠牲になったと思っている節があり、貴族としてその死を最大限に活かすために娘の功績として利用したのだ。

故に噂の力はアテにならなかった。

そしてまた、この聖騎士団長もまた、少年は既に死んだものとして捉えている。

なぜなら国境を渡った冒険者であるケンジ・ガルハートは十歳ほどの少年であるとの情報を受けているからだ。

当時八歳のミゼットに対し少年が十歳程であったならば、五年後の今は十五歳、既に成人していてもおかしくはない年ごろの青年のはずだ。

それが十歳であるならば、それは噂の少年を語った何者かの偽装工作であると考えるべきである。

そして同時に、その事をミゼットに伝える。

しかし――。

「関係ないわ」

「関係ないって、あなたねぇ……」

しかし、ミゼットはその情報をだからどうしたとばかりに一刀両断した。

「たぶんあいつを実際に知っている私にしか分からないかもしれないけど、あいつは色々と変なのよ」

「変？」

全容が見えない言い方に、首を傾げる。

少年が十歳であり辻褄《つじつま》が合わない事と、変である事。

これがどう繋がるというのだろうか。

「そう、変なの。絶対にありえないと思うような事を、平然と乗り越えてくる奴だわ。それが情報でも、状況でも、外見年齢でも、なんであれね。いままでだってそうだったわ。だから国境警備についた騎士の見解は意味を成さないのよ。むしろ重要なのは――――」

――――重要なのは、その名前にある。

と、彼女は語る。

なぜならこの状況で最もあり得ないのは、その名前なのだから。

良い悪いは別として、結果的には父に隠蔽され絶対に表に出る事のないあいつの名前が出た。

その事に意味があるのだと、そういう事のようだ。

「本人がいる可能性は高いけど、居ない可能性もある。だけどついに尻尾を出したのは確かよ。この好機を逃す手はないわ」

そう呟く少女の瞳には、どこか暖かくも強い輝きが宿っていた。


また、斎藤健二の情報を得てからというもの、ミゼットの聖騎士団の生活は一変する。

要人警護の任で名の知れた暗殺者を捕縛したり、強大な魔物の討伐をしたりと、そういった今までの事は他の者たちに任せ、本人はずっと訓練場に籠り自分の剣に磨きをかけているのだ。

まるで今の自分の力を試すように、目指すべき目標に相応しいか確かめるように、その訓練は苛烈を極めた。

既に聖騎士団には長期の休暇申請を受理してもらっており、本来ならば訓練場にいるのはおかしい事なのだが、本人はそんな好奇の視線を気にもせず黙々と剣を振るう。

そのあまりの真剣さに周りの者は声を掛けるどころではない。

ただ唯一、彼女の理解者である聖騎士団長を除いては。

「どう、ミゼット」

「まだダメね……。これではあいつに鼻で笑われるわ」

自分の力を再確認するも、どこか悔し気な表情で苦笑いをする。

ミゼットは既に聖騎士団でもかなり上位の戦闘力を持つのだが、この年齢にしてそれ程まで極まった剣を持っていてもまだ納得がいかないらしい。

「そこまで追い詰めなくたっていいじゃない。既にあなたは『聖剣招来』並びに、『聖盾招来』まで会得しているのよ？　聖騎士の奥義よ、その二つは」

「ええ、確かに奥儀ね。でもこの練度ではダメだわ。『聖剣招来』なんて、五年前のあいつにもできた事よ。……いえ、それどころかあの時に見た強大な光の剣に比べれば、比べる事すらおこがましい」

団長から見れば既に極まっているとさえ見えるミゼットの剣も、彼女本人からすると、どうやら全く納得のいくものではないらしい。

そもそもの前提として、その少年とやらが聖騎士のスキルを身に着けていたかも怪しいものではあるが。

「仮にあなたの知る少年の話が本当だったとして、それでも思い出は美化されるものよ」

「美化も何もないわ。……だって、私が見たあの光の剣は遥か天高く森を突き抜けていたのだもの。美化でどうこうなる問題じゃないわ」

「なっ……⁉」

衝撃の発言に、聖騎士団長は瞠目《どうもく》する。

もしそれが本当だったとしたら、聖騎士のスキルを極めているどころの騒ぎではない。

歴史上に存在するかも分からない程の究極の一撃だ。

それこそ、年若い少年の寿命、生命力を全て『聖剣招来』に捧げて放てるかどうかの攻撃である。

とてもではないが、常人の発想ではない。

しかし同時に合点も行く。

この話による剣の威力が本当だった場合、やはりかの少年はミゼット・ガルハートを超える天才ではあるが、その天才少年は魔族から彼女を守るために命を賭けたのだと。

そしてその代償として、死んだ。

これはこの件により間違いないものになった。

とはいえ案の定ミゼットは彼の死を認めていないので、口にする事は無いが。

「……満足いかないけど、それでも修行はここまでね。そろそろ旅支度をしないと、あいつがまたどこかへ行ってしまいそうだわ」

ミゼットはもう一度『聖剣招来』により生み出した光の剣を振り、その威力を確かめると一度休憩を挟む事にした。

ようやく収まりが付いたらしい。

だが既に辺りは暗く、特に任の無いまともな騎士であれば眠りについている時間である。

この時間帯まで訓練を続けたミゼットもそうだが、それに付き合う聖騎士団長も中々ものだ。

「ついに行くのね」

「ええ、行ってくるわ」

「そう……。全く、これでもかという位、あたなは最初から最後までかき回してくれたわね。こいつめこいつめ！」

「ちょ、やめなさいってば！」

ミゼットのただならぬ雰囲気を感じ、なんとなくこのまま帰ってこないのではないかと感じた聖騎士団長は彼女の頭をぐりぐりと撫でる。

これでも精一杯の愛情表現なのだ。

撫でられている側もその辺は分かっているのか、口ではこう言いつつも表情は明るい。

どうやらこの二人は、これはこれで良い師弟関係を築けていたようである。

そしてふとじゃれ合いが終わる。

場はしんと静まり返り、団長は言葉を紡いだ。

「……私はあなたの話に出てくる少年の事は知らないけど、あなたの事はよく知ってるわ。なにせこの五年間、誰よりも迷惑をかけられて、誰よりもその活躍を見てきたんだからね。そんな私からの激励よ、受け取りなさい。……自信を持てミゼット・ガルハート！　あなたはこの国最高の聖騎士である！　今までの偉業に、誇りを持て！」

鋭く重い気合に、夜の冷たい空気がビリビリと震える。

この言葉にはこの五年の間に積み上げてきた思い出。

それからミゼット・ガルハートという聖騎士が今まで助けてきた人々、解決してきた任務。

その全てを見てきた聖騎士団長からの、自分という師からの『卒業』というエールが込められていた。

全て分かっていたのだ。

なぜならこの傑物には、この王国という箱庭はあまりにも狭すぎたから。

ミゼットにもそれは伝わったのか、彼女はいつものように不敵に微笑みこう言った。

「ええ、確かに受け取ったわ。……今までありがとう、師匠」

先ほどまでの悶々とした暗い表情の少女はいなくなり、そこにはいつもの自信あふれる無敵の天才少女騎士が居た。


そしてこの日から彼女は旅支度を初め、数日後、ついには旅立つ事となる。

番外編

光さす陰陽の道

ISEKAI SOZO no SUSUME

薄暗く人気の無い、そんな寂れたトンネル付近で一組の男女が悪霊と戦いを繰り広げていた。

一人は長い黒髪の十六歳から十七歳程に見える制服姿の少女。

もう一人は歳を同じくした同級生と思わしき制服姿の青年だ。

対する敵は今時珍しい実体を持った悪霊であり、女性のようなシルエットでありながら、ところどころ肉が腐敗し骨が見えている。

所謂アンデット、ゾンビと呼ばれる者たちだ。

女性型のゾンビは腕を振り回し、自身の妖力で伸ばした爪で迫り、自在に動く髪の毛で二人の男女を拘束しようとしている。

その動きは腐敗した肉体からは想像もつかない程に俊敏で、もしこれが一般的な運動能力を有する只人であったならば、一分も持たず殺されている事だろう。

だが人気のない場所に自ら立ち寄り悪霊と戦闘を繰り広げるこの二人は、もちろん只人では無かった。

少女は経典のようなものを読み上げ印を結び結界を張りつつ、全体的な相手の動きを妨害し、弱体化を図る。

片や青年は式神で出来た剣《つるぎ》にて敵の攻撃を裁きつつ、着実にダメージを蓄積させていた。

そう。

もうお気づきかもしれないが、この二人こそ日本が誇る妖怪退治の専門家、陰陽師の家系にて頂点に君臨する一族、戸神家の長女『戸神黒子』と戸神家の養子『鬼道』である。

「はぁ……。はぁ……。はぁ……。くっ、強力な個体とはいえ、妖一匹でこの体たらくですか」

「黒子様、これ以上は霊力が持ちませんよ。あとは俺がやりますから下がっていてください」

とはいえ、相手もそれなりに強力な個体、実体を持つ程の悪霊だ。

いくらこの二人がその筋の専門家とはいえ、一筋縄ではいかないのもまた事実。

既に黒子の霊力は底を尽きかけ、鬼道のサポートを万全に行えない状態であった。

それもそのはず、この局面においては肉弾戦を行う鬼道より、常に結界を張り力を消耗し続けている黒子の方が数倍負担が大きいのだから。

鬼道は少なくとも消費する霊力が武器の維持だけで済むので、負担はそれほどではない。

「いけません。それではあなたの負担が大き過ぎます。……私も巫女の任を担う戸神家の一族、この程度で根を上げてはあの方に笑われてしまいますよ」

「あの方、ですか……」

黒子の言うあの方とやらに思い当たる節があるのか、鬼道は苦虫を潰したような表情になりながら歯を食いしばる。

どうやらこの人物に対して、この青年はあまりいい思い出がないようだ。

しかしその想いが功を奏したのか、直後青年が大胆な動きを見せ悪霊に痛恨の一撃を与える。

その一撃にて悪霊の動きは徐々に鈍くなっていき、終いには黒子の補助無しで決着をつける形となったのだった。

これにて一件落着、……かと思いきや。

――その帰り際。

「黒子様、やっぱり俺はこの状態を認められません。やはりあの斎藤とかいう男にハッキリと話すべきです。……あなたが巫女として、九尾の封印に命を捧げなければならない事を。悩んでいる今のあなたは見ていられない」

「…………それはできません」

鬼道の進言に、黒子は表情を歪めながらも苦しそうに答えた。

本当ならちゃんと正直に告白すべきだと思っていても、想い人でもある斎藤健二に弱みを見せる事ができないのだ。

きっと話してしまえばあの飄々《ひょうひょう》としてつかみどころの無い、どれだけ縛ってもどこにでも行ってしまいそうな斎藤の、大きな負担になる。

この真面目な陰陽師の少女はそう考えてしまうのである。

想い人はどこまでも自由であり、それこそ世界すら飛び越えてしまいそうな程に身軽である。

いつも冴えない表情をしておきながら、いざとなったら妖怪退治でもなんでもやってのけ、どこから湧いたか分からない奇跡の力で問題を解決していく。

少なくともそう黒子の瞳には映っていた。

だが、鬼道は違う。

彼は現実を見ていた。

「そりゃ、俺だってどこから来たかも分からない謎の男に頼るなんて嫌ですよ。でも、今はそんな事言っている場合じゃない。それにぽっと出かどうかで言えば、俺も当主の砕牙様だって、元はといえば戸神家の人間ではないですし」

「…………」

自分の力の無さを自覚しながらも、元喧嘩少年は真剣に語る。

元々両親が居らず生きる為、舐められない為に喧嘩の日々に明け暮れていた彼は知っているのだ。

敗北する事がどういう事かを。

そしてそんな日々から自分を救い出してくれた源三という老人にあった時に悟ったのだ。

他人に頼って生きる事の大切さを。

「俺は源三様に救われました。力も無い癖に下手くそな暴力だけでとがって、そしてより強い暴力に晒され敗北した俺に、生きる為の言葉をくれました。なんて言ったか知ってますか？」

「……いえ」

「源三様は『そりゃ一人じゃ無理じゃろ』って言ったんですよ。ははは！　笑っちゃいますよね、そりゃそうだ！」

生きる為にスリをした。

生きる為に弱者から奪った。

生きる為に一人で戦い続けて、それから当然のように敗北した。

だが源三に言わせれば、そもそも一人で生きる事が土台無理なのだと言う。

そう嬉しそうに語る青年は、涙を滲ませながら笑い転げた。

「俺は理解しました。仲間を作り、頼る事の大切さを。そして一人で無理する事の無力さを。……バカな俺にも分かった事です、もちろん黒子様に分からないなんて事ある訳ないですから、聞き流してくれて構いません。でも黒子様はお一人ではありません。源三様にでも砕牙様にでも、あの男の事を相談すればきっと為になる答えを導いてくれると思います。覚えておいてください」

にこりと笑い、鬼道はそう締め括った。

◇

それからしばらくして、魑魅魍魎《ちみもうりょう》の討伐から帰還した黒子は斎藤の事について考えていた。

もちろん自分が巫女である事を隠し通そうとする意志は今でも変わってはいないが、その上で鬼道の言葉が心に引っかかっていたのだ。

あれはどこにでもあるような凡庸な助言ではない。

鬼道という人間が歩んだ過酷な人生の中で、一番大切な思い出を持ち出してまで語ったとても大切な言葉なのだと思ったのである。

それをはいそうですかと蔑《ないがし》ろにすることは、黒子にはできなかった。

故にこうして自室で自問自答を繰り返して、あーでもない、こーでもないと、いつものように頭を悩ませているのだ。

もっとも、その悩ませているという事そのものに対し、鬼道青年はどうにかしたかったようではあるが。

「そうですね。鬼道さんの言う通りです、一度お爺様に相談しましょう」

自分の選択が如何なるものであったとしても、きっと力になってくれると思い黒子は決意を固めた。

そして屋敷の途方もなく長い廊下を歩き向かった先は、よく源三が趣味のボードゲームや書き物の場として利用する居間。

小さな窓からは夕焼けが差し込み、夜になると月明かりが綺麗に見える風情のある場所だ。

「おじい様、黒子です。今宜しいでしょうか？」

「ん？　……おお、黒子か。入りなさい」

「失礼します」

襖を開け居間に上がり込むと、まず祖父の様子を窺う。

特に悪い事をした訳ではないのだが、こうして面と向かって大事な話を抱えているとどうしても相手の出方が気になってしまうものだ。

「……で、斎藤殿の件だったかな」

「なっ⁉」

「カッカッカッカ！　どうして分かったか不思議か？　……まあ、お前の今の態度を見れば一目瞭然じゃが、ここは恰好をつけて年の功としておこうかのぉ」

一撃で見破られてしまい、黒子は緊張どころではなくなってしまう。

カラカラと笑う源三は年の功と言うが、それはどちらかというと洞察力よりも黒子の緊張を一瞬で解いた事を指しているのだろう。

「まぁ、そう構えるな。急いても何も変わらぬ。常に自然体で大局を見据えよ」

「……はい」

「そうじゃなぁ、それでは結論を先に授けよう。……まあ、お主が斎藤殿の事に期待を寄せているのは分かる。それは儂も同じじゃよ。それは決して間違いではない。もちろん、巫女としての責任を感じる事もじゃ」

源三の言う『間違いではない』というのは結論ではあるが、かといって黒子の疑問に対する答えではない。

黒子もそれを分かった上で話を続ける。

「元々巫女の力とは大妖怪である九尾や、それに匹敵する大災厄を鎮めるために編み出された神降ろしの力じゃ。その霊力を以てして神を口寄せし身に宿す。口寄せられる制限時間は術者の霊力に依存し、反動として命を失う。……それもまた一つの回答かもしれぬ、だが――」

「――だが、正解ではないと」

そう、巫女の役割とは命と引き換えに神をその身に宿し、人柱となる事で規格外の奇跡を起こすその行為そのものだったのだ。

これにより一度、過去において九尾は封印され今の時代までそれが続いた。

当然この事は戸神家に連なる者ならば誰もが知っている事であり、黒子自身も深く理解していた。

しかしこの老人によるとその選択は正解ではないらしい。

黒子の返答に一つ頷くと、源三は真の正解、その正体を明かすために口を開いた。

語る口調には熱が籠り、窓から差し込む夕焼けは彼の信念を照らしている。

「中《あた》らずと雖《いえど》も遠からず、……といった所か。ここに来るまでにあの若造に諭されたのじゃろうが、人を頼る事、期待する事は間違いではない。だが黒子、それとは別にもう一つ道がある」

黒子の祖父としてではなく、その道を極めた陰陽師として彼は語る。

お主の中ある、その陰陽術は飾りなのかと。

生まれてこの方、来たるべき日に備え幼少の頃より鍛え続けてきた人類の英知は偽物なのかと。

誰よりも陰陽術を極めた先にいる達人はそう語った。

「巫女の力になど頼らずとも、斎藤殿という不確定な希望に縋らずとも、お主にできる事は山のようにあり、それを活かす機会も星の数程あるはずじゃ。なにせその身には千年の時を経て人類が研磨してきた陰陽道が備わっているのだからのぅ」

斎藤という未知の希望に縋るにせよ、巫女としての切り札を持つにせよ、自分たちにできる事がまだまだあるのだと言う。

そして、それこそがこの時代を築き上げて来た先達と、極め続けて来た自分への信頼なのだ。

「故に、今は臆さず進め。儂や家族を頼り、斎藤殿や仲間を募り、そして道を切り開くのじゃ。巫女の事情がなんぼの物じゃ。そんな話の一つ二つであの謎の男が揺らぐとも思えんし、またそれだけに頼っているようでは九尾の再封印など先のまた先。……という事じゃのぅ」

想い人に打ち明けるかどうかを巡る黒子の悩みなど、今気に掛ける事のものではない。

どちらでもいいのだ。

こんな話の有無で斎藤健二という男の格は揺るがない。

未熟な黒子が扱う巫女の力の有無などで、決着はつかない。

常に活路を見出すのは、今を精一杯生きる者だけ。

ようするに源三は孫に喝を入れ、不安になるだけ無駄だという事を伝えたかったのだろう。

鬼道もそうだ。

あの青年も黒子の悩みに気づき、どうにかして不安を取り除きたかったのだ。

実際は巫女の力が必要になるかもしれないし、斎藤の不確定要素に期待するところも大きくあるだろう。

しかしその力を最大限に活かすのも、また殺すのも自分次第なのだ。

一つの答えに至った黒子はすっきりした顔で「ハイ！」と返事をし部屋を後にする。

「……おじい様の言う通りでした。私の想いを活かせるのは、私だけ。悩むのは自分にできる事をやってからです」

完全に不安が無くなった訳ではない。

それでも前方を覆っていた深い悩みの霧は晴れた。

選択の答えは、一つずつ小さな鍛錬を積み上げる修行の日々だったのだ。

目指すべき場所を見据えた陰陽師の少女は、決意を新たにした。

◇

「……やれやれ、行ったか」

「お疲れ様です、源三様」

「うむ。お前の差し金にしては上出来だったぞ、鬼道」

黒子が居なくなった居間にて、隣の襖からひょっこりと顔を出す鬼道。

実はこの者、今までの話の流れを作っていた黒幕である。

こっそりと源三に耳打ちをして黒子がどういう状態にあるか伝え、来る事を予想して別の部屋で待機していたのだ。

「はは、いつも源三様にはしてやられていますからね。たまにはこういった趣向も良いのではないですか？」

「ふん。こやつめ、言うようになりおったわ。……しかしああは言ったものの、今の黒子ではちと荷が重いな。……やはり、最後の切り札となるのはあの男じゃろう」

自分の信念はさておき、現実を見据えて呟く。

ここで問題となるのは、そもそも九尾に太刀打ちするだけの実力が今の巫女に無い事だった。

過去に伝えられた巫女の、その神降ろしの時間は凡そ半日。

その時間だけ九尾と争い戦っていたと記録されている。

だが現状で黒子がその術を行使すれば、おおよそ一刻、三十分程である。

とてもではないが、かの大妖怪と戦える戦力ではない。

「術を行使するだけの『技』はある、先ほどの話によって恐らく『心』も宿っただろう。……しかし肝心の霊力、つまりは『体』が完成しておらねばどうしようもないからのぅ」

「黒子様の霊力ですら、まだ足りないのですね……」

もちろん、一般人よりも、というより一般の陰陽師や異能者よりも遥かに黒子の霊力は多い。

だがそれでも足りない。

国を相手取り戦える大妖怪、九尾の狐『玉藻御前』を相手にするというのは、そう言う事なのだ。

「まあ、希望はあるのじゃがな。なにせ先程、九尾戦における特異点となるであろう男に式神を飛ばし、状況を確認した。そしたらどうじゃ、何をどうやったのかは分からないが、あの斎藤健二という男は短期間の間に霊力を格段に上昇させておったのじゃよ。霊力だけで言うならば、凡そ十倍では効かぬ程の成長。……いや、進化じゃ」

霊力十倍以上。

その事実に衝撃を受け、鬼道は生唾を飲み込む。

もはや人間なのかも怪しいレベルだ。

元々人間の霊力は生まれてから幼年期から少年期にかけてが一番成長しやすく、その後徐々に伸びは緩やかになっていく。

だというのに、あの謎の男は未だにその力を伸ばし続けている、……というのも烏滸《おこ》がましく、源三の言う通り進化し続けているのだ。

明らかに異常である。

「もしかしたらと思っていたが、ついに尻尾を出しおったわ。これは、本当に希望が見えてきたかもしれぬ」

「それほどまで、ですか……」

「もちろん全ては希望的観測という奴じゃ、結果がどうなるかは分からんがのぅ」

結果が分からないと言いつつも、源三はニヤリと不敵に笑い勝利の匂いを感じ取る。

あの男の働き次第では、そもそも孫娘の命すら助かるかもしれない、そんな予感がするのだ。

「これこそが若者の可能性、新しい時代、という奴なのかもしれぬな。千年の時を経て、時代は変わろうとしている」

千年前の過去には存在しえなかった勝利のピース、斎藤健二。

そのジョーカーとも言える手札を握りしめ、戸神源三は策を練る。

いかにして九尾を出し抜くか、いかにしてあの男と孫のために、時間を稼げるか。

全ては自分の手腕にかかっているのだと。


また、この日より鬼道少年の訓練課程にも変化があった。

彼の想い人でもある黒子に付き従い守り抜くスタイルから、より自分を高みへと導く攻撃のスタイルを体得するべく当主の戸神砕牙に頼み込み、共に強力な妖へと挑み始めた。

元ただの社畜、斎藤健二という男の存在は、こうして知らぬ間に波紋を呼び寄せていくのであった。

番外編
魔の神

ISEKAI SOZO no SUSUME

瘴気蔓延る魔大陸の中心地、この地をよく知る人間たちからはパンデモニウムや魔界などと呼ばれる場所で、巨大な魔王龍と銀髪の少年が対峙していた。

少年の歳の頃は十代か、それ以下だろうか。

しかし魔王龍と未成熟な少年、一見すると全く以って不釣り合いなこの状況に、なんと傅《かしず》いているのは明らかに強大な魔力を持ち力を漲らせている魔王龍の方だった。

魔王龍は少年に頭を垂れ、機嫌を窺うようにその顔を覗き込む。

「では魔神様、人間の魔族化に対しかの龍神の邪魔が入るのは想定していると？」

「うん、そうだよ。彼はとても優秀だし、なにより僕の友達だからねぇ……。きっとこちらの思惑にも気づいていると思うんだ」

そう、実はこの銀髪の少年、今なお太古の時代から異世界を騒がせている魔神その人なのである。

普段はこうして人間を模した少年の姿を取り、魔大陸の中心でひっそりと世界を窺っている。

同じ人型である龍神と比べてもその擬態の完成度はかなり高いと言えるだろう。

「しかし、かの龍神が邪魔に入るとなると、あの大陸に散っている今の魔王たちでは荷が重いかもしれませんね……」

「うん、そうだね。でもそれでいいんだ」

世界の影で暗躍する同胞の身を案じる魔王龍に対し、魔神はこともなげな態度で失敗すらも想定内であるかのように振る舞う。

当然何らかの思惑があるのだろうが、依然として捉えどころのない目の前の少年は、古くから付

き合いのある魔王龍でも考えが読み切れずにいた。

「では、私たちはどのように……」

「ん？　いつも通りでいいよ。えっとね、きっと魔王たちの暗躍で人間種が窮地に陥れば、間違いなくこの世界の創造神が出しゃばってくる事になると思うんだ。僕が見たいのはそれなんだよ」

魔神の少年は語る。

彼曰く、今のままで自分たちの計画が成功する事なんて微塵も思っていないし、むしろ行動の指針はこの失敗を見てから始まるのだという。

「そもそもね、僕の親友である無敵の龍神と、あの創造神を相手にたかが魔王級の一匹や二匹で勝負になる訳がないんだ。そんな事で揺らぐような世界なら、とっくに僕が滅ぼしてるよ」

「………」

世界を滅ぼす事など何でもない事かのような魔神の物言いに、魔王龍はその真意を悟ろうとじっと瞳を見つめる。

魔神はその視線に気づきつつも、あえて相手にはせず雄弁に語りを進めた。

「だから僕は知りたいんだ。世界の脅威として暗躍する魔王を相手に、彼らが『どう解決するのかを』ね。ただ機械的に創造の神が人類の敵を薙ぎ倒すのか、それとも傍観し人間たちの手にその世界を委ねるのか、もしくは別の何かなのか。それをこの目で確認したい」

まるで外見相応の子供のように目を輝かせ、とても楽しそうに魔神は笑った。

決して相容れない仇敵であるはずの龍神や創造神を、とても大切な友達かのように、愛しき存在であるかのように。

そして上位存在である魔神の方針に、魔王龍の方も『やはり我が君はお変わりないようだ』と納得する。

彼には魔神の思惑が読み切れていないが、世界の敵として君臨すると決めたその日から、自分の主の本質だけは今も変わっていないと安堵したのだ。

「でもそうだなぁー。このままだと、今の時代の勇者がいつものように強権を振るって邪魔に入りそうだし、残念だけどそちらの方は僕が相手をしようか。あくまでも僕が見たいのはこの世界に降り立った創造神の思惑と、親友である龍神の行動指針だからね」

まったく面倒だなぁと愚痴りながら、少年は勇者を計画の舞台となる大陸から引きはがし、同時にこの魔大陸におびき寄せるべく、瘴気による奇跡を行使する。

もともと瘴気とはマナという創造神にしか扱えない奇跡の力を依り代にし、不正な手段で自身の権能として行使する事を可能とした状態だ。

故に瘴気の根源とも言える魔神は、限定的ながらも魔法という概念を超えた、ある種の奇跡を起こせるのである。

「やっぱり創造の神に愛されている人間種って本当にズルいと思うよ。なんだよ職業勇者って、完全にバランスブレイカーじゃないか。せっかくいい感じに僕の部下が賢者を煽っているのに、ここで勇者に登場されちゃったら全部台無しになっちゃう」

ぶちぶちと文句を垂れながら勇者を大陸に誘導し、準備を整える。

この世界でもぶっちぎりの実力者であり、また人間の希望である職業勇者を片手間に誘導できるあたり、やはりただ者では無いのは明らかだった。

それからある程度の誘導を終えて一息ついた魔神は、仕事は終わったとばかりに創造神のいる騒動の中心地、人間大陸に目を向けその成り行きを見守る。

「さあて、今度の問題は一筋縄ではいかないよ創造の神。あなたがこの騒動をどう鎮めるのか、お手並み拝見といこうじゃないか。こちらの手札は魔王と魔族、そして世の混乱そのもの。対してそちらの手札はこの世界だ」

まともに戦えば最終的な敗北は必至。

だがだからこそ、やる意味がある。

そう意味ありげな言葉を零し、魔大陸の中心でくつくつと静かに笑う姿は、まるで創造の神と世界を舞台にして戦う盤上遊戯《ボードゲーム》を楽しむ子どものようであった。

◇

そして魔の者が暗躍する中、時を同じくして魔神の動きに気づいた存在が二人。

……いや、二柱いた。

「この瘴気の流れ……。どうやら魔神が動き出したようですね」

「ふむ」

勇者を誘導するために権能を行使した魔神の瘴気を感じ取り、世界樹と龍神が同時に勘付く。

特に世界樹はこの流れを危険視している節があり、いまにも飛び出していきそうな勢いであった。

「あなたは動かないのですか、龍神」

「動く？　……どうしてそのような事を？」

「どうしてではないでしょう。そもそも、魔に連なる者を見張り世界の秩序を保つのは龍族の役目であったはずです」

しかし当の龍神は何をそんなに騒いでいるのかと言わんばかりに平然としており、特に動じた気配はない。

それから世界樹の前で一息つき、淡々と語る。

「魔神は確かに危険ですが、それを我らが父、創造の神が感知していないとでも？」

「そ、それは……！」

「第一、あなたはいつも急ぎ過ぎているのです。何も敵を倒す事だけが解決の方法でもありますまい。何か別の手があるはずです。……きっと父もその何かを望んでいるのだと、私はそう思いますよ」

世界樹は龍神の話に説得力は感じつつも、それはそれ、これはこれでしょうと思案する。

確かにそんな手があれば是非縋りたいものだが、仮にも神の一柱たる自分たちが魔神関連で手を抜いて良い訳ではないからだ。

この世界の流れを俯瞰し大局を見る龍神と、少しのミスも許されないと急ぐ世界樹。

どちらが正しいのは一概には言えないが、龍神はそれもそれでまた父の手のひらの上か、と理解した。

「ふむ。それでもあなたが気になると言うのなら、そう動くと良いと思いますよ。なぜならそうあるべきとあなたという亜神を創ったのは、他ならぬ父の思惑によるものですから」

最後にそう伝え、龍神は世界樹の麓《ふもと》から旅立っていった。

第一巻　了

設　定　資　料　集

【魔力とマナと瘴気について】

魔力……魔法を生み出すのに必要なエネルギーを指す。

魔力は異世界ではどんな命にも多少なりとも存在し、基本的に魔力が強い者ほど魔法に長けている。


マナ（加護）……創造神《プレイヤー》が起こす奇跡のエネルギーを指す。

その身にマナを宿す種族は異世界においてその身に「神聖」を得て宿し別格の生き物に成長する。マナの強度が強ければ、亜神という神の領域へと足を踏み入れる。


「マナを宿している状態」とは別に、「マナの影響を受けている状態」がある。

後者は、創造神《プレイヤー》がマナを多く消費して生まれた或いは進化を促した者の状態を指し、それらは多くの魔力を身に宿す傾向がある。


瘴気……不正利用されている状態のマナの事を指す。

【種族について】

大別すると『ドラゴン』、『人間種』、『魔族』、『野生動物』、『植物』の五つ。

ドラゴン……龍と竜に大まかに分けられる巨体種。

<龍>
創造神【プレイヤー】の扱う奇跡の力、マナが加護として付与されている。

現状、『原始龍』『龍神』『魔神』が確認されている。原始龍の正当な最終形態が亜神である『龍神』で、不正に進化した形態が『魔神』。

<竜>
マナ（加護）を宿していない。基本的に龍神の眷属。

高位古代竜《ハイ・エンシェントドラゴン》が種族の最上位に置かれ、その下に様々な竜族が乱立しひしめき合っている。


人間種……人型の種族。

<ヒト族>
最も繁栄している種族。見た目は地球人と相違がなく、若干欧米寄りの外見を持つ。他の種族同様に魔力を身に宿し、魔法が使える。

<エルフ族>
ヒト族よりも体力は少し劣るが、魔力量はヒト族よりも遥かに多い。

<ドワーフ族>
ヒト族よりも体力がある。魔力量はヒト族と同程度。

<獣人族>
ヒト族よりも遥かに体力があるが、魔力量は他の人間種に比べて低い。


魔族……マナの不正利用により進化した種族。魔神の眷属。

瘴気を扱う。基本的にはどの種族も魔神の眷属と成り得る。

瘴気は基本的にマナと同質のものであるため、魔族になった者は成る前よりも、魔力や体力が一段階強化される。

野生動物……多種多様な生物が存在する、詳細は不明。
その中でも、人間種を襲う全ての野生動物を「魔物」と呼ぶ。

植物……多種多様な植物が存在する、詳細は不明。

【職業について】

「職業」とは、瘴気を生み出し世界を汚染する魔神に対しての救済措置として、創造神《プレイヤー》が人間種へ与えた奇跡の力の一種。

<分類>
「上位職」「複合職」「基本職」の三つに分類される。「上位職」が最も能力値へのパラメーター補正が強く、次いで「複合職」、最後に「基本職」の順で弱くなっていく。

<補足>
「上位職」の中でも特に『勇者』は別格であり、全職業中トップのパラメーター補正とスキルを持つ。また「複合職」になるためには、基本的に自身が体得した職業と、職業補正に頼らない"経験"と"知識"が必要。

【序列について】

序列については以下の通り。

序列1位：龍神（亜神）　序列2位：魔神（亜神）　序列3位：勇者
序列4位：世界樹　序列5位：大精霊・原始龍・魔王　序列6位：上位職

亜神の中でも序列があり、同じ神の領域へと踏み入れた者であっても力には大きな開きがある。単純な個の戦力差で総合能力が決まる訳ではないが、一対一で戦うと凡《おおよ》そこの順位になる。創造神《プレイヤー》の力は未知数であり変動が激しいため、序列では想定する事ができない。

【レベルについて】

レベルとは、異世界の人間種と地球人の強さの比較値。
主にレベル表記で、異世界の基本職業補正に相当する値を記載。
レベルは身体能力における適正値であり、スキルや経験は反映されていない。

現時点（1巻）のレベルは下記の通り。

【創造神《プレイヤー》：斎藤健二】レベル：66
内訳：聖騎士レベル1（基本職のレベル40相当）＋錬金術師レベル20＋魂魄使いレベル6

【ミゼット（幼少時代）】レベル：3　【ミゼットの護衛】レベル：30

【中級冒険者】レベル：20

【戸神黒子】レベル：10　【戸神源三】レベル：25

【一尾：紅葉】レベル：12

あとがき

はじめまして。

たまごかけキャンディーこと『たまかけ』です。

「異世界創造のすゝめ」第一巻を手に取っていただき誠にありがとうございます。

元々は「小説家になろう」のWEBサイトから始まったこの小説ですが、様々な方のお力添えもあり一巻を出版するに至りました。

改めてお礼を申し上げます。


今回はイラストレーターのかれい様に素敵な絵を添えて頂き、登場キャラクターの多くに命を吹き込む事ができて、私としても大変嬉しく思っております。

個人的には主人公であるケンジのおっさん感がツボに入り、こういう社会人よく見かけるよな～と、改めて仕上がった挿絵の素晴らしさに感銘を受けているところです。

こう、ちょっとお腹がでてきたりして運動不足な感じが出ててとても良いですよね！

私も絵を描くのは好きなのですが、こうしてただカッコいい、かわいい、というキャラクターを描くだけでなく、そのキャラクターの魅力にあったデザインを意識させてくれるあたり、プロだなぁと思います。


また、そういう点では私も小説で度々意識している事がございまして、本作品の内容を進行する上で不思議に思っている点を、せっかくですし少しだけお喋りさせていただきます。

堅苦しい感じではないです、あくまでお喋り！

正直な話、WEB版から始まったストーリーの展開上、どうしてもずっと先の未来を見据えて更新していくのは難しい事だったりするんですよ。

大まかな流れやプロットは勿論組むのですが、書き続けていく中で思い付きや新展開等を混ぜると、考えていた予定を軌道修正せざるを得なくなる場合がよくあるんですよね。

そういった事情もあり、なかなか思い切った展開を実行するには足踏みをしてしまう事も多々あります。

ですがそんな時、無駄に凝った設定であったり描写があったりするとそれが布石になって、後から新展開へのお話を繋げていく時に『実はこんな裏話があり、今に至る』と説明ができ、上手に繋がったりしちゃうんです。

いやあ、小説って凄いです。

まるで物語りが生きているみたいだなって思います。

本当に不思議ですよね。

とまあ、私が不思議に思っている事への雑談はこれくらいで。

最後になりますが、次回以降のお話でもまた、ケンジや黒子お嬢様、ミゼット、紅葉たちの冒険にご期待下さい。

お話はどんどん加速していきますよ！

これからもケンジとスマホアプリの織り成す『異世界創造のすゝめ』の世界に、今後ともお付き合い頂ければ嬉しく思います。

それでは、また！

あとがき四コマ

作・画 たまごかけキャンディー

お嬢様に少しでも落ち着きを持ってもらいたい
ミゼットお嬢様
何よ？
つまらない事だったら殴るわよ
そこで俺は気付いた子供はお菓子を食べていれば満足するという事に……
とある伝手を頼りに入手した伝説のお菓子おいしい棒～！
落ち着かせる！そう！この駄菓子でね！
どう？食べてみますか？
バーーン
!!
シャーッ!
!?
美味しいじゃないの！これをもっと寄こしなさい！

作戦失敗!!

儂一尾の紅葉って言うんじゃけども
フリフリ
実は自慢の尻尾が一本だけ生えておる
ニョキ
でもそれだとまだまだ未熟者らしくて……
実はこっそりいつか母様のようになれたらって思っておる
しっぽが増えたぞえ～
きっとそのうち儂も立派な尻尾が生えて……
まあ・・
カサカサ…
キュピーン
うむ？
だけど儂ビビリじゃから戦うとか無理なんじゃった……
嫌じゃー!!
ゴキと戦いとうないー!!
ぷるぷる
カサカサ

九尾への道、遠し!!

コミカライズ予告漫画❶

●岩戸あきら・・・・・・・・・漫画
●たまごかけキャンディー・・原作
●かれい・・・・キャラクター原案

ピピッ
ピピッ
6:00
アラーム
スヌーズ
ピピピッ
ピピピッ
ピピピピピ
ピッ
くあ…
さーて
昨日はイベントが
終わらなかったんだっけな
どうなった？
俺の惑星…

バサバサバサーッ
はあああ〜っ!!
あ

なんで魚が
空を飛んでんだよ!!
ズオオ…
いやなんだ
この巨木
デカすぎだろ!!
よく見りゃ
海を泳ぐ魚もいる
物理法則に
喧嘩売るって
レベルじゃねーぞ!
ログ!
ログ見せて!
【マナを含む創造により
植物１が植物１αへと
進化しました】
【マナを含む創造により
微生物１が微生物１αへ
進化しました】
【植物１が植物２へと進化し
ました】
【微生物１が巨大化し
多細胞生物１へと進化しまし

なんだよ微生物1αって
微生物1とは違うのか？

俺が寝てる間に何があった…

【微生物1αが巨大化し、多細胞生物１αへと進化しました。マナを含む大気を泳ぐことが可能になりました。】

【植物１αが世界樹へと進化しました。世界樹は最終進化系です。これ以上進化できません。】

【多細胞生物１αが原始龍へと進化しようとしています。マナを与えますか？】

……

…なるほど
どうやら俺は大きな勘違いをしていたらしい

そうだよな
タイトルにも
あったもんな
これは
『惑星創造のすゝめ』
ではなく
『異世界創造のすゝめ』
だったのだ！
これは完全に
ファンタジーだ！
異世界ものだ
惑星シムかなんかだと
思ってたから
意外だったけど…
これはこれでアリ！
よ～し
マナをくれてやるぞ
多細胞生物1α！
ポチ
ポチ
ポチ
おっきく
なあれ～
もうどうにでも
な～れ～♡
予想とは違ったが
なんだかんだメチャクチャ
ハマっている俺だった

コミカライズ予告漫画❷
ザワッ
えっ
ブシュッ
ボタ
ボタボタッ
ええええええ!?
ほら
早く治してみな
安心しろ
ボウズが本当に
回復魔法を
使えたなら
ちゃんと
魔法1回ぶん…
正規の報酬を
払ってやる

いや
そういう問題じゃねーよ！
こんなんで
金もらっても
気ぃ悪いわ!!
おねーさん見てるだけ?!
そうこう
してる内に
めっちゃ血ィ
出てる…
死んじゃう
ぞ…
治ったら
1発殴ってやる
もっと自分を
大事にしろ!!
パァア…
いたいの
いたいの——

――とんでいけぇ！
何っ…
詠唱とか技名とか
思いつかなかったから
とっさに
いたいのいたいのって
言っちゃったけど
ちょっと
ダサかったかな
うそ…！
あれ…
なんか
だるくなっ…
ガクッ

●コミカライズ企画進行中！ 乞うご期待！

いっちょ、大陸の未来とやらを救ってやるとしよう
剣聖らと魔王討伐のため他大陸へ！
気ままな神様ライフ第2ラウンドSTART！

自由度、超加速！
異世界創造のすゝめ
スマホアプリで惑星を創ってしまった俺は神となり世界を巡る
II
2020年冬発売決定！

異世界創造のすゝめ
～スマホアプリで惑星を創ってしまった俺は
神となり世界を巡る～

2020年9月1日　第1刷発行

著　者　たまごかけキャンディー

発行者　本田武市

発行所　TOブックス
〒150-0045
東京都渋谷区神泉町18-8　松濤ハイツ2F
TEL 03-6452-5766（編集）
0120-933-772（営業フリーダイヤル）
FAX 050-3156-0508
ホームページ　http://www.tobooks.jp
メール　info@tobooks.jp

印刷・製本　中央精版印刷株式会社

ISBN978-4-86699-024-8